Knaur

Von William Sutcliffe sind außerdem
als Knaur Taschenbuch erschienen:

Der Gott unter der Dusche
SexEck

Unter dem Pseudonym Sam Colman
veröffentlichte er außerdem den Roman:

Das Leben – live!

Über den Autor:

William Sutcliffe wurde 1971 in London geboren. Sein Roman *Meine Freundin, der Guru und ich* machte ihn über Nacht berühmt.

William Sutcliffe

Meine Freundin, der Guru und ich

Roman

Aus dem Englischen
von Axel Henrici

Knaur

Die englische Originalausgabe erschien 1997
unter dem Titel »Are you experienced?«
bei Penguin Books Ltd., London

Besuchen Sie uns im Internet:
www.knaur-taschenbuch.de

Sagen Sie uns Ihre Meinung zu diesem Buch:
lemon@droemer-knaur.de

Vollständige Taschenbuchausgabe 2003
Knaur Taschenbuch
Ein Unternehmen der Droemerschen Verlagsanstalt
Th. Knaur Nachf. GmbH & Co. KG, München

Redaktion: Gisela Klemt
Umschlaggestaltung: ZERO Werbeagentur, München
Umschlagabbildung: zefa
Druck und Bindung: Clausen & Bosse, Leck
Printed in Germany
ISBN 3-426-62588-1

2 4 5 3 1

Für Georgie

TEIL EINS

Schlecht geplant

TEIL ZWEI

Was machen Rucksacktouristen eigentlich den ganzen Tag?

TEIL DREI

Dave, der Weitgereiste

Zeus, der die Sterblichen führt auf ihrem
Weg zum Verstehen,
Zeus, der bestimmt hat, daß Weisheit aus
Leid erwächst.

Aischylos, Agamemnon

Er fühlt sich viel besser an als vorher, viel
empfindlicher.

John Wayne Bobbitt

TEIL EINS

SCHLECHT GEPLANT

erienced Are you experienced Are you experi
you experienced Are you experienced Ar
erienced Are you experienced Are you experi
you experienced Are you experienced Ar
erienced Are you experienced Are you experi
you experienced Are you experienced Ar
erienced Are you experienced Are you experi
you experienced Are you experienced Ar
erienced Are you experienced Are you experi
you experienced Are you experienced Ar
erienced Are you experienced Are you experi
you experienced Are you experienced Ar
erienced Are you experienced Are you experi
you experienced Are you experienced Ar
erienced Are you experienced Are you experi
you experienced Are you experienced Ar
erienced Are you experienced Are you experi
you experienced Are you experienced Ar
erienced Are you experienced Are you experi
you experienced Are you experienced Ar
erienced Are you experienced Are you experi
you experienced Are you experienced Ar
erienced Are you experienced Are you experi
you experienced Are you experienced Ar
erienced Are you experienced Are you experi
you experienced Are you experienced Ar
erienced Are you experienced Are you experi
you experienced Are you experienced Ar
erienced Are you experienced Are you experi

Bloß weil sie jetzt anders drauf ist

»Der Sitz geht nicht richtig zurück.«
»Natürlich geht er zurück.«
»Nein, geht er nicht.«
»Schau, ich zeig's dir.« Ich kämpfe mit ihrem Flugzeugsitz. Nichts zu machen. »Hast recht. Er ist kaputt.«
Sie setzt ein blödes Grinsen auf – so auf die halbversteckte Tour, als ob sie sagen wollte: »Du bist so ein Lutscher, der's nicht mal verträgt, wenn ich ihn auslache.« Feindseliger geht's gar nicht. Vor ein paar Wochen hätte sie mich noch an den Ohren gepackt, mir ins Gesicht gelacht und mich einen impotenten, chauvinistischen Wichser genannt. Jetzt grinst sie nur noch gerade soviel, wie nötig ist, um mir zu bedeuten, daß sie mitgekriegt hat, was für ein Idiot ich bin, sie mir aber nicht gestattet, an dieser Einsicht teilzuhaben.
»Können wir die Plätze tauschen?«
Ich gebe keine Antwort. Ich bin rechtzeitig am Flughafen angekommen, habe eingecheckt (und dabei ausdrücklich nach einem Fensterplatz gefragt) und dann eineinhalb Stunden auf Liz gewartet, die erst in allerletzter Minute aufkreuzte *und* die zu allem Überfluß nicht mal Reiseschecks dabeihatte, weshalb sie sich welche am Flughafen

besorgen mußte. Es war aber nur ein Schalter geöffnet, und wenn der geschlossen gewesen wäre, weiß ich nicht, was wir gemacht hätten. Ich hätte … ich hätte allein für drei Monate nach Indien fahren müssen. Oder ich hätte ihr in Gottes Namen Geld leihen müssen – aber dann wäre es uns auf halbem Weg ausgegangen – das wäre nicht gegangen – und außerdem ist es nicht meine Aufgabe, ihr Geld zu leihen. Hätte ich auch nicht gemacht. Sie hatte schließlich wochenlang Zeit, ihre Sachen auf die Reihe zu kriegen …

»Können wir nicht die Plätze tauschen? Du liest doch eh bloß – da brauchst du dich ja nicht zurücklehnen. Ich will schlafen.«

Sie lügt. Wir haben gerade erst abgehoben, und es ist ein klarer Tag mit einer großartigen Aussicht. Und schließlich wollte ich genau wegen dieser Aussicht einen Fensterplatz – okay, ich weiß, das ist kindisch, aber ich fliege nun mal für mein Leben gern. Ich stehe dazu, daß ich den Blick aus dem Flugzeug genieße. Vielleicht bin ich ein bißchen alt dafür, aber das ist mir egal. Es macht mir eben zufällig Spaß.

»David …? Hörst du mir überhaupt *zu*?«

Sie starrt mich an, und aus ihren Gesichtszügen spricht eine abgrundtiefe Verachtung, die bedeutet: »Wehe, du sagst jetzt, daß du nur die Aussicht genießen willst. *Wehe*. Komm schon, sag's. Dann ist es endlich raus – dann wird niemand mehr bestreiten können – jedenfalls keiner von uns beiden –, daß du ein Zwölfjähriger im Körper eines Neunzehnjährigen bist, daß du dich nicht schämst, dich wie der letzte Depp aufzuführen.«

Ich bin nicht paranoid – man kann ihr diese Gedanken richtiggehend an der Nase und an ihrem scheelen Blick ablesen.
Was mich am meisten ärgert, ist, daß ich gar nicht wirklich gelesen habe. Ich hab nur einen beiläufigen Blick aufs Buch geworfen und in Wahrheit aus dem Fenster geschaut. Aber jetzt, wo sie mich dabei erwischt hat, kann ich ihr schlecht erzählen, daß ich gar nicht wirklich gelesen habe. Weil das genau das ist, was sie von mir hören will, damit ich wie ein Egoist dastehe.
»Na gut«, sage ich. »In ein paar Minuten.«
Ich mache mein Buch zu und gucke demonstrativ aus dem Fenster, um zu zeigen, daß ich kein Egoist bin und daß das mit dem Plätzetauschen ein ziemliches Opfer für mich ist. Ich höre, wie Liz seufzt, und aus den Augenwinkeln kann ich sie ihren Kopf schütteln sehen. Für sie steht die Sache schon fest. Egal, was ich mache: es bestätigt in jedem Fall das, was sie von mir denkt.
Sie haßt mich. Sie hält mich für unreif, egoistisch, engstirnig und arrogant. Ich überlasse ihr, verdammt noch mal, immerhin meinen Sitz – und irgendwann werde *ich* wahrscheinlich schlafen wollen, und ich werde es nicht können, weil ich *ihr* den verstellbaren Sitz überlassen habe. Und sie sitzt da und schüttelt ihren Kopf, weil *ich* angeblich egoistisch bin. Das ist wirklich der Gipfel.
Ich verstehe nicht, warum das passiert ist. Ich weiß nicht, was sich verändert hat. Vor ein paar Wochen waren wir noch die besten Freunde – fast so etwas wie verliebt. Jetzt hocken wir hier aufeinander, wollen gemeinsam drei Monate nach Indien, und sie behandelt mich wie ein Stück

verfaultes Fleisch. Vielleicht *bin* ich ja unreif, egoistisch, engstirnig und arrogant – aber früher konnte sie mich leiden! Ich hab mich nicht verändert. Also sehe ich nicht ein, warum ich mein Verhalten ändern sollte, bloß weil sie jetzt anders drauf ist.

Die pure, blinde Angst

Ich kannte das alte Klischee – von wegen, wenn man in Indien aus dem Flugzeug steigt, fühlt es sich an wie in einem Ofen –, aber es hatte mich nicht auf die Tatsache vorbereitet, daß es sich *wirklich* anfühlt wie in einem Ofen, wenn man in Indien aus dem Flugzeug steigt.

Der Flughafen in Delhi war ... eine einzige Verarschung Eine solche Menge Menschen konnte unmöglich an einen so begrenzten Ort passen, ohne daß die Leute irgendwann anfingen, sich gegenseitig aufzuessen. Das ging einfach nicht. Und das Tollste: Außer uns schien es niemandem aufzufallen, wie dermaßen überfüllt es hier war.

Nachdem wir ein paar Stunden am Einreiseschalter Schlange gestanden hatten, verließen wir fluchtartig den Flughafen, nur um festzustellen, daß es draußen noch verrückter abging. Wir waren noch keine Minute an der frischen Luft, da hatten sich schon mehrere Rugbymannschaften übelriechender Männer auf uns geworfen und versucht, uns in Stücke zu reißen, so daß wir unsere Gliedmaßen einzeln in die Stadt schicken konnten – mit den verschiedensten Transportmitteln. Es war widerlich.

Ich kam mir vor, als würde ich ausgeraubt. Ausgeraubt, während ich in einem Ofen schmorte. Und all diese Typen, die versuchten, uns in ihr Taxi zu bekommen, sahen so armselig und verzweifelt aus, daß ich am liebsten schnurstracks wieder nach Hause geflogen wäre.
Liz hatte bemerkt, daß die anderen Rucksacktouristen von unserem Flug in einen Bus gestiegen waren, also bahnten wir uns einen Weg durch die Menge und kletterten hinter ihnen in den Bus. Der Motor lief bereits, und wir ließen uns erleichtert in unsere Sitze fallen, froh, daß wir es noch rechtzeitig geschafft hatten. Doch der Fahrer war wütend und deutete erst auf unsere Rucksäcke und dann auf das Dach seines Busses. Mir fiel auf, daß niemand außer uns seinen Rucksack mit reingenommen hatte, also stiegen wir wieder aus – und sahen uns sofort von einer neuen Menschenmenge umringt. Sie wollten alle offensichtlich nur das eine: unseren Kram aufs Dach befördern. Ich war mir sicher, daß sie unsere Rucksäcke klauen würden, sowie ich ihnen den Rücken zukehrte. Also versuchte ich, selbst hinaufzuklettern. Doch irgend so ein Typ mit einem roten Turban – der ihm den Anschein verlieh, hier der Ober-Taschen-aufs-Dach-Beförderer zu sein – holte mich von der Leiter herunter und zerrte an meinem Rucksack. Ich gab nach und ließ ihn unser Gepäck verstauen. Doch ich behielt ihn die ganze Zeit über im Auge und sah, wie er die Rucksäcke mit einem Seil festzurrte. Er machte den Eindruck, als wüßte er, was er tat. Zudem befanden sich bereits einige andere Taschen dort oben, weshalb ich entschied, daß das Ganze vermutlich doch einigermaßen mit rechten Dingen zuging. Als er wieder heruntergekommen war, fing

er an, eine seltsame Kopfbewegung nach oben zu machen, und sagte dabei immer wieder *»munee – munee«*.
»Er will Geld«, sagte Liz.
»Warum sollte ich ihm Geld geben? Das ist sein Job. Außerdem war ich durchaus bereit, das Gepäck selbst daraufzuschaffen.«
»Meine Güte, gib ihm einfach ein bißchen Geld. Ich gehe inzwischen rein und halte ein paar Plätze frei.«
»Woher soll ich das Geld nehmen? Sieht nicht so aus, als würde der Knabe Reiseschecks nehmen.«
»Gib ihm irgendwas.«
»Was denn? 'ne Rolle Klopapier vielleicht? Oder den *Guardian* von gestern?«
Liz würdigte mich keines Blickes und bestieg den Bus.
»Munee.«
»Ich hab keins.«
Er begann, an meinen Kleidern zu zerren, und die Zuschauermenge rückte nun immer näher.
»Hör mal, Kollege – so leid's mir tut: ich hab einfach noch kein Geld. Ich muß erst zur Bank.«
»MUNEE!«
Ich stülpte meine Hosentaschen nach außen, um ihm zu zeigen, daß ich wirklich kein Geld hatte, und dabei fiel eine ganze Ladung englischer Münzen zu Boden. Er warf mir einen bösen Blick zu und bückte sich dann, um die Münzen aufzuheben. Es folgte eine kleine Rangelei um das Geld, an der sich mehrere Leute beteiligten und die ich nutzte, um mich in den Bus zu verdrücken – in der Hoffnung, daß wir Land gewinnen würden, ehe sie bemerkten, daß es englisches Geld war.

Wegen der ganzen Sache mit dem Gepäck waren inzwischen natürlich sämtliche Sitze belegt, und Liz stand irgendwo hinten im Bus. Ich ging zu ihr hin.
»Gerade noch rechtzeitig«, sagte ich.
Eine halbe Stunde später war der Bus mehr als vollbepackt mit Leuten, und der Fahrer ließ den Motor aufheulen.
Noch mal eine halbe Stunde später – der Bus beherbergte mittlerweile doppelt so viele Leute wie zu dem Zeitpunkt, an dem ich gedacht hatte, er sei voll, und der Typ mit dem roten Turban schrie mich immer noch durchs Fenster an – verließen wir endlich im Schneckentempo das Flughafengelände.
»Das ist ja furchtbar«, sagte ich.
»Was ist furchtbar?« fragte Liz.
»Na, das hier. Alles.«
»Was hast du erwartet?« erwiderte sie und starrte mich erbarmungslos an.
»So geht es hier also *immer* ab?«
»Schätze ja.«
»Dafür sind wir hierhergekommen?«
»Ja. Das ist Indien.«
»Mann. Ich glaub's einfach nicht.«
Ich fühlte mich mit einem Male, als sei mein Magen voller Kieselsteine. Das war alles ein Irrtum. Ich war am falschen Ort gelandet. Ich hatte noch nicht mal was gegessen, aber mir war schon schlecht: von der Hitze, von den Menschenmengen, vor Platzangst – und vor purer, blinder Angst.
Was um Himmels willen hatte ich da getan? Warum war

ich in dieses furchtbare Land gereist? Ich würde es schrecklich finden. Das wußte ich jetzt schon. Es bestand keine Aussicht, daß ich mich da je dran gewöhnen würde. Und nun saß ich hier fest.

Übel. Echt übel.

J

Nachdem der Busfahrer uns rausgelassen hatte, machten wir uns gleich auf den Weg zum *Ringo Guest House* – das klang irgendwie cool. Außerdem war's die erste Absteige, die in unserem *Lonely Planet*-Führer stand. Von der Bushaltestelle aus waren es nur ein paar Schritte eine Nebenstraße runter.

Nicht, daß der Weg viel Ähnlichkeit gehabt hätte mit dem, was wir uns so unter einer Straße vorstellen. Das fing schon damit an, daß er nicht geteert war, sondern bloß aus festem Schlamm bestand, mit einer dicken Staubschicht überzogen, aufgelockert durch grüne Pfützen, Abfallhaufen und vereinzelte Kuhfladen. Das Erstaunliche war nur, daß die Leute fast alle in Jesuslatschen rumliefen.

Als ich mir die Menschen etwas genauer ansah, stellte ich fest, daß sie kein bißchen aussahen wie die Inder in England. Ich meine, es war nicht so, daß sie *äußerlich* anders aussahen oder daß sie verrückte Klamotten angehabt hätten. Es war irgendwas anderes, das ich nicht benennen konnte, was sie so völlig eigenartig aussehen ließ. Irgendwas an der Art, wie sie sich bewegten, und an ihrem Gesichtsausdruck. Wie auch immer, es machte mir eine

Scheißangst. Und wohin ich auch schaute, waren Hunderte von ihnen, die sich gegenseitig anschrien – oder mich: »Nimm Taxi«, »Iß beste Essen«, »Mache Auslandsgespräch zu günstigste Tarif« – und die sich lachend, plappernd, streitend an einem vorbeidrängelten und überhaupt durch die Gegend stolzierten, als würde ihnen der ganze Laden gehören.

Das Hotel befand sich am Ende einer dunklen, nach oben führenden Treppe und bestand aus ein paar Doppelzimmern, die von einem engen Dachgarten abgingen. Ein Mann, dem seitlich aus dem Hals ein fleischartiger Golfball wuchs, sagte, daß keine Doppelzimmer frei seien und wir mit Betten im Schlafsaal vorliebnehmen müßten. Daraufhin führte er uns über eine Leiter zu einer höher gelegenen Ecke des Dachs, auf dem eine Wellblechhütte errichtet worden war.

Dadurch, daß Dach und Wände aus Metall waren, wurde der Schlafsaal noch viel mehr zu einem Ofen, als es der Rest dieses Landes sowieso schon war. Der »Saal« war vollgestopft mit Betten, und als sich meine eben noch vom grellen Außenlicht geblendeten Augen an das düstere Rauminnere gewöhnt hatten, konnte ich vereinzelt ein paar deprimiert aussehende Reisende ausmachen, die auf ihren Betten herumlagen. Sie sahen alle so abgemagert und elend aus, daß man fast hätte meinen können, man befände sich in einem Gefängnis. Einige lasen, einer schlief, und ein paar von ihnen lagen einfach nur da und starrten ins Leere.

Es sah nicht gerade so aus, als ob da ein Haufen Leute mächtig Spaß hatte. Eben erst dem Wahnsinn auf den Straßen entkommen, waren wir auf etwas gestoßen, das noch schlimmer war: eine Stimmung wie im Leichenschauhaus. Obwohl wir bestimmt einige Minuten so dastanden, drehte sich kein einziger von diesen Typen auch nur nach uns um. Was immer mir auch widerfahren würde: So wie die wollte ich nicht enden. Ich wollte nach Hause.
Als ich versuchte, mir klarzumachen, wie lange ich in Indien festsitzen würde – mir vorzustellen versuchte, wie lange sich drei Monate wirklich anfühlten –, wurde mir mit einem Mal ganz schwindlig, so verzweifelt war ich.
»Und? Was meinst du?« fragte Liz.
»Heftig.«
»Mmm.«
»Glaubst du, wir kriegen anderswo was Besseres?«
»Wir können im Zweifelsfall immer noch jemanden fragen«, erwiderte ich.
»Die Leute hier müssen das wohl für die beste Absteige halten, sonst wären sie ja kaum hier, oder?«
»Vermutlich.«
Die Vorstellung, daß irgend jemand das hier für die beste Absteige in Delhi halten konnte, machte mich vollends fertig. Aber bei der Hitze kam es einfach nicht in Frage, noch mal schwerbepackt durch die Gegend zu tigern, bis wir was gefunden hatten, das uns gefiel.
Liz fischte den Führer aus ihrem Rucksack, und wir stellten fest, daß es noch ein weiteres Hotel in dieser Gegend gab, das empfohlen wurde. Es nannte sich *Mrs. Colaços* und wurde als »einfach, meistens überfüllt und eher nervenauf-

reibend« beschrieben, was nicht besonders einladend klang, aber es war das einzige in der Nähe, das erwähnt wurde – also schleppten wir uns durch die heiße, suppige Luft auf Frau Colaços Etablissement zu.
Die Atmosphäre dort war einen Tick weniger niederschmetternd als bei Ringo, und es wimmelte nicht ganz so sehr von katatonischen Hippies. Auch hier waren keine richtigen Zimmer frei, aber wir nahmen die uns angebotenen Schlafsaal-Betten dankbar an, froh, endlich einen Ort zu haben, an dem wir uns aufs Ohr hauen konnten.

Wir hauten uns aufs Ohr.
Während ich auf meiner harten Matratze lag und auf den Ventilator an der Decke starrte – der sich gerade langsam genug drehte, um auch ganz sicher keinen Nutzen zu haben –, fiel mir auf, daß mir noch nie in meinem Leben richtig heiß gewesen war. Ich meine, natürlich hatte ich mal von der Sonne heiße Haut bekommen, und auch vom Rumrennen war mir schon heiß, aber noch nie zuvor hatte ich dieses seltsame Gefühl gehabt, von innen heraus zu köcheln wie ein Stück Fleisch. Ich fühlte mich wirklich völlig heiß – so als wären meine Arme und Beine und meine inneren Organe riesige, halbgare Klumpen, die ich mit mir herumtragen müßte. Und der aus meiner Nase kommende Atem fühlte sich an wie ein Mini-Fön, der direkt auf meine Oberlippe blies.
Wie konnten Menschen nur so leben? Wie konnte ein Land unter diesen Umständen funktionieren? Wie konnte derart viel Luft nur solche Temperaturen erreichen, ohne dabei den ganzen Planeten aufzuheizen?

Wir konnten nicht auspacken, da es keinen Platz für unser Zeug gab. Daher wußten wir, nachdem wir ausgeschlafen hatten, nicht recht, was wir tun sollten. Ich hatte mich immer schon gefragt, was Reisende so den ganzen Tag über machen – und nun saß ich also da, auf einem Bett in Delhi, gerade eben angekommen, und wußte nicht, was ich tun sollte. Wir waren beide zu erledigt von der Hitze, um uns zu bewegen, und hatten weder den Willen noch den Mumm, nach draußen zu gehen und uns der Realität zu stellen: daß wir jetzt in Indien waren.
Außer uns befand sich noch eine weitere Person im Raum. Er lag auf dem Rücken, Ellbogen auf dem Bett, Hände in der Luft, und starrte ins Leere. Es sah aus, als läse er in einem Buch. Nur daß seine Hände leer waren.
»Hi«, sagte Liz.
»Peace«, sagte er.
»Peace«, erwiderte sie.
Er setzte sich auf und warf ihr einen lüsternen Blick zu.
»Wie heißt du?« fragte Liz.
»J.«
»J?« fragte ich, mit einem Unterton, aus dem sofort die Antipathie herauszuhören war, die ich ihm spontan entgegenbrachte. Ziemlich beachtlich, wenn man bedenkt, daß mir dafür nur ein Buchstabe als Anhaltspunkt zur Verfügung stand.
»J – cool«, versuche Liz meinen Einsatz wettzumachen.
»Wie heißt du wirklich?« fragte ich.
»Wie ich wirklich heiße?«
»Ja.«

Über sein ganzes Gesicht stand »Privatschulschnösel!« geschrieben.
»J.«
»So nennen dich deine Eltern?«
»Nein. Ist 'ne Abkürzung für Jeremy.«
»Ach so. Tut mir leid, Jeremy. Ich meine: J.«
»Wo kommst du her, J?« wollte Liz wissen.
Jeremy lachte leise und warf ihr einen langen, bedeutungsvollen Blick zu. Liz bemühte sich, nicht allzu verwirrt dreinzublicken.
»Ihr seid noch nicht sehr lange hier … oder?«
Liz nötigte sich ein jungfräulich-verschämtes Erröten ab. »Nein«, erwiderte sie und nestelte am Bettlaken herum. »Wir sind eben erst angekommen.«
»Dachte ich mir gleich«, sagte er.
»Liegt vielleicht an den Gepäck-Aufklebern auf unseren Rucksäcken …«, warf ich ein.
Er ignorierte mich völlig. »Wenn du erst mal ein paar Monate hier bist … hörst du von selbst auf, diese Frage zu stellen. Dann fängst du an, dich hier genauso zu Hause zu fühlen wie in deinem Heimatland.«
»Klar«, sagte Liz. »Kann ich mir vorstellen.«
»Trotzdem: Wo kommst du *wirklich* her?« hakte ich nach.
Er ignorierte mich.
»Aus England?« fragte ich. »Wir sind nämlich auch aus England.«
Widerwillig nickte er.
»Und von wo genau?« fragte ich.
»Och … aus'm Süden.«

»Prima. Wir auch. London?«
»Nö.«
»Aus welcher Stadt dann?«
Jetzt war er total angenervt.
»Tunbridge Wells«, gab er zurück.
»Ach, wie nett. Muß ja hier alles ziemlich aufregend für dich sein. Ich meine, wenn man aus so einer reichen Gegend kommt.«
»Das legt sich. Echt«, versetzte er und sah Liz tief in die Augen.
»Wie lange bist du schon hier?« fragte sie.
Er lachte in sich hinein. »Ohhh – lange genug. Lange genug, um es zu lieben … und Scheiße zu finden. Lange genug, um mir die Frage zu stellen, ob ich jemals werde zurückgehen können.«
»Was heißt das – eine Woche?« fragte ich.
Sie fanden das beide nicht witzig.
»Wirst du hier oft krank?« fragte ich.
»Was meinst du mit krank?«
Er sah mich an, als hätte er gerade etwas umwerfend Schlaues gesagt.
Ich sah ihn an, als hätte er gerade etwas umwerfend Dummes gesagt.
»Na, du weißt schon. Montezumas Rache, Delhi Belly. Dünnschiß.«
»Schau – es ist so: Wenn du in diesem Land überleben willst, mußt du deine alten Vorstellungen über Bord werfen. ›Krank‹ bedeutet im Westen etwas anderes als im Osten. Ein Inder akzeptiert sein Schicksal. Es ist dieser beständige Kampf gegen das Schicksal, der eine Nation von

Hypochondern hervorgebracht hat. Es ist alles so flüchtig – für mich spielt das fast keine Rolle.«
»Das Wasser hier trinkst du aber, wie ich sehe, trotzdem nicht«, erwiderte ich und deutete mit einer Kopfbewegung auf die Mineralwasserflasche neben seinem Bett.
Er warf mir einen bösen Blick zu. Liz tat es ihm gleich.
»Macht es dir was aus, wenn ich einen Schluck davon nehme, Jeremy – ich meine: J?«
Er nickte. Da ich keine Lust verspürte, seine Erreger in mich aufzunehmen, versuchte ich zu trinken, ohne die Flaschenöffnung zu berühren, aber es klappte nicht, und statt dessen lief mir das meiste vorne runter. Ich glaube allerdings nicht, daß sie das bemerkt haben.
Auf ein Stichwort von Liz hin fing J an, sämtliche Orte herunterzubeten, an denen er gewesen war, während sie eifrig alle seine Vorschläge notierte und dabei Sachen murmelte wie »Wow, das klingt geil!«, »Ich weiß nicht, ob wir dafür mutig genug sind« und »Wo genau findet man diesen Kamelmenschen?«. Nachdem das eine Weile so weitergegangen war, wurde es mir zu bunt, und ich bat Liz auf den Flur hinaus, um ein Wörtchen mit ihr zu reden.
»Warum müssen wir dazu rausgehen?« fragte sie und sah widerwillig von Jeremys Kartenwerk auf.
»Weil ich mit dir reden will.«
»Aber …«
»Unter vier Augen.«
Sie tauschte Blicke mit Jeremy und ging dann mit mir raus in den Flur. Ehe ich noch Gelegenheit hatte, etwas zu sagen, ging sie schon auf mich los.
»Warum bist du so grob?«

»Der Typ ist ein Arschloch.«
»Du hast keinen Grund, so mit ihm zu reden.«
»Wieso nicht? Er ist ein Wichser.«
»Wenn du dir die Mühe machen würdest, ernsthaft mit ihm zu reden, würdest du feststellen, daß er in Wahrheit ziemlich nett ist.«
»Ach komm, hör auf …«
»Das ist er wirklich! Außerdem ist er schon eine ganze Weile hier und weiß eine ganze Menge Sachen, die für uns beide noch von Nutzen sein werden.«
»Und das ist also der Grund, weshalb du so heftig mit ihm flirtest?«
»Ich *flirte* nicht mit ihm.«
»Aber hallo. Der hat dich seit dem Moment, als du den Raum betreten hast, nicht mehr aus den Augen gelassen – und du genießt das auch noch richtig.«
»Ach, jetzt mach mal 'nen Punkt.«
»Das stimmt aber. Und genau deshalb mag ich ihn nicht.«
»Mein Gott, werd endlich erwachsen!«
Liz drehte sich mit einer heftigen Bewegung um und begab sich schnurstracks wieder in den Schlafsaal.
Ich folgte ihr bis dorthin und sagte: »Wegen mir kannst du hier so lange bleiben, bis du schwarz wirst – ich schau mir jedenfalls die Stadt an.«
»Sag mal, interessierst du dich denn gar nicht dafür, wo die coolsten Orte sind?«
»Doch, ich bin total von den Socken, Liz. Ehrlich. Aber weißt du, da draußen gibt's 'ne echte Welt zu entdecken. Vor der kannst du dich nicht mehr lange drücken.«

Mit diesen Worten marschierte ich siegesgewiß ab. Gleichzeitig kam ich mir aber schon ein bißchen wie ein ziemlich trauriges Arschloch vor.

Draußen war es irgendwie noch heißer als drinnen.
Die Straße, in der sich unser Hotel befand, war recht ruhig. Ich lief zurück zur Hauptstraße, wo uns der Flughafenbus abgesetzt hatte. Okay, dachte ich, ich laufe gerade hier in Indien 'ne Straße entlang. Ich hab alles im Griff. Und die Häuser sehen auch ganz anständig aus – also kann das Land nicht *so* arm sein.
Daraufhin tauchte hinter mir ein kleines Mädchen auf, das, wie ich zugeben muß, schon eher arm aussah. Sie begann an meinen Ärmeln zu zerren und streckte mir dabei die aufgehaltene andere Hand entgegen.
Da fiel es mir wieder ein. Ich mußte ja noch Geld wechseln.
»Nein, tut mir leid«, sagte ich und lief weiter.
Sie ließ sich nicht beirren.
»Hey, hör mal – ich hab kein Kleingeld.«
Sie zerrte noch heftiger an mir rum und begann etwas zu jammern, das ich nicht verstand.
»KEINE MÜNZEN«, sagte ich und beschleunigte meinen Gang. Obwohl sie jetzt beinahe rennen mußte, hielt sie immer noch mit mir Schritt und tippte mir jedesmal an den Arm, wenn sie in Reichweite war.
Ich blieb stehen. *»JETZT HÖR MAL ZU – KEINE MÜNZEN! ICH BIN AUF DEM WEG ZUR BANK. KEIN GELD.«*
Wir starrten uns gegenseitig an. Sie zuckte mit keiner

Wimper, und es war klar, daß sie mich nicht in Ruhe lassen würde, egal, was ich sagte.
Ich ging so schnell ich konnte weiter, ohne rennen zu müssen, aber sie hielt immer noch mit. Als ich erneut stehenblieb, fing sie wieder an, an meinen Ärmeln zu zerren.
»Laß mich los«, sagte ich.
Sie rührte sich nicht.
»Du sollst mich in Ruhe lassen.«
Sie starrte mich mit ihren unglücklichen großen Augen an, und ich wünschte mir, ich hätte tatsächlich ein bißchen Geld dabei – einerseits, um sie loszuwerden, aber auch, weil mir ihr Anblick das Gefühl gab, ein widerwärtiger Mensch zu sein. Es war, als sei sie von der Hölle entsandt worden, um mich zu quälen – um mich daran zu erinnern, wie reich ich war und was für ein Glück ich hatte, und daß ich nichts von all dem, was ich besaß, verdient hatte.
Ich *wollte* aber nicht daran erinnert werden, wie reich ich war und was für ein Glück ich hatte – zumal ich gerade in diesem Moment das Gefühl hatte, überhaupt kein Glück zu haben: gefangen in diesem abstoßenden, dreckigen, bedrohlichen Land bei dieser unglaublichen Hitze, und festgehalten von einem fünfjährigen Mädchen, das auf mein Geld aus war.
Wir starrten uns an. Ich versuchte, nicht darüber nachzudenken, was für eine Art Leben dieses Mädchen wohl führen mochte, und bildete mir einen Augenblick lang ein, daß sie sich gerade genauso fragte, was für eine Art Leben *ich* wohl führen mochte. Ein Bild von zu Hause tauchte vor

meinem geistigen Auge auf, und auf der Stelle bekam ich Heimweh und Schuldgefühle.
»Geh weg«, sagte ich mit schwacher Stimme.
Sie bewegte sich nicht. Ich machte ein paar Schritte, und wieder folgte sie mir und zog dabei an meinem Ärmel.
Erbost drehte ich mich um und schob sie weg – sanft genug, damit sie nicht hintüberfiel, aber fest genug, damit sie ein paar Schritte rückwärts machte. Sie blieb stehen und starrte mich unverwandt an.
Ich ging weiter, und dieses Mal folgte sie mir nicht.
Ich versuchte, nicht darüber nachzudenken, was eben passiert war. Das war einfach etwas, an das ich mich würde gewöhnen müssen. Es muß eine Methode geben, sie abzuschütteln. Irgendwie müssen die Inder ja auch damit umgehen. Ich würde es wohl einfach lernen müssen.
Einen Moment lang war ich ganz aufgeregt bei dieser Vorstellung. Das würde einen Kampf werden! Endlich mal eine richtige Herausforderung. Dann wurde ich wieder mutlos. Die Kiesel in meinem Magen hatten sich zurückgemeldet.
Mittlerweile war ich auf der Hauptstraße angekommen. Ich entdeckte eine Bank auf der anderen Straßenseite und ging hinüber.

Sie ignorieren es

Als ich ins Hotel zurückkehrte, hatten Liz und Jeremy es sich gemeinsam auf einem Bett gemütlich gemacht und studierten kichernd eine Landkarte von Indien. Sobald ich den Raum betrat, hörten sie schlagartig auf zu lachen und sahen mich schuldbewußt an, nur um mich dann unverhohlen blöde anzugrinsen.

»Will jemand von euch was essen gehen?« fragte ich.

»Warum nicht?« antwortete Liz und schenkte mir ein Keine-Angst-ist-nix-passiert-Lächeln.

»Wo kann man hier gut chinesisch essen gehen?« fragte ich.

Sie sahen mich beide verblüfft an.

»War 'n Witz.«

»Oh – ach so«, erwiderte Jeremy. »Na dann.«

»Was schlägst du vor?« fragte Liz mit spitzen Lippen.

»Och, da gibt's 'ne ganze Reihe von Restaurants, wo man hingehen kann«, sagte Jeremy. »Ich geh mal davon aus, daß ihr vegetarisch essen wollt.«

»Klar.«

»Was?« fragte ich ungläubig. »Du bist doch gar keine Vegetarierin.«

»Jetzt schon«, erwiderte Liz. »So bleibt man am ehesten gesund. Wenn man das ißt, was die Leute hier auch essen. Einheimische Speisen.«
»Hast *du* ihr das erzählt?« wollte ich wissen.
»Klar. Es ist schließlich allgemein bekannt, daß das Fleisch hier ziemlich ungesund ist. Man braucht sich ja nur anzuschauen, wie es da fliegenübersät vor sich hin gammelt. Natürlich bin ich Vegetarier, schon seit ich fünf bin. Ich hab das Zeug nie runterbekommen, aber es hat mich fünf Jahre gekostet, bis ich endlich den Mut aufbrachte, nein zu sagen. Diese Vorstellung, daß ein *anständiges* Essen immer mit Fleisch sein muß, ist ziemlich tief in der westlichen Kultur verwurzelt ...«
»Willst du damit sagen, daß das Fleisch hier nicht ganz koscher ist?«
»Absolut.«
»Du glaubst also, wenn ich was davon esse, werde ich krank?«
»Mit an Sicherheit grenzender Wahrscheinlichkeit, ja.«
»Ich glaub's nicht. Ist das dein Ernst?«
»Natürlich ist das mein Ernst.«
»Ach komm – du verarschst mich jetzt doch, oder?«
»Nein, tu ich nicht. Das weiß hier jeder.«
»Doch. Du verarschst mich.«
»Hör zu – iß, was du willst. Es ist mir so was von scheißegal. Aber ich trag dich dann nicht ins Krankenhaus.«

Kaum waren wir vor dem Hotel auf die Straße getreten, hing uns wieder das Mädchen von meinem ersten Spaziergang auf der Pelle und zerrte der Reihe nach an unseren Ärmeln. Eine Weile lang sagte niemand etwas.

Dann wirbelte Jeremy unvermittelt herum, warf ihr einen drohenden Blick zu und schrie ihr ins Gesicht: *»NEIN! KEIN BAKSCHISCH!«*

Sie rührte sich nicht.

»PSSCHHT! PSSCHHT!« zischte er sie an und fuchtelte dabei mit den Armen, damit sie sich endlich trollte, so als sei sie ein etwas minderbemittelter Hund.

Schließlich packte er sie am Oberarm und schüttelte sie einmal kräftig durch. Ihre Miene blieb weiterhin vollkommen ausdruckslos, und sie bewegte sich nicht von der Stelle.

»PSSCHHT!« zischte er erneut.

Dieses Mal gehorchte sie. Wortlos drehte sie sich um und ging wieder an ihren Posten vor dem Hotel zurück.

Verlegen schweigend liefen wir zu dritt weiter. Ich war völlig geschockt, daß Jeremy wirklich so gefühllos sein konnte. Als er meinem Gesichtsausdruck sah, gab er ein leises Ach-du-bist-so-was-von-naiv-während-ich-ja-soweise-bin-Lachen von sich und sagte: »Das sind keine echten Bettler, diese Kinder. Du wirst nie einen Inder sehen, der ihnen Geld gibt.«

»Sah mir aber verdammt nach einer Bettlerin aus. Daß sie besonders gut beieinander war, wirst du ja wohl nicht behaupten wollen.«

»Die sind doch alle in Banden organisiert, und ihre Anführer knöpfen ihnen dann das ganze Geld ab.«

»Und die Kinder kriegen überhaupt nichts ab?«

»Natürlich nicht. Das sind alles Zuhälter.«
»Und was passiert, wenn sie am Abend ohne Geld dastehen?«
»Oh, da würde ich mir keine allzu großen Sorgen machen«, lachte er. »Die machen eine *Menge* Geld. Da kommt irgend so ein weichherziger Trottel, frisch aus dem Flieger, und drückt ihnen ohne drüber nachzudenken fuffzig Rupien in die Hand, weil sie nämlich einen Dreck über dieses Land wissen. Das ist so viel, wie der Vater eines dieser kleinen Mädchen in einer ganzen Woche ehrlicher Arbeit verdient. Schlimm ist das. Touristen, die so handeln, machen das ganze Wirtschaftsgefüge hier kaputt. Und die Kinder sind einfach wahnsinnig penetrant. Das sollte man echt verbieten.«
Der Typ war ein Faschist. Ein Hippie-Faschist.
»Aber so kann man die Leute doch nicht behandeln«, erwiderte ich.
Jeremy lachte auf. »Es ist die einzige Art, hier zu überleben. Wenn du dir über jeden einzelnen Bettler Gedanken machen würdest, könntest du dir irgendwann die Kugel geben. Du mußt deine westlichen Vorstellungen von materiellem Wohlstand aufgeben und es einfach so handhaben wie die Inder.«
»Und wie handhaben es die Inder?«
»Sie ignorieren es.«
Jeremy machte das Spaß. Er fand wohl, daß er wahnsinnig clever dabei wirkte.
»Glaub mir«, sagte er, »innerhalb von vierzehn Tagen werden dir die Bettler gar nicht mehr auffallen.«
»Wie kann einem jemand nicht auffallen, wenn er per-

manent an deinem Ärmel zupft und dich nicht in Ruhe läßt?«

»Das passiert einfach. Du bekommst diesen gleichgültigen Blick. Das merken die Bettler sofort und lassen dich in Ruhe. Weil sie wissen, daß du aufgehört hast, sie wahrzunehmen, und ihnen kein Geld geben wirst.«

»Warum ist das Mädchen dann hinter dir hergelaufen?«

»Sie war nicht hinter mir her, sondern hinter euch beiden. Ich habe euch nur einen Gefallen getan, indem ich sie losgeworden bin. Außerdem: Delhi ist anders. Hier sind sie viel organisierter.«

»Und du meinst, daß sie uns innerhalb von vierzehn Tagen in Ruhe lassen werden?« fragte Liz.

»Jede Wette. Sie werden aufhören, euch zu nerven, sobald ihr aufhört, vor ihnen Angst zu haben.«

»Wir müssen uns also nur ein bißchen abhärten?« fragte Liz.

»Genau. Wir sind einfach alle viel zu verhätschelt im Westen. Das ist echt eine von den besten Sachen, wenn man nach Indien kommt – man muß sich den furchtbarsten Dingen aussetzen und versuchen, dagegen immun zu werden.«

»Wer sagt, daß immun sein so was Tolles ist?« wollte ich wissen.

»Ich will dir mal was sagen – wenn du es nicht willst, wirst du hier nie glücklich werden«, seufzte Jeremy, den das Gespräch mit einem Male unsäglich zu langweilen schien. »So einfach ist das.«

»Du hast recht«, sagte Liz. »Du hast vollkommen recht.«

Ich sah, wie die Sorgenfalte auf ihrer Stirn verschwand und sie eine ganz neue Miene aufsetzte. Ihr Kinn schob sich eine Idee nach vorn, und ihre Augen verengten sich.
Liz war entschlossen, die Sache mit dem Abhärten voll durchzuziehen.
Jetzt geht's los, dachte ich. Als ob sie sich nicht schon genug aufpissen würde.

Im Restaurant gab es dann nur eine Sache auf der Speisekarte, die mich anmachte.
»Meinst du das mit dem Fleisch wirklich ernst? Du willst mich nicht bloß bekehren oder so was?«
»Ich sag gar nichts mehr. Iß, was du willst, und viel Spaß dabei. Ist mir scheißegal.«
»Ich kann's echt nicht glauben. Da habe ich den ganzen Weg nach Indien hinter mich gebracht, und jetzt kann ich nicht mal so 'n Curry essen.«
»Klar kannst du«, sagte Liz. »Nimm einfach ein vegetarisches.«
»Das ist aber kein richtiges Curry, verdammt noch mal! Vielleicht 'ne Beilage, wenn's hoch kommt.«
Sie ignorierten mich.
»Wie bist du auf dieses Restaurant gekommen?« fragte Liz.
»Och – ich war schon oft hier. BIN irgendwann mal drauf gestoßen. Im BUCH stand's jedenfalls nicht.«
»In welchem Buch?« wollte sie wissen.
»Im BUCH. Dem BUCH. Es gibt nur eins, das man haben muß.«
»Also wir haben den *Lonely Planet* – ist das das richtige?« fragte sie mit ängstlichem Gesichtsausdruck.

»Es ist nicht das richtige …«, er schob eine bedeutungsvolle Pause ein, »sondern das einzige.«
Liz atmete vor Erleichterung auf.
»Wenn es nicht im BUCH steht, warum sind dann so viele westliche Ausländer hier?« bohrte ich nach.
»Spricht sich rum.«
»Und wie kommt es dann, daß die komplette Speisekarte ins Englische übersetzt wurde?«
Liz fauchte mich an: »Kannst du vielleicht endlich mal aufhören, die beleidigte Leberwurst zu spielen?«
»Ich bin nicht beleidigt.«
»Wenn's dir hier nicht gefällt, hättest du ja nicht mitzugehen brauchen.«
»Mir gefällt's hier ja. Ich muß mich nur erst dran gewöhnen.«
»Dann hör auf, ständig rumzuquengeln, und gib dir mal ein bißchen Mühe.«
»Ich quengle nicht.«
»Und ob du quengelst. Außerdem benimmst du dich ziemlich feindselig gegenüber Jeremy – ich meine J.«
»Das tu ich nicht.«
»Tust du wohl.«
»J – bin ich etwa feindselig zu dir?«
»Ich glaube, du fühlst dich einfach nur ein bißchen bedroht. Das ist ganz normal.«
»Bedroht? Von *dir?* Angekotzt vielleicht. Bedroht bestimmt nicht.«
»Hör jetzt auf, Dave. Ich finde das nicht lustig«, sagte Liz.
»Wer bist du eigentlich – meine Lehrerin oder was?«
»Würdest du dich jetzt bitte endlich benehmen?«

»Liz – fang nicht wieder damit an ...«
»Dave!«
»*Mein Gott!* Okay, okay. Dann *benehme* ich mich halt.«
Liz warf mir einen strengen Blick zu und schnipste dann mit dem Finger nach dem Kellner.
»Bedienung! Wir wären dann soweit.«
»Nein, sind wir nicht.«
Sie funkelte mich an.
»War das jetzt gequengelt? War das etwa schon wieder gequengelt?«
Sie funkelte mich noch wütender an.
»Schon gut. Entschuldige, daß ich was gesagt habe. Dann nehme ich einfach das, was ihr nehmt.«
»Sehr einfallsreich«, versetzte sie – und bestellte irgendwas mit Linsen. War bestimmt Absicht.

Es war ein großer Augenblick, als ich meine erste Kostprobe indischen Esssens zu mir nahm. Ich begann vorsichtig mit ein paar Körnern Reis. Schien okay zu sein. Schmeckte nach Reis. Dann ging ich über zu den Linsen, auf denen ich zunächst nur langsam kaute, um zu sehen, ob irgend etwas Komisches passieren würde. Das Essen war schärfer als die meisten anderen Currygerichte, die ich bisher gegessen hatte, ging aber ganz gut runter und schien keine unmittelbaren Gegenreaktionen hervorzurufen.
Wegen meines angespannten Zustandes hatte ich keinen großen Appetit. Trotzdem zwang ich das meiste hinunter, in der Hoffnung, mich dadurch bei Laune zu halten. Zum Nachtisch gab es für jeden von uns eine Malariatablette.

Auf dem Weg zurück wurden wir kurz vor unserem Hotel wieder von demselben Mädchen angebettelt. Da sie bei Jeremy und mir schon Pech gehabt hatte, suchte sie sich dieses Mal Liz als Opfer aus.

Die frisch gestählte Liz verschwendete nicht viel Zeit und wirbelte bereits nach dem ersten zaghaften Zupfen an ihrem Ärmel herum, packte das Kind an den Schultern und brüllte *»NEIN! NIX GELD! GEH HEIM«*, wobei sie, um ihren Worten Nachdruck zu verleihen, das arme Ding heftig schüttelte. Das Mädchen besaß ganz offensichtlich mehr Übung im Erkennen von Psychopathen als ich und verdrückte sich unverzüglich.

Siegreich marschierte Liz in Richtung Hotel. Ich konnte ihr an der Nasenspitze ablesen, was in ihrem Kopf vorging. *Dave hat das einfach nicht im Griff*, dachte sie. *Er hat echt Probleme damit. Aber ich – ich komme damit klar. Mir macht das nichts aus.*

Einen Moment lang hatte ich den Nachgeschmack der Malariatablette in meinem Hals – wie verbrannter Gummi. Die ganze Sache war einfach von vornherein zum Scheitern verurteilt.

Man ist ja schließlich nicht dazu verpflichtet

Ich hatte Liz erst ein paar Monate zuvor kennengelernt. Es ging auf Weihnachten zu, und ein paar aus unserem Jahrgang, alle mitten in dem Jahr zwischen Abi und Uni, trafen sich, um ein letztes Mal miteinander einen trinken zu gehen, bevor wir uns in alle Winde verstreuten. James war da (offiziell immer noch mein bester Freund, aber in Wahrheit gingen wir uns schon mindestens seit drei Jahren auf die Nerven). Er brachte Paul mit – und seine neue Freundin, Liz. Was mir ein bißchen unpassend vorkam. Ich meine, man will doch niemand Neuen dabeihaben, wenn man sich ein allerletztes Mal trifft, um rührselig voneinander Abschied zu nehmen. Das hemmt einen völlig.

»Kennt ihr euch?« fragte er und versuchte ungezwungen zu klingen. Dabei wußten wir beide, daß er mir alles über sie erzählt hatte, in allen erschöpfenden Einzelheiten. Gleichzeitig hatte er sich aber bemüht, uns voneinander fernzuhalten. Ich hatte immer vermutet, es läge daran, daß er sich für Liz schämte und dafür, daß sie dem Vergleich mit seinen lächerlichen Beteuerungen ihrer Schönheit nicht standhalten würde. Aber ein Blick genügte, um diese

Theorie sogleich zum Einsturz zu bringen. Sie war der Hammer. Und genau so, wie er sie beschrieben hatte. Und ich empfand es schon als Affront, als mir klar wurde, daß James uns einander nicht vorgestellt hatte, weil er sich für *mich* schämte.

»Ich *glaube* nicht«, erwiderte ich.

»Liz. – Dave.«

»Hi«, sagte sie und bot mir ihre Wange. (Eine super Haut hatte sie auch.)

»Und hab ich dir *die* schon vorgestellt?« fragte James, trat einen Schritt zurück und zeigte auf zwei identische Paar braune Lederstiefel, die seine und Pauls Füße zierten.

»Was ist *das* denn?« fragte ich.

»Trekkingstiefel. Brandneu«, antwortete James. »Wir waren ein letztes Mal groß einkaufen. Schau mal.« Er wuchtete eine riesige Jugendherbergs-Einkaufstasche auf den Tisch, und wir setzten uns alle erst mal hin.

»Rucksack, Tragegürtel mit Geldfach, Anti-Mücken-Stift, Anti-Mücken-Spray, Anti-Mücken-Gel, acht Packungen Wasserreinigungs-Tabletten, vier Tuben Reisewaschmittel …«

Während der Haufen auf dem Tisch immer größer wurde, fiel mein Blick auf Liz' Gesicht. Sie hatte die Augen leicht zusammengekniffen und ihren Mund zu einem wütenden Flunsch verzogen. Ich meine, ist doch klar, James machte seine tolle Reise mit Paul (seinem ältesten Freund und Trottel vom Dienst), während Liz in London festsaß, wo sie einen Kurs an einer privaten Kunstakademie belegt hatte.

»… kleines Nähzeug, wasserdichte Taschenlampe, speziell

saugfähige Socken, ein Nothandtuch aus Nylon, ein Gummistöpsel für alle Fälle, und das Allerbeste ... ist das hier.«

James hielt ein etwa handflächengroßes, quadratisches, schwarzes Stück Plastik in die Höhe.

»Was ist das?«

»Tä-tä-tä-tää!« Er hebelte das Plastikteil auf, und zum Vorschein kam ein quadratisches Stück Papier, das, nachdem es umständlich entfaltet worden war, eine Weltkarte zeigte.

Das letzte, was ich sehen wollte, war eine Weltkarte. Zumal sie ein untrügliches Zeichen dafür war, daß mir ein weiterer Vortrag über die neuesten winz-Veränderungen in seinem »Masterplan« bevorstand. Also war ein rasches Ablenkungsmanöver angezeigt.

»Trekkingschuhe? Wozu brauchst du Trekkingschuhe?«

»Na, für unsere Touren. Wir wollen eine Tour machen im ...«

»Seit wann bist du denn solch ein Wandervogel?«

»Das war ich schon immer.«

»So ein Quatsch. Du hast doch immer gesagt, daß du es auf dem Land nicht aushältst.«

»Wir reden hier vom Himalaja, Dave, nicht von irgendwo auf dem *Land*.«

»Das ist auch Landschaft. Nur halt 'ne ziemlich große Landschaft.«

»David – wir werden die Gipfel von drei Achttausendern sehen! Weißt du, wie viele Achttausender es auf der Welt gibt?«

»Nein, und es ist mir auch ...«

»Sechs.«
»Sieben«, verbesserte Paul.
»Es sind sechs.«
»Es sind wirklich sieben.«
»Nein, sechs.«
Ich drehte mich zu Liz um. »Echt prima Gesellschaft, die beiden.«
Sie zuckte mit den Achseln und schenkte mir die Andeutung eines Lächelns.
»James«, unterbrach ich ihren Disput, »du langweilst. Ihr seid beide stinkend langweilig. Ihr könnt zu Hause über eure große Reise diskutieren, okay? Es sind hier noch zwei andere Menschen im Raum, und wir würden gern noch ein bißchen wach bleiben, also könnten wir vielleicht mal über was anderes reden?«
»Ha!« sagte James.
»Was meinst du mit ›Ha‹?«
»Das ist einfach nicht … besonders … elegant.«
»Elegant?«
»Ich meine – diese Art von … offenem Neid. Das ist … das ist einfach peinlich.«
»Ach, *jetzt* versteh ich. Ich bin gar nicht gelangweilt – ich bin neidisch!«
»Ja.«
»Und tief in meinem Herzen bin ich in Wahrheit wahnsinnig daran interessiert, wie viele Hügel es auf dieser Welt gibt, die ein bißchen größer sind als 'ne Menge anderer Hügel.«
»Du hältst es einfach nicht aus, daß wir uns über unsere Reise unterhalten, weil es dich daran erinnert, daß du dein

freies Jahr einfach vertrödelst. Du vertrödelst es, weil du nichts geplant hast. Und du hast nichts geplant, weil du im Grunde genommen viel zuviel Angst vorm Verreisen hast.«

»Ich fahre doch ins Ausland.«

»Du meinst, in die Schweiz?«

»Ja.«

»Oooh – tapferes Bubilein! Da riskierst du ja wirklich Kopf und Kragen. Kellner in einem Schweizer Hotel! Alle Achtung!«

»Sei nicht so ein Arschloch, James.«

»Sind ja auch schockierende hygienische Zustände dort. Du wirst bestimmt krank werden in der Schweiz.«

»James, jetzt gehst du mir langsam wirklich auf den Zeiger«, mischte sich Liz ein. »Vielleicht will er ja deutsch lernen. Oder französisch. – In welchen Teil fährst du genau?«

»Ich fahre in den französischen Teil, in die Nähe von ...«

»Wiilst du Fron-zö-siisch lerr-nen, David? Das ist wischtisch fürr Deine Läbens-lauf.«

Ich fühlte, wie ich rot wurde.

»Du bist neidisch, und du bist ein Weichei«, sagte er. »Fürs wirkliche Reisen fehlt dir der Mumm, weil du nämlich Angst hast, daß du in einer ... einer fremden Kultur nicht überleben kannst.«

»Natürlich könnte ich das.«

»Und warum machst du's dann nicht?«

»Weil ...«

»Laß ihn jetzt endlich in Ruhe«, sprang Liz mir erneut bei. »Nicht jeder ist wie du, James. Wenn Dave nicht wegfahren will, dann will er eben nicht wegfahren. Man ist ja schließlich nicht dazu verpflichtet.«

Das war's. Der Augenblick, in dem ich mich in sie verliebte. Oder anfing, mich in sie zu verlieben.

James verkniff sich einen finsteren Blick und versuchte zu lächeln. Er ließ sich nicht gern öffentlich von seiner Freundin widersprechen. (So ein Arschloch war das.) »Ja, aber … ich meine, du würdest ja auch wegfahren, wenn du nicht wegen deinem Kurs hier festsitzen würdest.«

»Ich sitze hier nicht *fest* wegen diesem Kurs, sondern ich mache diesen Kurs freiwillig.«

»Ja klar, aber wenn du Zeit hättest, würdest du doch nach Asien oder so abhauen, oder?«

»Ich *werde* vermutlich auch noch nach ›Asien oder so‹ fahren. Meine Sommerferien sind noch lang genug.«

»Ich weiß, darüber haben wir ja schon gesprochen. Was ich sagen will, ist ja nur, daß du, wenn du wie Dave ein ganzes Jahr hättest, deine Zeit nicht damit verschwenden würdest, durch Europa zu gondeln.«

»Und alles, was *ich* sagen will, ist: Hör auf, dich so aufzuspielen. Wir wissen alle, wo du hinfährst. Wir finden dich alle wahnsinnig clever und tapfer. Und jetzt Schluß damit.«

Schweigen senkte sich über den Raum, als sie sich anstarrten. Auf James' Schläfen zeichneten sich deutlich seine Adern ab. Ich war kurz davor, vor Freude in Ohnmacht zu fallen.

»Soll ich uns noch was zu trinken holen?« fragte Paul hüstelnd. »Was … äh … wollt ihr …? Alle noch mal das gleiche? Also, ich geh dann mal.«

Hastig zog er sich an die Bar zurück. Seine Schuhe

quietschten beim Gehen. James und Liz starrten sich immer noch gegenseitig an.
»Ich muß mal aufs Klo«, sagte ich und stand auf. »Oder nein. Ich geh später.« Ich setzte mich wieder hin und versuchte, mein fieses Lächeln zurückzuhalten. James warf mir einen wütenden Blick zu. Ich zuckte mit den Schultern und gab vor, nicht zu wissen, worauf er hinauswollte. Als ich meinen Kopf zur Seite wandte, bemerkte ich, daß auch Liz versuchte, ein Lächeln zurückzuhalten. Allerdings mit weniger Erfolg als ich. Ein blödes Grinsen spielte auf ihren Lippen, und es galt nicht James, sondern mir.
»Für wie lange fährst du in die Schweiz, Dave?« fragte sie.
»Ach, nur solange wie die Skisaison dauert. Vier Monate ungefähr.«
»Na ja, wenn unser Dr. Livingstone hier die Fliege macht, wird mein Sozialleben ziemlich vom Austrocknen bedroht sein. Rufst du mich mal an, wenn du wieder hier bist?«
Tunnelblick. Pulsrasen. Kalter Schweiß. »Ähm ... äh ... ja. Aber ... äh ... ich habe deine ...«
»Hier ist meine Nummer.« Sie zog einen Kuli aus der Tasche und schrieb etwas auf einen Bierdeckel.
»Danke.« Ich lächelte sie an, und sie zwinkerte zurück. Ich drehte mich lächelnd zu James um, aber er schien die Symptome von Fieber im fortgeschrittenen Stadium entwickelt zu haben und konnte mich nicht einmal ansehen.
Ich weiß, daß man über seine Freunde nicht so denken sollte, aber schon seit Jahren war uns beiden klar gewesen, daß James stets das bessere Ende für sich hatte. Es war nichts Bestimmtes, nur eine Ansammlung von Kleinigkeiten, die ihn mir überlegen machte. Nun, mit dem Bier-

deckel in meiner Gesäßtasche, fühlte ich mich zum ersten Mal, seit wir fünfzehn waren, so, als hätte *ich ihn* ausgestochen.

Ich schwebte vom Pub nach Hause, und meine Finger betasteten alle paar Sekunden die quadratische und an den Ecken gerundete kleine Ausbeulung auf der Rückseite meiner Jeans.

Also doch ’ne Einladung

Ich hatte die erste Hälfte meines freien Jahres damit zugebracht, beim Sock Shop in King’s Cross zu arbeiten. Wenn man in einem Klamottenladen arbeitet, hat man eigentlich den ganzen Tag nichts anderes zu tun, als durch die Gegend zu laufen und wieder zusammenzulegen, was die Kunden auseinandergefaltet haben. Das macht den Sock Shop allerdings zu einem besonders merkwürdigen Arbeitsplatz, weil du Socken ja nicht zusammenfalten kannst. Dein Leben wird so bedeutungslos, daß du anfängst, dich zu fragen, ob du eigentlich noch lebst. Und irgendwann fragst du dich sogar, ob es so was wie Socken wirklich gibt.

Die meisten meiner Freunde hatten ähnliche (wenn auch in der Regel weniger surreale) Jobs hinter sich gebracht und verjubelten nun ihr Geld auf Reisen nach Indien, Südostasien oder Australien. Alle schienen jene großartige Vorstellung entwickelt zu haben, daß sie sich selbst finden mußten – was immer das hieß –, indem sie eine Reise in irgendein bettelarmes, verlaustes Loch unternahmen, das in irgendwelchen malariaverseuchten Bergen am anderen Ende der Welt lag. Allgemein herrschte der Glaube vor,

daß ein langer und unangenehmer Urlaub für die eigene Entwicklung in menschlicher Hinsicht von entscheidender Bedeutung sei.
Zu diesem Zeitpunkt hatte ich noch keine Pläne, was ich machen wollte, wenn ich wieder aus der Schweiz zurückkam. Aber ich war mir ziemlich sicher, daß das letzte, was ich tun würde, wäre, irgendwohin zu gehen, wo es dreckig war. Zum einen hasse ich es, krank zu sein, und ich sah einfach keinen Sinn darin, mich freiwillig irgendwohin zu begeben, wo ich mir todsicher die Ruhr einfangen würde, oder sonst irgend etwas Schlimmes. Zum anderen konnte ich mir nicht vorstellen, was man den ganzen Tag in einem Land tun soll, das zu arm ist, um Museen zu haben. Nicht daß ich mir besonders viel aus Museen machen würde, ich meine nur, daß es schon ganz okay ist, sich eine Weile lang Sehenswürdigkeiten anzuschauen – ein paar Wochen vielleicht. Aber was macht man, wenn es nichts zu sehen gibt? Wandert man dann nur so rum und schaut sich die armen Leute an und ißt widerliches Zeug, das einem für den Rest des Lebens die Leber ruiniert? Ich meine: Was macht man so den ganzen Tag?
Die vielsagendste Verteidigung des Reisens kam von Paul, der sagte: »Weiß nicht. *Irgendwas* muß es ja geben, das man machen kann. Anscheinend ist das Dope dort echt günstig.« James hatte sich dann zu einer langatmigen Theorie über imperialistische Kulturvorstellungen aufgeschwungen, und darüber, daß man sich in eine Situation bringen müsse, in der man herausgefordert wird, über Dinge nachzudenken, die man im Westen für selbstverständlich hält, aber was er ganz offensichtlich sagen

wollte, war: »Das Dope ist *echt* billig.« Abgesehen davon: Jemand, der davon redet, daß man sich in seinen kulturellen Vorstellungen herausfordern lassen müsse, und der dann nach Thailand fährt, hat doch von Tüten und Blasen keine Ahnung.

Auch wenn ich die ganze Sache für ziemlich witzlos hielt, fühlte ich mich doch unter einem gewissen Druck, es ebenfalls zu machen. Wie auch immer ich mein Bedürfnis, in Europa zu bleiben, rationalisierte, am Ende hatte ich, wenn ich ganz ehrlich war, stets das Gefühl, daß es aus reiner Feigheit geschah. Es gab keine andere Erklärung. Wenn ich nicht den Mumm hatte, in die dritte Welt zu fahren, war ich ein Weichei.

Insgeheim hoffte ich wohl, daß irgend etwas geschehen würde, aufgrund dessen es mich irgendwie in ein Land verschlug, in dem Leid, Gefahr und Armut herrschten – aber ich war nicht willens, dem Zufall auf die Sprünge zu helfen. Ich wollte zwar eine dieser großen Reisen hinter mir haben, aber ich würde es niemals fertigbringen, mir selbst so eine Reise anzutun. Leid, Gefahr und Armut – schön und gut. Aber Schmutz und Krankheit sind zwei Dinge, die ich schlichtweg hasse. Ich hatte einfach keinen Bock zu fahren.

Und was die Frage anging, was ich tun würde, wenn ich aus der Schweiz zurückkam, so war ich schon deprimiert, wenn ich nur darüber nachdachte. Bis dahin würde ich jede Menge Geld verdient haben, und die Verpflichtung wegzufahren würde dann größer denn je werden. Ich mußte mir was ausdenken, wie ich das Geld ausgeben konnte, ohne daß es zu sehr nach Kneifen aussah.

Mein Ferienjob in der Schweiz stellte sich als genauso stumpfsinnig heraus wie der im Sock Shop. Die alpine Langeweile unterschied sich von der großstädtischen nur dadurch, daß sie ein bißchen besser riecht. Irgendwie gelang es mir nicht, eine Millionärin kennenzulernen, die spitz war und nur noch ein paar Monate zu leben hatte, also kehrte ich nach England zurück, ohne einen Plan zu haben, was ich mit dem Rest meines Jahres anfangen sollte. Mittlerweile war es März geworden, und alle meine Freunde waren entweder im Ausland oder an der Uni.

Nachdem ich zum wiederholten Male ziellos mein Adreßbuch durchgeblättert hatte, war ich gezwungen, die Tatsache anzuerkennen, daß ich wohl irgend etwas Radikales würde machen müssen, wenn sich in meinem Leben etwas tun sollte. Ich kramte den Bierdeckel hervor und starrte auf Liz' Telefonnummer.

Jedesmal, wenn ich am Telefon vorbeikam, beschleunigte sich mein Puls ein bißchen. Das ging ein paar Tage lang so. Ich konnte mich einfach nicht entschließen, sie anzurufen.

Nachdem ich ein paarmal das übliche Ritual durchlaufen hatte – anfangen, die Nummer zu wählen, wieder auflegen, ein paarmal ums Haus laufen, Milch einkaufen gehen, anfangen, die Nummer zu wählen, wieder auflegen, schnell um die Ecke 'ne Zeitung kaufen, anfangen, die Nummer zu wählen, wieder auflegen, in den Garten rausgehen und kleine Tiere quälen –, zwang ich mich dazu, es endlich hinter mich zu bringen.

»Hallo – ist Liz da?«
»Ja – am Apparat.«
»Oh.«
Ich wußte nicht, was ich sagen sollte. Was sagte man in solchen Situationen?
»Hi«, versuchte ich es.
Das war's. Das klang richtig.
»Hi. Wer ist da?«
»Äh – ich bin's. Dave. Dave Greenford, der Freund von James.«
»Dave! Ach, das ist ja nett, daß du dich mal meldest. Wie geht's?«
»Oh, ganz gut.«
»Was hast du so getrieben in der letzten Zeit?«
»Oh – alles mögliche. Ich bin gerade aus der Schweiz zurückgekommen.«
»Ach ja. Natürlich! Und, wie war's?«
»War totale Scheiße. Alles Wichser.«
»Echt?«
»Ja.«
»Wie – alle?«
»Alle, die ich getroffen habe.«
»Ach Gott, das ist ja Pech.«
»Eigentlich nicht. Hat eher was mit statistischer Wahrscheinlichkeit zu tun.«
»Ah ja. Klingt wirklich so, als hättest du dich voll in die Kultur integriert.«
»Absolut. Jodeln und Gummikäse – ich meine, was will man mehr?«
»Du fährst also demnächst wieder rüber?«

»Bei nächster Gelegenheit. Na ja, jedenfalls – und du? Was machst du so?«
»Ach, nichts. Ich langweile mich hier zu Tode.«
»Zu Tode? Das klingt nach 'nem ziemlich ernsten Fall.«
»Alle sind weg. Meine sämtlichen Freunde sind wie vom Erdboden verschluckt.«
»Da bin ich ja froh, daß du das sagst. Mir geht's ganz genauso. Es ist tragisch. Alle sind abgehauen. Ich führe so ungefähr das Leben einer Made.«
»Also ich hätte eigentlich gedacht, daß Maden ein ziemlich ausgeprägtes Sozialleben haben. Ich meine, ich hab noch nie 'ne vereinsamte Made gesehen – du etwa?«
War die vielleicht schräg! Ich fühlte, wie mir das Blut ins Gesicht schoß. Das war's. Ich war schon wieder dabei, mich in sie zu verlieben.
»Dann eben 'ne Made mit einem Sprachfehler und Akne«, sagte ich.
»Oder 'nem Schlängelfehler.«
Es war der Hammer! Wir fingen tatsächlich an, eine Beziehung zu knüpfen.
»Stell dir mal vor, du wärst eine Made mit Schlängelfehler«, sagte ich. »Niemand würde mit dir reden. Wenn du bloß 'ne halbe Schlängelbewegung hinkriegen würdest, wärst du nur in der Lage, dich im Kreis zu bewegen, und alle würden dich total verarschen.«
»Glaubst du, es gibt Maden, die so richtig sexy und beliebt sind? Die sich so richtig kurvig schlängeln?«
Ich verging fast vor Lust.
»Sag mal, Liz, hast du irgendwas vor?«
»Wie meinst du das?«

»Na du weißt schon – machst du irgendwas, also zum Beispiel diese Woche?«
»Soll das 'ne Einladung sein?«
»Nein, nein. Das nicht. Ich dachte nur ... wir könnten uns vielleicht auf ein Bier treffen oder so.«
»Also doch 'ne Einladung.«
»Nein, es ist nicht so, wie du denkst. Ich wollte bloß ...«
»Hör auf, dich so zu winden. Ich nehme dich doch nur auf den Arm. Ich meine, du bist James' Kumpel und wirst ja wohl nicht anfangen, mich anzubaggern, kaum daß er das Land verlassen hat. »
Ich lachte, aber es klang nicht sehr überzeugend.
»Ihr zwei seid also immer noch zusammen?«
»Natürlich. Hör mal – ich hab scheißviel zu tun heute abend. Wollen wir uns um acht in Camden treffen?«
»Ja klar. Okay. Cool.«
»Treffen wir uns am Ausgang von der U-Bahn.«
»Es gibt zwei.«
»Dann eben am Hauptausgang.«
»Die sind beide gleich.«
»Ach, sei nicht so spitzfindig. Dann eben am schöneren von den beiden«, sagte sie und legte auf.
Scheiße! So hatte ich mich ja noch nie rumkommandieren lassen. Normalerweise dauert es mindestens zwanzig Minuten, bis man sich mit mir auf den richtigen Treffpunkt einigen kann. Und sie ... mein lieber Schieber!

Noch so ein runder, saftiger, überreifer Pfirsich

Ich kam natürlich zu spät zu unserem Treffpunkt am U-Bahnhof Camden, aber Liz war noch später dran. Zum ersten Mal fiel mir auf, daß einer der beiden Ausgänge einen Tick weniger häßlich war als der andere, und genau an dem tauchte sie dann auch auf.
Wir gingen ins *World's End*, und ich bestellte ein Guinness, in der Hoffnung, dadurch ein bißchen intellektuell zu wirken.
Es war das erste Mal überhaupt, daß wir miteinander allein waren, und als wir uns mit unseren Getränken an einen Tisch setzten, wurde ziemlich schnell klar, daß unser gemeinsamer Gesprächsstoff recht dünn war. Unsere einzige Verbindung war James. Ich wollte sie nicht unbedingt ermutigen, über ihn zu reden, aber ich wollte auch keine langen Gesprächspausen. Und als sich die erste größere Lücke aufzutun drohte, wählte ich alter Angsthase natürlich die bequemste Lösung.
»Und? Irgendwas Neues von James?«
»Klar, jede Menge. Scheint ganz gut voranzukommen. Am Anfang habe ich noch alle paar Tage einen Brief bekommen, dann aber wurden es immer weniger. Jetzt habe

ich schon über vierzehn Tage nichts mehr von ihm gehört.«

»Wann ist er abgehauen?«

»Januar.«

»Scheiße – drei Monate.«

»Ja, und noch mal fünf.«

»War mir nicht klar, daß es so lange ist.«

»Frag *mich* mal …«

»Das ist ja *wirklich* ganz schön lang. Acht Monate. Glaubst du nicht, daß er sich irgendwann langweilen wird?«

»Langweilen? Denkst du ernsthaft, daß er es schafft, während acht Monaten alles abzuhaken, was man in Thailand, Hongkong, Bali, Australien und Amerika so tun kann?«

»Nein – das meine ich nicht – es ist nur … *acht Monate* weg von zu Hause! Das ist ja ewig. Kein Marmite. Keine EastEnders. Warmbier.«

»Warmbier?«

»Scheint so. Außer vielleicht in Australien.«

»Ich hatte ja gehofft, daß er *mich* vielleicht auch ein bißchen vermißt.«

»Genau. Das kommt auch noch dazu. Acht Monate …«

»Es ist so schon schwer genug.«

»Und dir macht es nichts aus, daß er sich einfach so aus dem Staub macht und dich so lange allein läßt?«

»Er hat sich nicht *aus dem Staub gemacht*. Mein Gott, es ist eben sein freies Jahr. Ich hätte keinen Bock, mit jemand zusammen zu sein, dem es Spaß macht, das ganze Jahr über als Aktenfresser in St. Albans zu versauern.«

»Das glaube ich. Aber wolltest du nicht mit ihm mitfahren?«

»*Natürlich* wollte ich mit ihm mitfahren. Meinst du vielleicht, daß ich lieber mit dir in der Kneipe hocke, als mit James in Thailand am Strand zu liegen?«
»Nein, wahrscheinlich nicht.«
»Es gibt da nur eine Kleinigkeit, an die ich denken muß: mein eigenes Leben. Ich kann schlicht und ergreifend nicht einfach so abhauen. Mitten im Kurs.«
»Ach ja, der Kurs. Hab ich vergessen. Trotzdem – er hätte ja warten können. Ich meine, du hast doch irgendwann Sommerferien, oder?«
»Er hat es schon seit Jahren geplant. Da kannte er mich noch gar nicht.«
»Es macht dir also nichts aus?«
»Das würde ich auch nicht sagen. Ich bin nicht gerade aus dem Häuschen darüber, ein ganzes Jahr allein zu sein. Aber er muß das eben machen.«
»Er *muß?«*
»Ja – er muß.«
»Warum *muß* er?«
»Weil er halt muß. Weil er das Gefühl hat, er muß.«
»Wie – damit er *sich selbst finden* kann, oder was?«
»Du bist echt ein Zyniker. Was hast du für 'n Problem?«
»Ich hab kein Problem. Ich finde einfach ... wie soll ich ... Ich finde, daß er dich nicht besonders gut behandelt.«
Liz lachte und schüttelte den Kopf.
»Du bist wirklich lustig.«
»Warum?« fragte ich und lächelte.
»Na ja – nicht nur, daß du neidisch bist, weil er wegfährt, sondern du bist auch noch eifersüchtig auf seine Freundin.

Dabei bist du doch sein Kumpel. Ich meine, wenn es *das* ist, was du von deinen Freunden hältst ...«
Damit hatte ich nicht gerechnet.
»Was meinst du damit?«
»Womit?« Sie grinste mich an.
»Was meinst du mit ›eifersüchtig auf seine Freundin‹?«
Sie drehte sich um und tat so, als hielte sie nach jemandem Ausschau. »Shit – ich glaube, ich habe mich damit gemeint.« Daraufhin warf sie mir einen dieser Blicke zu. Einen dieser Blicke, bei denen man einfach wegschauen muß.
»Ich glaube, daß dir nicht ganz klar ist, was für eine Art Beziehung James und ich haben«, sagte sie. »Wir sind keine Kinder mehr, keine Teenies, die hinterm Fahrradschuppen rumknutschen.«
»Ihr seid immer noch Teenies.«
»Ja, aber wir knutschen nicht hinterm Fahrradschuppen rum. Wir schlafen miteinander. »
Das sagte sie nur, um mich verrückt zu machen. Es gab wirklich keine Veranlassung, so daherzureden.
»Ich bin beeindruckt.«
»Dave – verstehst du überhaupt, wovon ich rede? Wir haben eine richtige Beziehung. Wir sind verliebt.«
»Okay, okay, okay. Botschaft angekommen. Alles klar. Themawechsel – bitte.«
Es folgte eine lange Pause. Ich vermied es immer noch, ihr in die Augen zu sehen.
»Weißt du was?« sagte sie schließlich.
»Was?«
»Das Lustige daran ist ...«

»Was?«
»Daß wir darüber geredet haben, bevor er abgereist ist.«
»Was – über mich?«
»Nein – *darüber*.«
»Worüber?«
»Über Untreue.«
»Aha.«
»Und wir haben beschlossen …«
»Ja?«
»Na – du weißt schon. Wir sind jetzt seit wieviel – seit fünf Monaten zusammen. Und er ist jetzt für acht Monate weggegangen, und da fanden wir – man kann das einfach nicht erzwingen.«
»Was kann man nicht erzwingen?«
»Ach, du weißt schon. Egal was passiert, es wird nicht mehr so sein wie vorher, wenn er zurückkommt. Wir können nicht einfach da wieder anfangen, wo wir aufgehört haben.«
»Und das heißt …?«
»Das heißt – daß wir einfach mal schauen wollten. Wir nahmen beide an, daß die Wahrscheinlichkeit recht gering ist, daß er jetzt, wo er so weit weg ist – also, daß er sich zusammenreißt. Und je mehr Druck wir uns beide machen – daß wir enthaltsam bleiben oder so – also, um so schwerer wird's werden. Im Grunde genommen rechnen wir beide damit, daß es, je mehr Druck wir uns machen, desto wahrscheinlicher wird, daß wir einander untreu werden.«
»Worauf willst du hinaus?«
»Ich will damit nur sagen, daß … wir beide beschlossen

haben, die Sache auf uns zukommen zu lassen. Daß es nicht das Ende der Welt bedeuten würde, wenn irgendwas passiert. Daß wir beide das tun sollten, wozu wir Lust haben.«

»Und wozu *hast* du Lust?«

Ich versuchte mir ein Lächeln zu verbeißen.

»Na ja – weiß nicht. Es ist eben so, daß James und ich – also daß wir – na du weißt schon – immer ziemlich viel Spaß hatten. Wir hatten sogar total viel Spaß. Es war *immer* toll. Na ja – vielleicht nicht am Anfang – ich meine, am Anfang wußte er überhaupt nicht, was er da machte – aber als wir erstmal so richtig in Fahrt waren – da war's – weißt du, da hatten wir immer jede Menge Spaß. Und bis er gefahren ist, hingen wir fast die ganze Zeit zusammen – wochenlang. Ich habe mehr oder weniger bei ihm gewohnt. Er war immer da – und, um ehrlich zu sein ...« Sie lachte vor sich hin. »Also offen gesagt: Man gewöhnt sich dran.«

Sie ließ diesen Gedanken vor uns auf dem Tisch sitzen, bis er reif war.

»Es sind jetzt erst drei Monate – und ich werde langsam schon richtig – verzweifelt.«

Und noch einer. Noch so ein runder, saftiger, überreifer Pfirsich. Ich war ziemlich erregt.

»Und?« fragte ich.

»Und was?«

Sie schien nicht zu wissen, worauf ich hinauswollte.

»Ich meine ... warum erzählst du mir das alles?«

Ich warf ihr einen koketten Blick zu.

»Ach so. Ich verstehe. Jetzt weiß ich's wieder. Ich dachte nur gerade – das ist das Lustige an der ganzen Sache.«

»Was? Was ist lustig?«
»Du. Du bist lustig.«
»Was? Wieso?«
»Es ist einfach lustig. Weißt du, das Ganze kommt mir einfach wie eine ziemliche Ironie vor.«
»Wieso das denn?«
»Es ist einfach zum Lachen. Ich meine, da sitzt du nun und unternimmst diese herrlich unbeholfenen Annäherungsversuche, und wenn du nicht der wärst, der du bist, würde ich wahrscheinlich mitspielen, nur um es aus meinem System zu kriegen.«
»Wie? Wer bin ich? Was bin ich?«
»Du bist James' Freund.«
»Ja? Na und? Du hast mich zufällig über James kennengelernt. Na und?«
»Na und?«
»Er ist fort, und er wird 'ne Ewigkeit nicht zurückkommen.«
»Mein Lieber! *Du* magst ja vielleicht keine Skrupel haben, aber für mich bedeutet es schon was. Abgesehen davon geht das eh alles nicht.«
»Wieso?«
»Na – wir sind doch Freunde, oder?«
»Ja.«
»Also geht das nicht. Ich meine, wenn du irgend so ein Typ wärst, und ich würde dich zum ersten Mal treffen, dann könnten wir einfach nur so – du weißt schon – rein raus Danke schön Auf Wiedersehen. Aber wir sind Freunde. Das würde nicht gehen.«
»Wieso nicht?«

»Das ginge einfach nicht.«
Schlechte Nachrichten. Ich setzte mein bekümmertes Bluthundgesicht auf. Liz gab irgend etwas zwischen einem Lachen und einem Seufzen von sich und drückte tröstend mein Knie. Schöner Trost.
»Hör mal – hast du schon vergessen, was wir am Telefon gesagt haben?«
»Was denn?«
»Alle unsere Freunde sind entweder außer Landes oder an der Uni. Wir sitzen auf dem trockenen. Schau – ich bin echt total froh, daß du aus der Schweiz zurückgekommen bist. Ich find's toll, jemanden zu haben, mit dem ich rumhängen kann und der nicht so ein Kunsthochschul-Depp ist. Wir können Spaß zusammen haben. Das würde ich ungern bloß wegen einem schnellen Fick aufs Spiel setzen.«
»Okay. Verstehe.«
Sie tätschelte meine Schenkel.
Für einen schnellen Fick hätte ich liebend gern alles mögliche aufs Spiel gesetzt – und überhaupt, wer sagte, daß es schnell gehen mußte?
Ihre Definition des Wortes »verzweifelt« deckte sich offensichtlich nicht mit meiner.

Muß es ausgerechnet Indien sein?

In den darauffolgenden Wochen sah ich Liz zunehmend öfter, und mir wurde klar, daß sie auf eine seltsame Weise recht daran getan hatte, nicht mit mir in die Kiste zu steigen.
Aufgrund unseres Gesprächs wußten wir beide genau, woran wir miteinander waren, und konnten somit den ganzen Sexkram beiseite lassen. Ich stand immer noch ziemlich auf sie, und das wußte sie – aber ebenso wußten wir alle beide, daß nichts passieren würde (oder jedenfalls taten wir so). Das führte dazu, daß wir so was wie gute Kumpel werden konnten.
Es war das erste Mal, daß ich mit einem Mädchen richtig befreundet war. Mit ihr war es immer lustig. Und obwohl ich auf ihren Körper scharf war, aber gleichzeitig wußte, daß da nichts zu machen war, verstanden wir uns prima. So prima, daß ich mich nicht erinnern konnte, mich mit meinen sonstigen Freunden je so gut verstanden zu haben. Die meiste Zeit hatten wir es lustig, aber manchmal, wenn wir in der Stimmung dazu waren, führten wir auch ziemlich ernste Gespräche. Ich meine, was wir uns da so erzählten, war gelegentlich richtig … na ja, intim. Zum Schluß habe

ich ihr Dinge anvertraut, die ich eigentlich vorher noch nie jemandem erzählt hatte. Ich kann mich jetzt gar nicht mehr erinnern, was es war, aber ich weiß noch, wie ich damals dachte, daß es sich alles ziemlich bedeutsam anfühlte.

∾

Obwohl wir bloß Freunde waren und ich keinen zweiten Versuch machte, sie anzugraben, wurde es mit der Zeit immer offensichtlicher, daß wir uns näherkamen. Wenn wir uns irgendwo hinsetzten, fanden wir uns stets *genau* nebeneinander wieder. Wenn wir spazierengingen, geschah dies oft händchenhaltend. Und im Kino fanden wir nichts dabei, uns aneinander festzuhalten, wenn es spannend wurde.

Ich bin zwar kein Experte auf dem Gebiet, aber für mich war es sonnenklar, daß da was Sexuelles abging. Es war nicht so, daß ich mich an sie rangemacht hätte oder so was, aber zwischen uns begann sich einfach etwas zu entwickeln – beinahe ohne unser Zutun. Und je mehr wir irgendwo herumsaßen und uns betatschten, und je mehr wir über unsere tiefsten und dunkelsten Geheimnisse redeten und einander das Herz ausschütteten, desto mehr türmte sich dieses Etwas auf, über das keiner von uns beiden sprechen wollte.

Und ich wußte genau – das weiß man in solch einer Situation einfach –, also ich wußte genau: Wenn ich gesagt hätte, daß wir uns wie ein Pärchen in den Flitterwochen verhalten, hätte sie einen auf geschockt gemacht und wäre wütend

geworden – und die ganze Sache hätte sich in Rauch aufgelöst. Denn wenn das Körperliche weg gewesen wäre, wäre es auch mit unserer Freundschaft über kurz oder lang Essig gewesen. Wir hätten schlecht aufhören können, uns anzufassen, ohne das Gefühl zu haben, uns wie Schauspieler zu benehmen.
Ab und zu sagte sie so Sachen wie: »Du hast 'nen ziemlich engen Begriff von persönlichem Freiraum, oder?« Was totaler Quatsch ist, weil es einfach überhaupt nicht stimmt. Mein Sperrgebiet ist größer als das von Tschernobyl, und ich hasse es, Leute anzufassen, wirklich – aber was sollte ich machen? Also log ich und sagte, sie hätte recht.
Sie muß gewußt haben, daß das mit der Freundschaft eine einzige Farce war und daß irgendwas im Busch war, aber sie sorgte dafür, daß es nur ja niemand von uns beiden zugeben konnte.

Ich war immer davon ausgegangen, daß die Sache in einer einzigen schwitzigen, von Schuldgefühlen geplagten Raserei enden würde und daß wir danach nie wieder miteinander würden reden können. Aber eines Tages, völlig aus heiterem Himmel, haute Liz mich mit einem Vorschlag aus den Socken, der mehr sexuelle Möglichkeiten eröffnete, als ich jemals zu träumen gewagt hatte.
Es ging auf Ende April zu, und Liz schwänzte schon das dritte Mal in dieser Woche ihren Kurs. Wir hatten gerade den Nachmittag damit verbracht, uns in Hampstead Heath die Zeit zu vertreiben, und lagen nun ausgestreckt auf dem Rasen. Liz hatte ihren Kopf auf meinen Bauch gelegt.

»Und was machst du jetzt?«
»Wegen was?«
»Na, mit dem Rest von deinem Jahr.«
»Ahaaa – jetzt kommt die Fünf-Millionen-Dollar-Frage, oder wie?«
»Sechs Millionen.«
»Ist doch nicht so wichtig.«
»Du hast noch mehr als vier Monate Zeit.«
»Stimmt.«
»Gehst du arbeiten?«
»Nicht, wenn sich's vermeiden läßt.«
»Mußt du arbeiten?«
»Nö, eigentlich nicht.«
»Du machst Witze.«
»Mach ich nicht. Ich hab Kohle ohne Ende.«
»Echt?«
»Ja. Sieht man das nicht?«
»Nee – du bist genauso zugeknöpft wie immer.«
»Freut mich zu hören.«
»Woher kommt es dann, daß du so reich bist?«
»Hauptsächlich daher, daß der Mindestverdienst in der Schweiz bei über tausend Pfund liegt. Und weil ich dort so gut wie nie weggegangen bin, habe ich das meiste davon gespart.«
»Mehr als einen Tausender im Monat?«
»Na ja – sie behalten den größten Teil von deinem Gehalt für Unterkunft und Verpflegung ein, obwohl sie dich im Keller unterbringen und mit Resten aus der Küche abspeisen. Trotzdem hatte ich über tausend Pfund in der Tasche, als ich zurückkam.«

»Echt?«
»Plus das Geld, das ich im Sock Shop verdient habe.«
»Aber daß du reicher Sack mich *einmal* zum Essen eingeladen hättest! Nicht mal für 'nen Lolli hat's gelangt!«
»Ich spare eben.«
»Worauf?«
»Damit's für den Rest meines freien Jahres langt.«
»Damit du verreisen kannst?«
»Genau.«
»Aber du hast doch gerade gesagt, daß du nicht weißt, was du machen wirst!«
»Weiß ich auch noch nicht.«
»Aber du weißt, daß du wegfahren willst?«
»Ja. Schätze schon.«
»Was soll das heißen: ›schätze schon‹? Du tust so, als ob ich dich dazu überreden wollte, gegen deinen Willen wegzufahren.«
»Ach was!«
»Also willst du wegfahren?«
»Ich glaub schon.«
»Du *glaubst* schon?«
»Na ja – ich meine: ich *möchte* ja. Ich möchte auf jeden Fall. Und ich hab auch keine Angst davor. Ich ... ich möchte nicht allein fahren, aber ich hab meinen Arsch noch nicht in Bewegung gesetzt, und alle anderen sind schon weg. Deshalb weiß ich nicht so recht, was ich machen soll.«
»Aha. *Jetzt* versteh ich. Wirst du doch noch weich?«
Liz starrte nachdenklich über London hinweg und schwieg.
»Meine Sommerferien dauern ziemlich lang«, sagte sie.

»Anfang Juni hör ich auf. Dann hätten wir noch drei ganze Monate.«
»Ist das dein Ernst?«
»Mein voller Ernst. Ich möchte nicht auf alles verzichten müssen, bloß weil ich so einen Kurs auf der Kunstakademie mache. Und ich werde auch nicht James hinterherdackeln und in Amerika zu ihm stoßen.«
Sie sah mich an, und ein Lächeln huschte über ihr Gesicht.
»Ich wollte immer schon mal nach Indien.«
»Indien?«
»Ich hab ein bißchen Geld gespart. Willst du mit mir nach Indien fahren? Diesen Sommer?«
»Ist das echt dein Ernst?«
»Ich bin dabei, wenn du dabei bist.«
»Muß es unbedingt Indien sein? Könnten wir nicht nach Australien fahren?«
»Dafür verschwende ich mein Geld nicht. Entweder Indien oder gar nicht.«
Ich brauchte weniger als eine Sekunde, um darüber nachzudenken. Vor meinem geistigen Auge tauchte ein Bild auf. Ein spartanisches Hotelzimmer mit Marmorfußboden, Deckenventilator und einem riesigen Doppelbett, auf dem Liz und ich wie die Karnickel fickten.
»In Ordnung«, sagte ich.
»Schlag ein.«
Wir schlugen ein.
Schon die Art und Weise, wie sich unsere Hände berührten, törnte mich total an. Liz und ich würden den ganzen Sommer über zusammen ins Ausland fahren. Wir würden uns Hotelzimmer teilen. Unter den gegebenen Umständen

führte kein Weg daran vorbei, daß ich mit ihr ins Bett gehen würde.
Sie packte mich bei der Hand und sah mich prüfend an. »Als Freunde«, sagte sie. »Es wird nur klappen, wenn das absolut klar ist.«
»Gut. Als Freunde«, erwiderte ich und beugte mich vor, um sie in die Backe zu kneifen.

Der heiße, feuchte Zwickel von James' Boxershorts

Liz' Vater erklärte sich bereit, ihr Flugticket zu bezahlen – unter der Bedingung, daß er mich zuvor kennenlernte. Wie es sich gehört, wurde ich also gemeinsam mit meinen Eltern von ihren Eltern zum Essen eingeladen. Das Abendessen entpuppte sich als eine der krampfigsten Veranstaltungen dieser Art, der ich je beigewohnt hatte. Wenn sich ein Außerirdischer in diesen Raum verirrt hätte, hätte er denken müssen, daß die Menschen miteinander kommunizieren, indem sie mit dem Besteck klappern. Trotzdem schien ich die Kriterien von Liz' Vater erfüllt zu haben, denn er gab Liz das Geld fürs Ticket.

Liz und ich fingen nun an, ganze Tage gemeinsam damit zu verbringen, über Landkarten zu brüten, Reiseführer durchzublättern und allmählich eine Reiseroute zu planen. Wir würden nach Delhi fliegen, uns dann Richtung Norden in den Himalaja aufmachen, einen kleinen Schlenker nach Rajasthan unternehmen und von dort über Bombay und Goa bis ganz runter nach Kerala in den Süden fahren. Danach würden wir die andere Küste entlangreisen, also von Madras bis Kalkutta, rüber nach Varanasi, von wo aus wir über Katmandu wieder nach Delhi zurückwollten, um von dort aus nach Hause zu fliegen. Das Landesinnere ist anscheinend ziemlich langweilig – nur jede Menge Leute, die Sachen anbauen und in der Hitze schmoren. Von daher hielten wir einmal außen rum für die beste Route, um nur ja nichts zu verpassen.

Viele von diesen Planungstreffen gingen bis weit in die Nacht, und gelegentlich pennte ich dann bei ihr. Sie wohnte in einer engen Studentenbude, die sie sich mit drei anderen Mädchen aus ihrem Kurs teilte. Da es kein freies Zimmer gab, mußte ich auf ein paar Kissen gebettet auf dem Fußboden schlafen. Das hatte etwas zutiefst Erotisches an sich. Wie wir da lagen und uns unterhielten, nachdem wir das Licht ausgemacht hatten – das war schon fast Bettgeflüster. Eine heitere, postkoitale Atmosphäre hing in der Luft, nur geringfügig durch den Umstand getrübt, daß ich in der Regel einen hammermäßigen Ständer hatte.

Einmal hatten wir bereits eine ganze Weile bettgeflüstert, als sie mir erzählte, daß sie einen steifen Nacken habe.

»Soll ich dich massieren?« fragte ich.

»Wenn du's einigermaßen kannst?«

»Geht so«, erwiderte ich – was heißen sollte: »Ich hab's noch nie gemacht, aber ich kann's ja mal versuchen.«

Sie drehte sich um und legte sich auf den Bauch. Ich kletterte in ihr Bett, schob die Decke zurück und begann ihren Nacken zu massieren.

Anfangs lag sie da und zählte alle möglichen Gründe auf, weshalb sie an diesem Tag einen steifen Nacken hatte, und was für ein großartiger Masseur ihr James sei. Sie konnte gar nicht aufhören, von ihm zu reden, so daß ich irgendwann abschaltete und nicht mehr hinhörte. Als ich mit der Zeit raushatte, wie es ging, bemerkte ich, daß sie inzwischen immer langsamer redete und die Pausen zwischen ihren Sätzen immer länger wurden, bis die Pausen die Oberhand gewannen.

Dann fing sie an, seltsame Geräusche von sich zu geben. Also Stöhnen kann man es nicht nennen. Das wäre zuviel gesagt. Aber Seufzer waren es auch nicht gerade – es war eher so eine Art Summen und noch ein bißchen mehr.

Bald schon beschränkte ich mich nicht mehr auf ihren Nacken. Ich massierte sie an den Schultern und unterhalb ihrer Schulterblätter. Dann begannen sich meine Finger im Nackenausschnitt ihres T-Shirts zu verfangen – und ich versuchte den Eindruck zu erwecken, daß es im Weg sei und eine richtige Massage unmöglich mache.

Es war wirklich eine komische Szene. Hier war ich, nur mit einem Paar Boxershorts bekleidet, rittlings auf ihr sitzend, und massierte ihren Rücken, während sie ein bißchen mehr als summte und mir alle paar Minuten sagte, was für gute Freunde wir doch seien und wie sehr sie James liebte.

Zentimeterweise begann ich ihr T-Shirt nach oben zu schieben, bis es um ihre Achseln hing. Unter dem Vorwand, eine Oberarm-, Unterarm- und Handmassage zu veranstalten, streckte ich ihr die Arme über den Kopf. Daraufhin flutschte das T-Shirt über Kopf und Arme hinab auf den Boden.

Wuuusch!
Ich legte ihr die Haare wieder zurecht und betrachtete ihren Rücken.
Ihren langen, schwungvollen, anmutigen, hinreißenden Rücken.
Nun, wo das T-Shirt nicht mehr im Weg war, konnte ich in langen, unangestrengten Bewegungen unbehindert über ihren Körper streichen, gleiten, reiben.
Sie hörte auf zu sprechen, und aus dem bißchen mehr als Summen wurde ein Stöhnen.
Seitlich an ihrem Rücken konnte ich die Ausbuchtung ihrer Titten spüren, die dort unbedeckt ins Laken gedrückt wurden. Genau dort, wo ich auch war. Nach einer Weile bewegte ich mich nach unten und fing an, mich ihren Beinen zu widmen. Unterwegs fiel mir auf, daß sie außer einem Paar Boxershorts nichts trug.
Jetzt stöhnte sie aber ganz bestimmt. Meine Hände gingen rauf und runter über ihren ganzen Körper und schlüpften unterwegs immer wieder unauffällig in die Hös- chengegend. Bei einer dieser Erkundungen stülpte sich das Gummiband ihrer Shorts um, und zum Vorschein kam – ausgerechnet – ein Namensschild. In dem schummrigen Licht, das von einer Straßenlaterne durch die Vorhänge drang, konnte ich so eben ausmachen, was da stand. »JAMES IRVING« stand da.
Ich ließ den Gummi wieder zurückschnalzen.
Allmählich begann ich meine Aufmerksamkeit auf ihre Schenkel zu konzentrieren, danach auf die Innenseite ihrer Schenkel, und schließlich auf das Obere der Innenseite ihrer Schenkel. In einer Folge unmerklicher Bewegungen

teilten sich ihre Beine und kamen meinen Händen entgegen.
Langsam hob sich ihre Hüfte ein wenig von der Matratze weg. Ich folgte der Einladung und fand meine Finger im heißen, feuchten Zwickel von James' Boxershorts wieder. Danach blieb ich einfach so und sah zu. Ich brauchte mich fast nicht zu bewegen. Ihre Hüfte schaukelte über meiner Hand vor und zurück, wurde allmählich immer schneller, bis sie ein komisches quietschendes Geräusch von sich gab, einmal kurz zitterte, meine Hand wegschob, sich zur Seite wegdrehte und einschlief.
Anstatt zurück in mein Bett zu gehen, kuschelte ich mich an sie und versuchte einzuschlafen, meinen Ständer fest gegen ihren Hintern gepresst.
Am Morgen wachte ich als erster auf, also krabbelte ich in mein Bett, um dort abermals aufzuwachen und meinen Teil dazu beizutragen, daß die Illusion aufrechterhalten blieb, nichts sei passiert. Nachdem ich das getan hatte, ging ich nach unten, machte Frühstück für uns zwei und brachte es in ihr Schlafzimmer. Ich stellte das Tablett auf Liz' Radiowecker ab und setzte mich zu ihr ins Bett. Sie war immer noch halb am Schlafen, hatte aber irgendwie günstigerweise ihr T-Shirt wieder angezogen.
Gemeinsam verschlangen wir unsere Frühstücksflocken und die Toastbrote – wie zwei gute Kumpel, die einfach zufällig auf der Matratze ein Frühstück unter Freunden einnahmen. Keiner von uns beiden erwähnte das Vorgefallene, obwohl ich mit jedem Bissen einen aufregend eisenhaltigen Geschmack auf meinen Fingern bemerkte.

Noch in derselben Woche kauften Liz und ich unsere Tickets. Wir wollten unmittelbar nach Semesterende abfliegen und beinahe drei Monate später wieder zurückkehren, für mich gerade rechtzeitig zum Semesteranfang.

Gar nicht mit dir

Nach einer Weile wurden Massagen mit anschließender Übernachtung zu einer regelmäßigen Einrichtung. Die Massagetechnik verfeinerte sich schrittweise, bis an den Punkt, wo es dazugehörte, daß wir uns beide bis auf die Unterhosen auszogen und diverse Teile unserer Körper aneinanderrieben.
Da Liz die zwischen uns aufkeimende sexuelle Beziehung niemals zur Sprache brachte, beschloß ich, das Spiel mitzuspielen und uns weiterhin in der Illusion zu wiegen, daß wir zwei gute Kumpel seien, die einfach zufällig beide eine Vorliebe für heilpraktische Fast-Nackt-Massagen hatten. Die heilende Wirkung konzentrierte sich nach und nach immer mehr auf die Genitalien, wobei die Unterwäsche zunehmend als störend empfunden wurde – bis wir plötzlich nackt waren.
Es ist eine allgemein bekannte Tatsache, daß, wenn zwei Menschen unbekleidet zusammen im Bett liegen und ihre Geschlechtsteile aneinanderreiben, früher oder später ein Geschlechtsteil in das andere schlüpft.
So auch hier. Wirklich eine *sehr* fortgeschrittene Form von heilpraktischer Massage.

An diesem Punkt angelangt, kamen wir nicht umhin, die Frage der Verhütung anzusprechen.
»Du nimmst doch die Pille, oder?«
»Nein. ich hab sie abgesetzt.«
»Hast du Kondome?«
»Nein, ich hab die, die noch übrig waren, weggeschmissen.«
»Wieso das denn?«
»Sollte 'ne Geste sein.«
»Meine Fresse! Was für 'ne Geste bitte schön?«
»Eine Geste der Treue natürlich.«
»Aha, ich verstehe.«
»Zieh ihn besser raus.«
»Na gut.«
»*JETZT DOCH NOCH NICHT*, du Idiot!«
»Oh, okay.«
Ich wackelte ein bißchen mit meinem Schwanz rum, bis er anfing zu kribbeln, und zog ihn dann raus.
»Holst du mir einen runter?«
»Nein!«
»Mach, bitte!«
»Wieso sollte ich?«
»Ich hab's dir schon so oft gemacht, und du hast mich noch kein einziges Mal angefaßt.«
Sie verzog ihr Gesicht und griff unter die Bettdecke. Nachdem sie es irgendwie geschafft hatte, die einzige Stelle an meinem Penis ohne Nervenverbindungen zu finden, und daran gezerrt hatte, bis es weh tat, griff ich nach ihrer Hand und zeigte ihr, wie sie es machen mußte. Sekunden später hatte ich auf ihren Bauch abgespritzt.

Es war, wie ich betonen muß, lediglich der Samen der Freundschaft. Eine Art natürliches Massageöl, wenn man so will. Denn zwischen Liz und mir spielte sich nichts Sexuelles ab. Wirklich nicht. Ein weiterer Beweis dafür findet sich in der Tatsache, daß sie sich *immer noch* weigerte, mich zu küssen.
Danach legten wir uns beide schlafen. Vermutlich mehr aus Taktgefühl als sonst irgend etwas. Ich wußte, daß sie Zeit brauchte, um sich darüber klarzuwerden, was sie sagen sollte. Jetzt würde es ihr tatsächlich sehr schwer fallen, abzustreiten, daß etwas passiert war. Mit ein bißchen Glück würden wir am nächsten Morgen aufwachen, uns einen Kuß-trotz-Mundgeruch geben und uns offiziell ein Paar nennen.

Kaum hatte Liz die Augen geöffnet, sprang sie auch schon aus dem Bett. Ich folgte ihr nach unten, und wir frühstückten schweigend, bis ich die große Frage stellte.
»Liz? Warum willst du mich nicht küssen?«
Sie aß weiter und starrte in ihre Müslischale. Während sie überlegte, was sie antworten sollte, kaute sie langsam.
»Ist das nicht offensichtlich?« murmelte sie.
»Unter den jetzigen Umständen finde ich gar nichts offensichtlich.«
»Ich liebe dich nicht«, sagte sie.
»Na und?«
»Was soll das heißen: ›na und‹?«
»Das weiß ich doch, daß du mich nicht liebst. Ich weiß, wie

wir zueinander stehen. Es ist nur so, daß ... also wenn wir schon Sex haben, dann sollten wir wenigstens versuchen, ihn zu genießen.«

»Ich liebe James. Bedeutet dir das denn gar nichts?«

»Nicht besonders viel. Ich finde es einfach lächerlich, daß du mir immer wieder nur mit ihm kommst, aber gleichzeitig diese ganzen Sachen mit mir machst. Ich verstehe einfach nicht, warum du dir nicht eingestehen kannst, was hier gerade abgeht. Ich meine – was soll das? Wenn er wiederkommt, wird eben alles wieder seinen geregelten Gang gehen.«

»Ist das wirklich das, was du willst?«

»Ja klar!«

»Und du glaubst echt, daß das so läuft?«

»Ich wüßte nicht, warum es nicht laufen sollte. Wir könnten es jederzeit abblasen.«

»Du bist so was von naiv! Von Beziehungen hast du echt keine Ahnung. Ich fass es nicht! Das ist totaler Müll, was du da redest.«

»Wieso? Was soll denn schiefgehen? Denkst du, ich wäre nicht in der Lage loszulassen?«

»Ja.«

»Das würde mir nichts ausmachen. Wenn ich im voraus einverstanden war, kann ich mich hinterher wohl schlecht beschweren, oder?«

»Und dann gibt es da noch das klitzekleine Problem mit James. Hast du schon mal was von Eifersucht gehört? Ich kann mir nicht vorstellen, daß er wahnsinnig begeistert davon wäre.«

»Ich dachte, ihr hättet euch auf eine offene Beziehung

geeinigt, damit er in Asien rumbumsen kann, ohne sich dabei schlecht zu fühlen. Geschieht ihm recht.«

»Ich glaub's einfach nicht. Ich weiß nicht, warum wir über das Ganze überhaupt reden. Du bist so naiv, daß ich gar nicht weiß, wo ich anfangen soll. Du hast ja anscheinend von nichts eine Ahnung. Und außerdem bin ich kein Stück Fleisch, mit dem ihr beiden beliebig Handel treiben könnt.«

»*Wir* sind doch die, mit denen gehandelt wird. Du hast dir mich für ihn eingehandelt.«

»Hab ich nicht.«

»Klar hast du das.«

»Habe ich nicht. Wenn … wenn du denkst, daß du, bloß weil du die ganze Zeit an mir rumgezerrt hast und ausgenutzt hast, daß ich James vermisse … und jetzt, wo du endlich dein erbärmliches bißchen Befriedigung für diese ganzen Anstrengungen gekriegt hast – also wenn du glaubst, daß das schon bedeutet, daß du an James' Stelle getreten bist, dann mußt du echt noch eine Menge lernen.«

»Was zum Beispiel?«

»Zum … zum Beispiel … *einfach alles!* Du hast anscheinend keinen Schimmer, wie eine Beziehung funktioniert. Als ob du noch nie von menschlichen Gefühlen gehört hättest! Als ob du nicht einmal so viel Phantasie hast, um zu begreifen, daß das, was sich auf der Oberfläche abspielt, nicht immer dem entspricht, was … daß das einfach nicht immer das Wichtigste ist!«

»Ach *so* ist das. *Jetzt* versteh ich. *Ich* bin der Oberflächliche, weil ich mir einbilde, daß Sex irgendwas zu bedeuten hat. Endlich hab ich's begriffen. Es ist alles *meine Schuld*, weil ich so *naiv* war anzunehmen, daß du, bloß weil du jetzt mit mir Sex hast anstatt mit James …«

»Ich habe jetzt *gar nicht* mit dir Sex anstatt mit James. Also – du hast mich lange genug angegrabscht, und nun hast du ja endlich, was du wolltest. Ich hoffe, du bist zufrieden, aber nun ist Schluß.«

»Toll. Und ich bin der Oberflächliche.«

»Ja.«

»Hör mal. Selbst wenn du jetzt Schluß damit machst: Wir wissen doch beide, daß du es willst. Und wir wissen beide, daß wir es getan haben.«

»Ich will es *nicht*.«

»Ja klar, ich hab dich gezwungen.«

»Hast du auch.«

»WOVON REDEST DU EIGENTLICH?«

»Das hast du. Schritt für Schritt hast du dich mir aufgezwungen. Über Wochen hin.«

»Das ist doch totaler Quatsch.«

»Aber es stimmt. Ich weiß gar nicht, wie du das abstreiten kannst.«

»Ich habe es nicht erzwungen. Es ist einfach passiert. Und mir ist nicht aufgefallen, daß du dich gewehrt hättest.«

»Wenn ich mich nicht gewehrt habe, warum ist es dann nicht gleich passiert?«

»Vielleicht wollte *ich* ja nicht, daß es passiert.«

»Ja, höchstwahrscheinlich. Du würdest doch alles nehmen, was dir vors Rohr kommt.«

»Da machst du dir selbst aber ein tolles Kompliment.«

»Egal – jedenfalls hatten wir keinen Sex. Es ist ein kleiner

Unterschied, ob man jemandem auf den Bauch wichst oder ob man sich liebt.«
»Es war deine Hand.«
»Meine Hand war total schlaff. Du hast sie mir geführt, wenn du dich noch erinnerst.«
»Und was davor war, hast du wohl schon vergessen?«
»O ja – du hast mir zehn Sekunden lang mit deinem Eumel zwischen die Beine getippt. Wow! Das nenne ich Leidenschaft. So hat's mir noch nie jemand besorgt.«
»Wenn du Kondome gehabt hättest ...«
»Hatte ich aber nicht. Aus genau diesem Grund.«
»Wenn du keine Angst davor gehabt hättest, daß wir miteinander schlafen, hättest du sie auch nicht wegschmei- ßen brauchen.«
»Wir haben *nicht* miteinander geschlafen, und wir werden's auch nie tun. Wenn das deine Vorstellung von Liebe ist, dann war dein bisheriges Leben wirklich sehr traurig.«
»Ach, fick dich selbst.«
»Ich hoffe, daß ich damit deine Frage beantwortet habe. Deshalb küsse ich dich nicht. Weil du nämlich ein blöder Wichser bist.«

Ach nichts

Es dauerte eine geschlagene Woche, bis ich den Mut aufbrachte, mich bei ihr zu melden.
»Hi«, sagte ich. »Ich bin's.«
»Hi.«
»Was machst du so?«
»Ach nichts.«
»Soll ich vorbeikommen?«
»Nein, ich hab zu tun.«
»Ich dachte, du hast nichts zu tun.«
»Stimmt – aber ich werde wohl demnächst was zu tun haben, meinst du nicht?«
»Was denn?«
»Geht dich doch nichts an.«
»Auch recht.«
Verlegenes Schweigen.
»Soll ich später vorbeikommen?«
»Nein – ich habe dir doch gesagt, daß ich zu tun habe.«
»Aber ich darf nicht fragen, was du tust?«
»Hör mal, ich habe jede Menge Arbeit nachzuholen. Weißt du, ich will bei meinem Kurs nicht durchfallen.«

»Wie wär's mit danach? Sollten wir nicht noch ein bißchen planen?«
»Mach dich nicht lächerlich. Wir wissen doch genau, wo wir hinwollen. Und wir haben entschieden, was zu entscheiden ist. Man kann einfach nicht alles im Griff haben. Wenn wir jetzt noch mehr planen, machen wir die ganze Sache nur kaputt.«
Wenn man berücksichtigte, daß ich das Wort »planen« nur als Euphemismus für Sex gebraucht hatte (vermutlich eine Neuschöpfung), war ihre Antwort als ein äußerst schlechtes Zeichen anzusehen.
»Ich habe die Nase voll vom Planen«, sagte sie. Das saß. »Wir haben beschlossen, was wir machen wollen, und den Rest sollten wir einfach auf uns zukommen lassen. Du bist einfach viel zu anal fixiert – falls dir das noch nicht aufgefallen ist. Man kann nicht immer alles im voraus planen.«
Ich wußte nicht, was ich sagen sollte. Das war's, dachte ich. Jetzt hab ich's versaut, und wir sind noch nicht mal in Indien.
»Du, ich muß weitermachen.«
»Okay.«
»Tschüs.«
Klick.
»Tschüs.«
Sie hatte aufgelegt, bevor ich noch »Tschüs« sagen konnte.

Es waren noch drei Tage bis zu unserem Abflug. Während dieser Zeit sprachen wir kein einziges Wort miteinander.

rienced Are you experienced Are you experie
you experienced Are you experienced Are
rienced Are you experienced Are you experie
you experienced Are you experienced Are
rienced Are you experienced Are you experie
you experienced Are you experienced Are
rienced Are you experienced Are you experie
you experienced Are you experienced Are

TEIL ZWEI

WAS MACHEN RUCKSACK-TOURISTEN EIGENTLICH DEN GANZEN TAG?

rienced Are you experienced Are you experie
you experienced Are you experienced Are
rienced Are you experienced Are you experie
you experienced Are you experienced Are
rienced Are you experienced Are you experie
you experienced Are you experienced Are
rienced Are you experienced Are you experie
you experienced Are you experienced Are
rienced Are you experienced Are you experie
you experienced Are you experienced Are
rienced Are you experienced Are you experie
you experienced Are you experienced Are
rienced Are you experienced Are you experie
you experienced Are you experienced Are
rienced Are you experienced Are you experie
you experienced Are you experienced Are
rienced Are you experienced Are you experie
you experienced Are you experienced Are
rienced Are you experienced Are you experie
you experienced Are you experienced Are
rienced Are you experienced Are you experi
you experienced Are you experienced A

Das BUCH

An unserem ersten vollständigen Tag in Delhi gingen wir zum Red Fort, das ziemlich beeindruckende Ausmaße hatte, aber ansonsten ein bißchen langweilig war. Direkt davor verkaufte irgendein Typ riesige Schlapphüte, die er publikumswirksam in einem großen Stapel auf dem Kopf trug. Sein Anblick brachte mir wieder zu Bewußtsein, daß ich mich so fühlte, als ob mir jemand eins mit dem Ziegelstein übergebraten hätte. Ich mußte unbedingt so einen Hut haben.

»Hallo, mein Freund. Willst du Hut kaufen?«

»Wieviel?«

»Beste Preis.«

»Wieviel?«

»Was du wollen.«

»Was *ich* will?«

»Du sagen Preis.«

»Was kosten sie denn normal?«

»Du sagen Preis, mein Freund. Jede Preis billige Preis.«

»Ähm ... fünfzig Rupien?«

Das waren gerade mal etwas weniger als zwei Pfund, was mir wie ein ganz vernünftiger Preis erschien. Doch kaum hatte ich's gesagt, stülpte er mir einen Hut über und wartete darauf, daß ich bezahlte. Offensichtlich hatte ich ihm viel zuviel geboten, aber da ich keine Ahnung hatte, wie ich es mir wieder anders überlegen sollte, gab ich ihm das Geld.

Liz tat so, als ob sie nicht gesehen hätte, was passiert war, und fragte mich, wieviel ich bezahlt hätte. Ich sagte, das sei mir egal, und im übrigen sei es ein absolut fairer Preis für das, was ich im Gegenzug dafür bekommen hätte. Nämlich einen ziemlich coolen Hut.

»Ist dir nicht aufgefallen, daß alle anderen West-Touristen auch so einen tragen? Da könntest du genausogut mit einem Plakat um den Hals rumlaufen, auf dem ›Tourist‹ steht.«

Ich sah mich um, um zu überprüfen, ob das stimmte. Eine Gruppe von etwa dreißig Europäern mittleren Alters tauchte auf, samt Führer. Sie kamen gerade aus dem Fort. Mehr als die Hälfte von ihnen trug meinen Hut.

»Wo ist dein Führer, Dave? Willst du dich nicht deinen Freunden anschließen?«

»Jetzt paß mal auf, Liz. Das ist hier keine Modenschau. Der Hut sitzt gut und ist bequem. Wenn du lieber einen Sonnenstich kriegst, nur um ja nicht wie ein Tourist auszusehen, dann ist das dein Problem.«

»Ich kaufe mir schon noch einen Hut. Ich würde ihn vielleicht nur nicht beim erstbesten Typen kaufen, der mir begegnet – und das auch noch direkt vor der größten Touristenattraktion der Hauptstadt. Also, zumindest so viel Zurückhaltung würde ich persönlich schon zeigen.«

»Super Idee. Der Hut macht's wirklich aus. Was willst

du sonst noch tun? Dir Schuhcreme ins Gesicht schmieren?«
»Rassist.«
Ich wünschte mir inzwischen, daß ich den Hut nie gekauft hätte. Aber wegen unseres Streits würde ich ihn nun die ganze Zeit tragen müssen – nur um ihr zu zeigen, daß sie mich nicht umstimmen konnte.
Ich fragte mich allerdings wirklich, wieviel die anderen dafür bezahlt hatten.

Jeremy hatte uns erzählt, daß die Rikscha zum Fort und von dort wieder zurück pro Strecke nicht mehr als zehn Rupien kosten sollte (das waren ungefähr dreißig Pence). Unsere Versuche, diesen Preis auszuhandeln, wurden von den Rikschafahrern nur mit Hohn quittiert. Liz brachte es fertig, auf ihre Preisvorstellungen mit ebensoviel, wenn nicht gar mehr Hohn zu reagieren. Und ich sah mich schließlich mit gut zwanzigminütigen Auseinandersetzungen über Hin- wie Rückweg konfrontiert. In regelmäßigen Abständen stapften entweder Liz oder der Fahrer wütend davon. Und wenn Liz an der Reihe war, empfand ich es als Ehrensache, ihr auf dem Fuße zu folgen.
Liz schaffte es, den Preis auf fünfzehn Rupien für die Hinfahrt und zwanzig für die Rückfahrt zu drücken, was sie in beiden Fällen als moralischen Sieg betrachtete. Wie sie so auf dem Rücksitz der lärmenden und stinkenden Rikscha kauerte, konnte ich ihr ansehen, daß sie irgendeine Art von Anerkennung für ihre Bemühungen erwartete.
»Gut gemacht, Liz.«
»Danke.«

»Da haben wir mindestens 15 Pence pro Nase gespart. Das macht fast acht Pence für jeden.«
»Hörst du jetzt endlich mal auf, dich wie ein verwöhntes Bürschchen aus dem Westen aufzuführen? Wir sind in Indien.«
»Na und?«
»Da muß man feilschen. Das gehört dazu.«
»Muß man gar nicht. Leg noch ein paar Pennies drauf, und du kannst dir dieses ganze Rumgeschreie in der Mittagshitze komplett sparen.«
»Darum geht's gar nicht, das weißt du ganz genau.«
»Worum geht's dann?«
»Jetzt denk doch mal nach – wenn du gleich mit ihrem ersten Angebot zufrieden bist, machst du dich zum Trottel. Die lachen dich doch hinter deinem Rücken aus.«
»Na und? Das ist doch mir wurscht.«
»Und wenn die aus dem Westen immer das Doppelte bezahlen, macht das einen schlechten Eindruck und versaut unseren Ruf. Es sieht dann so aus, als ob wir alle verwöhnt wären und viel reicher, als wir tatsächlich sind.«
»Aber wir *sind* doch reich. Zehn Rupien ist doch gar nichts. Es ist doch völlig egal, ob wir das Doppelte bezahlen.«
»Das ist nicht der Punkt. Wenn wir das täten, würden wir das ganze hiesige Wirtschaftsgefüge durcheinanderbringen.«
»Ach, jetzt versteh ich. Es ist wieder wie mit den Bettlern. Und ich dachte schon, du wärst knauserig – dabei kämpfst du bloß selbstlos zum Wohle der hiesigen Wirtschaft.«

»Deine pseudo-weltliche Sarkasmuskacke langweilt mich zunehmend, Dave. Das hat überhaupt nichts mit knauserig zu tun. Ich werde einfach nicht zulassen, daß diese Leute mich zum Idioten machen.«
»Stimmt, du hast ziemlich clever ausgesehen, wie du da wegen 20 Pence rot angelaufen bist.«
»Ach, leck mich.«

An einer Kreuzung wurden wir von einem Verkehrspolizisten angehalten. Prompt klopfte ein bettelndes Kind an den Schlag der Rikscha und steckte seinen Kopf flehend zu uns herein. Liz fischte in ihrer Gürteltasche nach Münzen, vermutlich um zu beweisen, daß sie nicht geizig war. Das bettelnde Kind und ich sahen ihr beide zu, wie sie sich mit der Gürteltasche abmühte, in der sich inzwischen ein fast zentimeterdickes Notenbündel befand. Ich bemerkte, wie sich die Augen des Kindes ehrfurchtsvoll weiteten.
»Ich habe keine Münzen«, sagte Liz.
Der Rikschafahrer ließ seinen Motor aufheulen. Liz blätterte fieberhaft ihr Bündel Banknoten durch, auf der Suche nach einem kleinen Schein.
»Kannst du ihm was geben?«
»Ich dachte …«
»FANG JETZT NICHT DAMIT AN«, schnappte sie giftig. Nach dem Streit mit den Rickschamännern brannten ihr die Sicherungen jetzt offensichtlich um einiges schneller durch. Zumal sie immer noch keinen Hut besaß.
Just in diesem Augenblick drehte sich der Fahrer um und

beschimpfte den Bettler auf Hindi. Der Junge ignorierte ihn, im sicheren Gefühl, daß er kurz davor war, Geld zu bekommen.
Der Fahrer fuhr fort das Kind anzuschreien, während ich in meiner Hosentasche nach einer Münze fahndete. Gerade als der Verkehr sich wieder in Bewegung zu setzen begann, hatte ich endlich eine gefunden und drückte sie dem Jungen in die Hand. Die anfahrende Rikscha fegte jedoch das Handgelenk des Jungen beiseite, und ich sah die Münze durch die Luft fliegen.
Ich drehte mich rasch um und stellte fest, daß das Kind mitten auf der Straße kniete und dem ausweichenden und hupenden Verkehr keinerlei Beachtung schenkte, der nur zentimeterweise an ihm vorbeischrammte. Während wir uns entfernten, sah ich noch, wie ein anderer Junge sich an der Suche auf dem Asphalt beteiligte und wie es zu einem Gerangel kam, nachdem einer der beiden die Münze gefunden und aufgehoben hatte.

Bei unserer Rückkehr ins Hotel fanden wir Jeremy mit einem Buch in der Hand auf der Veranda sitzend vor.
»Und, habt ihr's geschafft?« fragte er.
»Gerade so«, gab ich zurück.
»Wieviel habt ihr für die Rickscha bezahlt?«
»Fünfzehn«, platzte Liz los, bevor ich noch antworten konnte.
»Und zwanzig auf dem Rückweg«, ergänzte ich.
»Nicht schlecht«, sagte Jeremy. »Bißchen mehr Übung noch, und ihr seid dabei.«
»Was liest du denn da?« fragte Liz.

»Die *Gita*«, erwiderte er und hielt eine Ausgabe der *Bhagavadgita* in die Höhe.
»Oh, wow«, sagte Liz.
»Taugt es was?« fragte ich.
Er sah mich von oben herab an. »Taugen? Mein Junge, wir reden hier von der *Gita*. Ich meine, genausogut kann man fragen, ob die Bibel was ›taugt‹.« Er unterstrich die Anführungszeichen mit einer Fingerbewegung.
»Weiß nicht. Hab sie nie gelesen. Denke mir mal, sie hat ein paar gute Stellen.«
Jeremy wandte sich demonstrativ von mir ab und richtete seine Bemerkungen fortan nur noch an Liz.
»Es ist *das* Buch. Da steht alles drin, was man über Indien wissen muß. Man kann nicht hierherkommen und es nicht lesen.«
»Ich dachte, der *Lonely Planet* wäre *das* Buch. Ist die *Bhagavadgita* jetzt besser als der *Lonely Planet*? Hat das was mit den Preisen zu tun?«
Sie ignorierten mich alle beide.
»Kann ich's mir ausleihen, wenn du fertig bist?« fragte Liz.
Jeremy lachte in sich hinein.
»Mit der *Bhagavadgita* ist man nie fertig. Ich weiß gar nicht, wie oft ich sie schon gelesen habe. Hier.« Er schloß das Buch und warf es ihr zu. Es war kein besonders guter Wurf, aber es gelang ihr, das Buch zu fangen. Sie schaute ihn etwas verdutzt an. Er lächelte sie an. »Von mir«, sagte er. »Wenn du so willst: mein Einführungsgeschenk. Was Indien anbetrifft.« Er verschränkte die Arme hinter seinem Kopf und lehnte sich in seinem Stuhl zurück. »Vielleicht gibst du mir

ja irgendwann mal eines von deinen Büchern, wenn du Lust hast.«
Im Tausch für seine dünne Ausgabe der *Bhagavadgita* – sechzig Seiten stark und voller Eselsohren – bekam er eine neue, ungelesene Ausgabe von *Oscar und Lucinda*.

»Wir haben entschieden, was wir machen wollen«, sagte Liz.
»Ach ja?« sagte Jeremy.
»Wir werden uns an unseren ursprünglichen Plan halten. Es ist einfach zu heiß hier unten, und der Monsun ist auf dem Vormarsch. Also machen wir uns auf in die Berge. Wir dachten, Simla sei ein guter Ort als erster Zwischenstopp.«
»Simla?«
»Hältst du das für eine gute Idee?«
»Du mußt das tun, was sich für dich richtig anfühlt, Liz. Ich kann dir nicht sagen, wo du hingehen sollst.«
»Wieso – stimmt irgendwas nicht mit Simla?«
»Geh dahin, wohin dich dein Gefühl trägt, Liz. Dafür bist du hier. Es gibt kein richtig oder falsch.«
»Das meinte ich nicht. Ich wollte nur ...«
»Fahrt einfach. Erholt euch.«
»Willst du vielleicht ... mitkommen?«
NEIN! Nein – das konnte sie nicht machen. Nicht Jeremy. Das hielt ich nicht aus.
»Würd ich wirklich gern.«
Neiiiin!
»Aber leider kann ich nicht.«
»Warum nicht?« fragte Liz. »Ich dachte, du kannst überall hin, wohin dich dein Gefühl treibt.«

»Schön gesagt. Ich kann trotzdem nicht. Ich sitze hier fest und warte auf mein Geld.«
»Du wartest auf dein Geld?« fragte ich.
»Ja. Ich bin pleite.«
»Woher kommt dein Geld?«
»Von zu Hause.«
»Wieso das denn? Von wem?«
»Von meinen Eltern.«
Ich konnte mir ein Lachen nicht verbeißen. Das ist ein Leben, dachte ich. Immer wenn dir das Geld ausgeht, kabeln dir Mama und Papa welches.
»Was ist?« fragte er. »Was ist daran so lustig?«
»Ach nichts.«
»Worüber lachst du?«
»*Über gar nichts*. Lache ich vielleicht? Sieht so etwa lachen aus?«
»Du hast eben gelacht. Ich möchte wissen, worüber du gelacht hast.«
»Nur über … na ja, du weißt schon.«
»Nein, ich weiß gar nichts.«
»Es ist nur – so lustig, daß deine Eltern dir Geld schicken.«
»Warum?«
»Es ist einfach lustig.« Ich grinste blöde. Jetzt hatte ich ihn an den Eiern. »Ich hatte nur angenommen – na ja –, daß du ein bißchen älter wärst, sonst nichts.«
Er stand auf und schleuderte *Oscar and Lucinda* zu Boden.
»Was willst du damit sagen?«
»Nichts.«
Die Luft wurde immer dicker, während wir uns so anstarrten. Keiner von uns beiden sprach.

»Tut mir leid«, sagte ich. »Ich hätte nicht lachen sollen. Ich meine – nur weil ich mir das Geld, um hierherzukommen, selbst verdient habe, bin ich deswegen noch kein besserer Mensch. Und es war ja auch keine große Überraschung. Ich hätte wirklich nicht lachen sollen. Es war eigentlich schon klar, als du das erste Mal den Mund aufgemacht hast, daß du ein feiner Pinkel bist. Tut mir leid. Ich hätte einfach nicht lachen sollen.«
Jetzt war er wirklich stinkwütend.
»Ich *bin kein* feiner Pinkel.«
»Nein – sorry. War das falsche Wort.«
»Und ich *habe* mir das Geld, um hierherzukommen, auch selbst verdient. Meine Eltern geben mir nur noch mal was obendrauf.«
»Ach so. Klar. Ich habe wieder voreilige Schlüsse gezogen.«
»Und noch mal: Ich *bin kein* feiner Pinkel!«
»Sorry. Brenzliges Thema.«
Er bebte vor Zorn.
»Leute wie du sind ... ihr seid so ... so ... besessen von der Klassenfrage, daß ... daß es ... es ist wirklich so pubertär, und so englisch! Du bist einfach so scheiß-englisch, daß ich kotzen könnte. Du bist so was von traurig und engstirnig – und du weißt überhaupt nichts von mir. Also verpiß dich.«
»Du hast recht. Deshalb sollten wir uns besser kennenlernen. Auf welcher Schule warst du zum Beispiel?«
»Ich wette, daß du auch auf 'ner Privatschule warst.«
»Mag sein. Aber das macht mich noch nicht zu einem feinen Pinkel.«

»Verdammt noch mal, ich *BIN KEIN* ....« Wenn er nicht so ein Weichei gewesen wäre, hätte er mir eine reingehauen. Ich sah, wie der Gedanke kurz in ihm aufblitzte. Statt dessen holte er ein paarmal tief Luft, hob das Buch auf und stürmte von dannen. In der Tür drehte er sich noch einmal um und schrie: »Ich wünsch dir, daß du ... daß du ... Malaria kriegst!«

Eine Art sadistische Schwerelosigkeits-Kammer

Liz zeigte Jeremy unsere Bustickets nach Simla, und er wies uns freundlicherweise darauf hin, daß sich die Plätze mit den Nummern 52 und 53 im hinteren Teil des Busses befinden würden und daß es zum Grundwissen gehörte, sich um einen Sitz möglichst weit vorn zu bemühen, wenn man nicht will, daß es einem von den vielen Schlaglöchern unterwegs die Wirbelsäule zusammenhaut. Er erwähnte ebenfalls, daß auf unseren Tickets »Luxury VT« stand, was soviel hieß, als daß der Bus eine Videoanlage besaß und wir die ganze Reise über von Hindi-Musicals zugedröhnt werden würden. Und die Reise dauere, wie er genüßlich hinzufügte, mindestens vierzehn Stunden.

»Wie lange habt ihr Schlange gestanden?«

Wir sahen ihn beide finster an.

»Zwei Stunden.«

»Ihr hättet jemanden vom Hotel schicken lassen sollen«, sagte Jeremy.

»Machen die das wirklich?« fragte Liz.

»Na klar – kostet vielleicht 'n paar Rupien, aber spart dir 'nen ganzen Tag. Na ja – man lernt nie aus.«

Mehr denn je wollte ich Jeremy die Zehennägel einzeln ausreißen.

Es stellte sich heraus, daß das mit der Wirbelsäule, die es einem zusammenhaut, nicht bloß Gerede war. Die Hinterräder des Busses befanden sich ungefähr in der Mitte des Chassis, wodurch die hinteren fünfzehn Reihen wie auf einem Schwenkarm saßen, der jedes kleinste Schlagloch in einer sowieso schon grausam unebenen Straße vergrößerte. Das Ergebnis war, daß wir in einer Art sadistischer Schwerelosigkeits-Kammer reisten, wo man die Hälfte der Zeit in der Luft schwebt und sich die andere Hälfte vom Sitz den Hintern versohlen läßt.

Es war das erste Mal, daß ich für längere Zeit mit einem Einheimischen in Berührung kam, und es kam mir so vor, als ob das ganze Gerede darüber, daß die Inder sich in ihr Schicksal fügen, wirklich stimmt. Der Typ neben mir merkte offenbar nicht einmal, wie unbequem der Bus war. Ab und zu, wenn wir gerade wieder einmal bis an die Decke geschwebt waren und anschließend einen dreifachen Hau abbekommen hatten, der heftig genug war, um uns alle fünf auf den Boden zu befördern, schenkte er mir ein amüsiertes Ist-doch-lustig-oder?-Grinsen, aber ansonsten starrte er einfach bloß aus dem Fenster, scheinbar zufrieden damit, gleichzeitig gelähmt und kastriert zu werden.

Der große Vorteil, wenn man hinten saß, war, daß man sich weiter weg von den Hindi-Musicals befand, die vorn im Bus gezeigt wurden. Im Laufe unserer Reise wurde uns insgesamt viermal ein und derselbe Film vorgespielt. Und

obwohl ich den Bildschirm nur sehen konnte, wenn ich mich gerade in der Luft befand, hatte ich gegen Ende der Fahrt den Film zum größten Teil – sozusagen Stück für Stück – gesehen und konnte der Handlung einigermaßen folgen.
Soweit ich es beurteilen konnte, ging es um einen Typen, der ein sexy Mädchen heiraten will, aber seine Eltern wollen, daß er ein häßliches Mädchen heiratet. Als er kurz davor ist, das häßliche Mädchen zu heiraten, entdeckt er, daß das sexy Mädchen von einem häßlichen Mann gekidnappt worden ist, der schwarze Lederklamotten trägt und finster in die Kamera schaut. Eilig schwingt sich der Held in den Sattel, um das sexy Mädchen zu suchen, und prügelt sich mitten in der Wüste mit dem häßlichen Mann. Er ist gerade im Begriff, das sexy Mädchen zu retten, als herauskommt, daß das häßliche Mädchen mit dem häßlichen Mann unter einer Decke steckt und daß sie irgendwie den Vater im Sand an einen Stuhl gefesselt hat und gerade dabei ist, ihn mit Benzin zu übergießen. Das häßliche Mädchen zieht eine Schachtel Streichhölzer aus der Tasche, worauf alle erst mal Pause machen, um ein Lied zu singen. Kurz darauf springen fünfzig Kerle in schwarzen Klamotten hinter einem Busch hervor, den es vorher gar nicht gab, und fangen an, auf den Helden zu schießen, der sich hinter einer schwarzen Holzkiste versteckt, bis er schließlich mit einem weißen Taschentuch in der Hand aus seinem Versteck kommt. Doch als der häßliche Mann in Schwarz anfängt, sich darüber singenderweise hämisch zu freuen, stellt der Held ihm ein Bein, klaut ihm das Gewehr und erschießt sämtliche fünfzig Männer, die hinter dem auf

wundersame Weise aufgetauchten Busch hervorgesprungen waren.
In der Zwischenzeit hat sich der Vater, auf dem das Benzin schon wieder getrocknet zu sein scheint, von seinem Stuhl befreit und befindet sich in einem komischen Kampf mit einem dicken Mann, dessen Anwesenheit ansonsten keinen erkennbaren Zweck erfüllt. Das sexy Mädchen weist den Helden darauf hin, daß sich das häßliche Mädchen gerade aufmacht, in die Wüste zu fliehen, und im selben Augenblick besiegt auch der Vater den Dicken, indem er ihm einen Eimer über den Schädel stülpt. Danach singen Held, Vater und sexy Mädchen gemeinsam ein Lied, in dessen Verlauf der Vater anscheinend seinen Segen zur Hochzeit gibt. Mittlerweile ist das häßliche Mädchen schon am Horizont angelangt und schüttelt noch einmal drohend ihre Faust, was nur als Racheschwur gemeint sein kann. Ein paar Sekunden später, als sie gerade am Verdursten ist, stößt sie oben auf einer Düne auf eine einsame Hütte. Sie klopft an die Tür und wird von einem Mann willkommen geheißen, der sie (singenderweise) zu verführen versucht. Sie bleibt unbeeindruckt von seinen Annäherungsversuchen, bis sie in einer Ecke des Raums ein Mini-Labor entdeckt, in dem sich, wie es scheint, eine halbfertige Atombombe befindet. Zusammen hecken sie einen Plan aus.
Danach wurde es ein bißchen schwierig, der Handlung zu folgen. Soweit ich es verstanden habe, heirateten sich am Schluß die sexy Leute, die häßlichen Leute wurden in die Luft gejagt, und die dicken Leute bekamen einen Eimer übergestülpt.
Wenn das keine Unterhaltung mit Niveau ist.

Unterwegs hielten wir zahlreiche Male an, und alle stiegen aus, um gläserweise Tee zu trinken, der süßer war als Cola und nur geringfügig weniger milchig als Milch. Zuerst bekam ich fast einen Brechreiz davon, aber mit zunehmender Dauer der Reise fand ich allmählich Geschmack daran. Der Trick an der Sache war, beim Trinken nicht an Tee zu denken. Solange man sich einreden konnte, daß es ein aufgewärmter Soft Drink war, ging es. Und der Zuckerkick war groß genug, um den Lebenswillen wiederherzustellen, der nach mehreren Stunden Arschversohlen ziemlich am Ende war.

Im Bus befand sich nur noch ein einziger weiterer West-Reisender. Und trotz der Tatsache, daß er den besten Sitz ganz vorn hatte, war es unverkennbar, daß er sich ziemlich elend fühlte. Jedesmal, wenn wir anhielten, war er der erste, der augenblicklich aus dem Bus sprang und im Schweinsgalopp davonraste, eine Rolle Klopapier in der Hand.

Liz fing auf einem unserer Zwischenstopps ein Gespräch mit ihm an, aber als ich sah, daß sein Hemd voller Kotze war, beschloß ich, mich lieber von ihm fernzuhalten. Wie sich herausstellte, war er Belgier und hatte Blut im Stuhl. Danach gingen wir ihm beide aus dem Weg.

Im Preis für das Busticket war auch ein Mittagessen enthalten, wie wir herausfanden, als jemand uns ein Papptablett auf den Schoß knallte, auf dem sich verschiedene undefinierbare Haufen mit Curry befanden. Bei jedem einzelnen Haufen wartete ich ab, bis Liz davon probiert

hatte, bevor ich es selbst versuchte – aber wirklich geheuer war mir nur der gelbe Haufen, bei dem ich erkennen konnte, daß es sich um Linsen handelte. In einer Ecke des Tabletts stand ein Schälchen, welches mit einem unidentifizierbaren weißen Zeugs gefüllt war, das sich zu einem festen Klumpen mit glatter Oberfläche geformt hatte. Der Typ zu meiner Linken sah, daß ich darin rumstocherte, und sagte: »Crrd.«
»Was?«
»Crrd.«
»Ich verstehe nicht.«
»Crrd.« Er nahm einen Löffel. »Sehr gut.«
»Liz, was ist ›Crrd‹?«
»Das ist dieses weiße Zeug.«
»Das weiß ich auch, aber was ist da drin?«
»Keine Ahnung.«
»Willst du's mal probieren?«
»Klar, warum nicht.«
Sie nahm einen großen Batzen davon in den Mund.
»Schmeckt gut. Ungefähr wie Joghurt.«
»Nee, nee – das Zeug rühre ich nicht an.«
»Wie du willst.«
Sie aß ihre Portion komplett auf und schwor, daß es total lecker sei. Aber ich hielt sie ein bißchen für verrückt. Denn schließlich wird Joghurt ja aus Milch gewonnen, oder nicht? Es ist einfach bekloppt, sich erst jede erdenkliche Mühe zu geben, damit man nichts ißt, was mit Krankheitserregern verseucht ist, nur um sich dann sehenden Auges ranzige Milchprodukte ins Maul zu schaufeln. Also echt nicht.

Der Rest der Fahrt dauerte doppelt so lange, wie ich gedacht hatte, und wenn nicht hin und wieder aus dem Nichts irgendwelche Leute erschienen wären und uns durchs Fenster Bananen und Nüsse verkauft hätten, wäre ich verhungert.

Ein paar strategische Entschuldigungen

Bis wir in Simla waren, hatte ich schon so viele Bananen gegessen, daß ich Durchfall bekam, obwohl ich während der gesamten Reise erst zwei Currys gegessen hatte.
Liz fand es zum Brüllen, daß ich mir den Magen verdorben hatte, indem ich Currys gemieden hatte – was ich als ein Anzeichen dafür nahm, daß sich die Stimmung zwischen uns verschlechterte. Einmal unternahm ich den Versuch, die Atmosphäre zu bereinigen, indem ich meinen Ärger darüber rausließ, daß sie Jeremy einfach eingeladen hatte mitzukommen. Aber es klappte nicht. Sie regte sich total auf und geiferte herum – von wegen, daß uns der Bus ja schließlich nicht gehöre, genausowenig wie uns Simla gehören würde, und daß es immer nett wäre, unterwegs ein bißchen Gesellschaft zu haben. Ich konnte mir nicht helfen, aber das klang verdammt so, als ob ich als Gesellschaft nicht mehr zählen würde – was ich ebenfalls als schlechtes Zeichen wertete.

Simla war ganz nett, und wir verbrachten ein paar Tage damit, durch die Stadt zu laufen und uns alle Sehenswürdigkeiten anzuschauen, die im BUCH erwähnt wurden. Obwohl es bei weitem weniger Bettler gab als in Delhi und wir im allgemeinen viel seltener belästigt wurden, wurde ich immer noch nicht das Gefühl los, daß ich total Schiß hatte. Vor allem und jedem. Sogar Leute, die uns nicht anschrien, weil sie etwas kaufen oder verkaufen wollten, machten mir angst. Allein schon dieser Ich-bin-arm-und-du-bist-reich-Blick löste Schuldgefühle in mir aus und machte mich total fertig.

Am schlimmsten waren die Kinder, die die ganze Zeit um dich rumschwirrten und dich fragten, wie du heißt oder ob sie deinen Stift haben können oder ein bißchen Geld. Ständig sprangen sie dich hinterrücks an, gerade dann, wenn man am wenigsten damit rechnete, schrien dir Fragen ins Gesicht und wedelten mit ihren schmuddeligen kleinen Fingern, in der Hoffnung, daß du ihnen die Hände schütteln würdest. Die Kinder waren in der Regel so dreckig, daß es mich ekelte, sie anfassen zu müssen, aber sie gingen nie weg, bevor man ihnen nicht zumindest den Kopf getätschelt hatte.

Liz schien es Spaß zu machen, von verlausten Straßenjungen überfallen zu werden, und oft ging sie in die Hocke, um mit ihnen zu reden oder zu spielen, während ich mich in sicherer Entfernung hielt. Ich konnte mich des Eindrucks nicht erwehren, daß sie keine Ahnung hatte, auf welche Weise Krankheiten übertragen werden. Entweder das, oder sie bildete sich ein, eine Art Mutter Teresa zu sein.

Meine Intimsphäre wurde so unablässig von Kindern, Händlern und Menschenmengen verletzt, daß ich begriff:

Entweder muß ich mir abschminken, eine zu haben, oder es auf einen Nervenzusammenbruch ankommen lassen. Unter den gegebenen Umständen schien mir letzteres die einfachere Möglichkeit zu sein, und jeden Morgen nach dem Aufwachen stellte sich bei dem Gedanken, daß zwischen meinem Bett und der Außenwelt nur ein Frühstück lag, eine leichte Übelkeit ein.
Ich ertappte mich dabei, wie ich andere Reisende anstarrte, um herauszufinden, ob sie sich wirklich gut amüsierten oder nur so taten. Einigen von ihnen ging es ganz offensichtlich beschissen, aber wann immer ich eine Gruppe erspähte, die glücklich aussah, beobachtete ich sie aufmerksam und belauschte sie, um zu ergründen, wie es zugehen konnte, daß sie Spaß hatten.
Es wollte mir einfach nicht in den Kopf, wie man sich in Indien wohl fühlen konnte. Wie machten die das? Stimmte mit denen was nicht? Oder war ich einfach nur willensschwach und überempfindlich? Vielleicht hatte ich ja recht gehabt mit meiner Überzeugung, daß ich ein viel zu großer Feigling war, um mich mit der dritten Welt auseinanderzusetzen? Vielleicht hätte ich ehrlicher zu mir selbst sein sollen und das Geld für einen Monat Benidorm ausgeben sollen?
Ich beschloß mich aufzumuntern, indem ich ein paar Postkarten nach Hause schrieb.

Liebe Mum, lieber Dad!
Wir sind vor ein paar Tagen wohlbehalten hier angekommen und mittlerweile schon in den Bergen angelangt. Simla liegt ziemlich eindrucksvoll, mitten in den Bergen,

und die Häuser sehen zum Teil aus wie in England, nur ein bißchen wunderlicher. Sogar eine Kirche gibt es hier! Die Leute sind überall schrecklich arm, aber ich denke, daran gewöhne ich mich vielleicht noch. Ich wohne im YMCA, wo es einen richtigen, großen Snooker-Tisch gibt, mit einer Gedenktafel für Major Thompson, der im Jahre 1902 an diesem Tisch mal 109 Punkte gemacht hat. Hoffe, es geht Euch gut!
Liebe Grüße,
Dave

Lieber Grandpa!
Schöne Grüße aus Indien! Hier ist es wirklich total heiß, aber ich amüsiere mich prächtig. Ich bin noch nicht lange hier, aber ich kann jetzt schon sagen, daß es ein tolles Land ist. Allerdings sind die Straßen hier in einem ziemlich schlechten Zustand. Hoffe, es geht Dir gut!
Liebe Grüße,
Dave

Ich konnte es Liz ansehen, daß sie sich genauso elend fühlte wie ich, aber wir wollten beide nicht darüber reden, also marschierten wir weiter und versuchten, den Aufenthalt in Simla zu genießen. Nach ein paar Tagen hatten wir das Gefühl, die wichtigsten Dinge gesehen und uns von unserer Busreise ausreichend erholt zu haben, um die nächste in Angriff nehmen zu können, die uns diesmal noch weiter in die Berge führen sollte, in das kleine Städtchen Manali. Alle, denen wir begegneten, behaupteten, daß man Manali gesehen haben müsse – offenbar war es so eine Art Goa-inden-Bergen. Ein perfekter Ort, um sich zu entspannen und eine kleine Verschnaufpause einzulegen. Bislang war einfach alles viel zu hektisch verlaufen.

Die Aussicht auf die Berge während der Fahrt nach Manali war ziemlich spektakulär, aber die Stadt selbst wirkte auf den ersten Blick eher trostlos. Immerhin wußten wir von einem ruhigen Hotel außerhalb der Stadt namens Rainbow Lodge, welches uns Jeremy empfohlen hatte. Zu Fuß machten wir uns auf den Weg dorthin und folgten dabei einer völlig unübersichtlichen Karte im BUCH.
Die meiste Zeit wurden wir von Touri-Schleppern verfolgt, die uns in die verschiedensten Hotels zu lotsen versuchten und sich weigerten, uns die Richtung zu unserer Unterkunft zu weisen, indem sie darauf beharrten, daß das Rainbow Lodge überteuert und dreckig sei, und uns baten, doch einen kleinen Blick auf *ihr* Hotel zu werfen. Sie waren so penetrant, daß man unweigerlich einen Haß bekam, gleichzeitig aber auch Schuldgefühle, weil sie so bettelarm aussahen und ihre Hotels wahrscheinlich auch nicht schlimmer waren als das Rainbow Lodge. Und weil es wahrscheinlich kein großer Aufwand gewesen wäre, fünf Minuten Umweg zu machen, um wenigstens mal einen Blick darauf zu werfen. Trotzdem, wenn man erst einmal damit anfing, dem Druck nachzugeben, würde man irgendwann verrückt werden. Man muß hart bleiben und tun, was man will. Wenn du nur eine Sekunde lang Schwäche oder Mitgefühl zeigst, haben sie dich sofort an den Eiern.
Als wir das Hotel endlich gefunden hatten, waren wir beide ziemlich gestreßt und erledigt. Immerhin hatten wir zu-

mindest schon mal die Stadt gesehen, was bedeutete, daß wir den touristischen Teil bereits im voraus abgehakt hatten und uns guten Gewissens zur Ruhe begeben konnten, um erst mal ordentlich was zu rauchen. Was man so hörte, war das Rainbow Lodge *das* Hotel für Dope in Manali, und nachdem wir uns ein Zimmer genommen hatten, begaben wir uns gleich voller Vorfreude auf die Veranda. Binnen Sekunden hatten wir einen Joint in der Hand.
Ich atmete den Rauch tief in meine Lunge ein, hielt die Luft an und atmete erst im letztmöglichen Augenblick langsam durch die Nase wieder aus. Nach ein paar Zügen fühlte ich, wie meine Angst allmählich verschwand.
So hatte ich mir das schon eher vorgestellt. Ein friedlicher Ort, umgeben von Feldern, mit Bergen, die man anschauen konnte, und was zu rauchen. *Das* war's doch. Endlich hatten wir einen Ort gefunden, an dem man einfach nur abhängen und sich aufs Wohlfühlen konzentrieren konnte. Liz und ich ließen den Joint zwischen uns hin- und herwandern, und zum ersten Mal seit unserer Landung lächelten wir uns an.
Ich wollte nicht zuviel von dem Dope schmarotzen, also fragte ich den Typen neben mir, wo ich was kaufen könnte. »Yeah«, lächelte er. »Hast vollkommen recht.« Woraufhin er bedächtig nickte. Ein paar Sekunden später fiel ihm auf, daß er meine Frage noch gar nicht beantwortet hatte, und er machte eine Kopfbewegung in Richtung Rezeption. »Ronnie heißt dein Freund«, sagte er, haute mir liebevoll auf die Schulter und fiel vom Stuhl.
An der Rezeption fragte ich, ob Ronnie da sei. Der Typ an der Rezeption griff unter seinen Tresen und zog eine große

Proviantdose hervor, auf der in gelber Farbe der Name Ronnie stand und ein Smiley zu sehen war.
Er öffnete die Dose und gab mir ein Tütchen voll mit Gras.
»Hundertfünfzig Rupien«, sagte er, und ich gab ihm das Geld.
Das war ja abgefahren! Eine ganze Tüte echtes Gras, die mich in England fünfzig Pfund Minimum gekostet hätte – und hier war ich mit einem Fünfer dabei! Mit einem Mal kam mir Indien wie das zivilisierteste Land auf Erden vor.
Ich holte ein paar Rizlas aus meinem Rucksack. (Im BUCH heißt es, daß man in Indien keine Rizlas kriegt, also hatten wir uns eine großhandelsgeeignete Mega-Familienpackung Blättchen mitgenommen.) Nachdem ich wieder zu Liz auf die Veranda zurückgekehrt war, rückte ich ihr ein bißchen auf die Pelle.
Jetzt lächelten wir uns aber wirklich an. Zum ersten Mal seit ich England verlassen hatte, registrierte ich, daß ich Besitzer eines Penisses war. Ich fühlte die ersten Anzeichen einer wiederaufflammenden Libido und beschloß, mich auf ein paar strategische Entschuldigungen einzulassen.
»Liz – weißt du, es tut mir leid.«
»Was?«
»Na ja … alles.«
Sie lächelte mich an.
»Ich – na ja – ich habe mich ein bißchen wie ein Arschloch verhalten. Mich hat das alles einfach verrückt gemacht.«

»Ist schon okay.«
»Jetzt wo wir hier sind, denk ich, werden sich die Dinge ein wenig beruhigen.«
»Das hoffe ich.«
»Laß uns versuchen, miteinander auszukommen, okay?«
»Okay.«
»Beide«, betonte ich. Ich hatte mich eigentlich nur in der Hoffnung entschuldigt, daß *sie* sich auch entschuldigen würde. Schließlich führte ja eigentlich *sie* sich wie ein Arschloch auf, nicht ich.
»Also gut. Wir werden beide versuchen, etwas netter zueinander zu sein.«
Das war für mich zwar noch keine Entschuldigung, wurde aber wenigstens von einem aufrichtigen Lächeln begleitet, weshalb ich nach kurzer Rücksprache mit meinem stetig schwellenden Schwanz beschloß, es als Friedensangebot anzunehmen.
Ich streckte die Hand aus und lächelte zurück.
»Vergeben und vergessen?«
»Vergeben und vergessen.«
Sie gab mir die Hand.
»Wir sind uns jetzt sowieso auf Gedeih und Verderb ausgeliefert, also können wir uns auch genausogut Mühe geben«, sagte ich und drückte ihre Hand.
»Ich glaube, wir schaffen das«, sagte sie und erwiderte den Druck.
Der Joint ging noch ein paarmal hin und her, aber unsere Hände blieben dabei ineinander verschränkt. Die Adern in meiner ausgetrockneten Leistengegend begannen fröhliche Lieder anzustimmen.

Während sie die letzten Züge aus dem Joint sog, begann ich ihre Hand zu streicheln. Für eine Weile verharrten wir so und genossen friedlich schweigend die umwerfend schöne Aussicht auf den Himalaja: üppige Gebirgsausläufer, die sich an jeder Biegung zu Reisfeldern formten, überragt von gewaltigen schneebedeckten Gipfeln. Noch nie hatte ich etwas so Beeindruckendes gesehen.

Doch, ja – es war eigentlich ganz nett in Indien. Ich fühlte, wie sich der Knoten in meinem Magen zu lösen begann. Paul und James hatten am Ende doch recht gehabt. Es war wirklich ein Wahnsinnserlebnis. Und das Dope war echt billig.

»Soll ich uns noch einen bauen?« fragte ich schließlich.

»Warum nicht?«

Sie zwinkerte mir träge zu.

»Wollen wir ihn auf dem Zimmer rauchen?«

»Okay.«

Wir schlurften nach drinnen, immer noch Hand in Hand.

Sie setzte sich aufs Bett, während ich die Tür verriegelte und die Vorhänge zuzog. Ich glitt neben sie aufs Bett, wir starrten uns an, und um unser beider Münder spielte die Andeutung eines Lächelns.

»Kann hier nicht den ganzen Tag rumsitzen«, sagte ich. »Hab was zu tun.«

Sie hob eine Augenbraue, und zur Antwort zog ich ein paar Rizlas hervor. Ich leckte sie ab und klebte sie zusammen, während Liz sich gegen das Kopfbrett lehnte und es sich gemütlich machte. Als ich mit dem Joint fertig war, setzte

ich mich neben sie, gab ihn ihr in die Hand und hielt ihr das Feuerzeug hin.
»Wenn Madame so freundlich wären und begännen ...«
Sie grinste und steckte sich den Joint nachlässig in den Mundwinkel. Ich gab ihr Feuer und genoß es, wie sich ihre Augen beim Inhalieren verengten. Die Stille, während wir den Joint hin- und hergehen ließen, wurde nur vom gelegentlichen Knistern des Krauts unterbrochen. Während ich mich auf ihr Gesicht, ihre Finger und den Rauch, der aus ihrem Mund kam, konzentrierte, fühlte ich, wie die Außenwelt allmählich zurücktrat, bis sie gar nicht mehr da war.
Als ich mir schließlich an dem winzigen Stummel die Finger verbrannte, warf ich ihn zu Boden, legte den Arm um Liz' Nacken und küßte sie heftig auf den Mund. Ich konnte jedes Fältchen in ihren Lippen und jedes Zucken ihrer Zunge spüren. Der Kontrast zwischen der Härte ihrer Zähne und der Weichheit ihres Mundes kam mir vor wie ein Wunder der Evolution. Und für eine Weile wurde dieser Kuß die ganze Welt.
Dann zog sie mir das Hemd aus, und ich zog ihr das Hemd aus, bis uns aufging, daß wir auf diese Art und Weise nicht sehr weit kommen würden. Also sprangen wir aus dem Bett, zogen uns ganz aus und hüpften wieder hinein.
Durch einen Schleier aufsteigender Lust bemerkte ich, daß sie ihr Höschen anbehielt.
Während wir fortfuhren, uns gegenseitig mit Küssen zu ertränken, versuchte ich, ihr unauffällig den Slip auszuziehen, ohne daß sie es bemerkte. Das Resultat war, daß aus ihrem »Mmmm« allmählich ein »Nnnn« wurde. Ich

mußte mich beeilen, bevor das »ein« kam. Mein Versuch, ihr das Höschen über die Pobacken zu ziehen, endete in einem *Ratsch!* und brach den Bann.
»Nein«, sagte sie. »Kein Sex.«
»Warum?«
Sie küßte mich, diesmal noch leidenschaftlicher als zuvor.
»Kein Sex«, wiederholte sie und hielt inne, um sich den Speichel vom Kinn zu wischen.
»Warum?« fragte ich bei der nächsten Verschnaufpause einigermaßen enttäuscht.
Anstelle einer Antwort drehte sie mich auf den Rücken und verschwand unter der Bettdecke.
»Weil ich James liebe«, sagte sie, und dann brachte sie mich zum Verstummen, indem sie ihren Mund über meinen Schwanz stülpte.

Für den Rest der Woche verließen wir das Rainbow Lodge kaum und verbrachten unsere Tage mit Rauchen, Essen, Quatschen, gelegentlichen Spaziergängen und Beinahe-Sex-Haben.
Es war das erste Mal, daß mir Indien so richtig gefiel. Die Stimmung zwischen Liz und mir besserte sich allmählich, und der ganze Streß des Unterwegsseins schien weniger schlimm und frustrierend – nun, da wir eine kleine Oase der Ruhe gefunden hatten, wo wir unsere Tage verbringen konnten.
Sogar meine Abneigung gegen indischen Joghurt gab ich auf, als ich erstmals Bekanntschaft mit einem Bhang Lassi machte – ein Getränk, das aus Milch, Joghurt und Hasch

besteht. Das Geile daran war, daß man es direkt bei den Hotelangestellten ordern konnte, was vor allem dann praktisch war, wenn man gerade zu breit war, um sich noch einen Joint zu bauen. Ich mochte den Geschmack eigentlich nicht besonders, lernte das Gesöff aber recht bald schätzen, weil die beste Methode, der Langeweile beim dauernden Doperauchen zu entgehen, immer noch ist, das Zeug zu trinken.

In unserem Hotel hingen noch jede Menge andere Reisende ab, und weil alle ihre Joints rumgehen ließen, war es ein ziemlich gemütlicher Ort. Am Schluß unterhielt man sich immer mit den verschiedensten Leuten, und die meisten Abende verbrachte man damit, in einem angenehm halbkomatösen Zustand kiffend Karten zu spielen und sich dabei über das Reisen zu unterhalten. Ich war eher fürs Kartenspielen und Kiffen. Liz hingegen fuhr dermaßen begeistert auf diese ganze Philosophiererei ab, daß es fast schon deprimierend war.

Die Leute schienen nie genug davon zu haben, über Indien zu reden. Ich kapierte nicht, was es da zu theoretisieren gab und wie man überhaupt versuchen konnte, ein Land zu *erklären*, aber wie es schien, hatte jeder einzelne von ihnen seine eigene Theorie. Wie nicht anders zu erwarten war, sog Liz das alles begierig auf, und ich merkte, wie ihr meine zynischen Kommentare zu der ganzen Sache langsam auf die Nerven gingen.

Einer von diesen Typen hieß Jonah und war 17 Jahre lang praktisch ohne Unterbrechung auf Reisen gewesen. Er behauptete, es sei nun beinahe ein Jahrzehnt her, seit er das letzte Mal Schuhe getragen habe, und schwafelte endlos davon, wie unmenschlich es sei, den Kontakt mit der Erde zu verlieren. Außerdem sagte er, daß er jedesmal, wenn er einen Bettler treffe, diesem kein Geld geben, sondern ihn umarmen würde.

Stundenlang hielt er über die Gruppe hof, mit Erzählungen von Krankheit, Raub, Drogenmißbrauch und Fußfäule. Diese Geschichten waren freilich nur Ouvertüren, mit deren Hilfe er ein größeres Publikum anziehen wollte. Und erst wenn er eine genügend große Zuhörerschaft gefunden hatte, begann er mit seinem Lieblingsthema: einer allumfassenden Theorie Indiens.

»Indien«, sagt Jonah, »ist zugleich das schönste und das schrecklichste Land – und die Inder sind sowohl die warmherzigsten als auch die brutalsten Menschen auf dieser Erde.«

Obwohl Jonah sich kaum warmgeredet hat, stürzt sich bereits Belle, eine amerikanische Hippiefrau in Militärklamotten, in die Debatte. »Indien«, sagt sie, »ist ein wunderschönes Land, aber, mal ehrlich, Leute – die Menschen haben es kaputtgemacht. Ständig wollen sie was von einem. Alles, woran sie denken, ist kaufen und verkaufen.«

»Du hast nicht mal an der Oberfläche gekratzt, Mann«, sagt Ing, ein Skandinavier mit dem Körperbau eines Hungerleiders, der aber irgendwie ständig am Essen ist. (Fuchsbandwurm, meint Liz.) »Handel ist einfach eine Art moderne dünne Plastikschicht, die sich über den Teppich der reichen indischen Geschichte gelegt hat. Ich meine, dieses Land ist so oft überfallen worden, aber es hat immer mit intakter Kultur überlebt. Der Kapitalismus ist einfach nur der Eindringling der heutigen Zeit, und wenn er besiegt sein wird, wie all die anderen Armeen, werden die gleichen spirituellen Menschen hier leben, die hier schon immer gelebt haben.«

»Es ist alles ziemlich billig«, sagt Brian aus Nottingham. »Man kann hier günstig einkaufen.«

»Aber … wie heißt du noch mal?« stottert Belle.

»Ing.«

»Ing?«

»Ing.«

»Ing – aber der Kapitalismus wird nicht so wie all die anderen Armeen verschwinden. Diesmal hat Indien den Kampf verloren. Es ist dabei, seinen Charakter zu verlieren. Man muß schon ein ziemlicher Narr sein, um zu behaupten, daß Indien immer noch ein spirituelles Land ist.«

»In England«, sagt Brian, »kostet eine Banane bis zu zwanzig Pence. Hier kann man für nicht mal dreißig zehn bis fünfzehn Stück kriegen. Da spart man echt enorm.«

»Wir sollten nicht vergessen«, wirft Burl (Belles Freund) ein, »daß Indien sich nie von der Kolonisierung durch die Briten erholt hat. Es wird sicher noch zwei oder drei Generationen dauern, bis die Inder ihre Selbstachtung wiedergefunden haben. Aber dann ist es vielleicht schon zu spät.«

»Ich liebe dieses Land«, sagt Jonah, »aber ich hasse es auch«, fügt er weise nickend hinzu.

»Also ich«, sagt Ing, »ich hasse dieses Land. Aber ich liebe es auch.« Und nickt dazu noch weiser als Jonah, der ein bißchen mißmutig dreinschaut und versucht, den Weisheitsquotienten seines Nickens zu erhöhen. Das funktioniert aber nicht, weil man ihm seinen Mißmut ansieht. Also zieht sich Jonah aus dem Nickkampf zurück und baut sich noch einen Joint.

Das gibt Xavier Gelegenheit, seine Sicht der Dinge darzulegen. »Indiön leidet wie viele Lenderr an seinem eigenen Gewischt. Wie ein Walle auf dem Strand. Die Größe seiner eigenen Bevölkerung ist die Mochdwaffe fürr einen unfreiwilligen Selbstmochd.«

Als ihn die Runde verständnislos anschaut, fügt er mit Nachdruck hinzu:

»J'aime l'Inde. Mais je la déteste.«

Alle nicken weise und versuchen den Eindruck zu erwecken, daß sie Französisch verstehen.

»Faszinierend, nicht?« flüstert Liz in mein Ohr. Ihr Gesicht glüht vor Aufregung.

»Also wenn du mich fragst, ist das alles totaler Quatsch.«

»Wie kannst du so was sagen?«

»Ganz einfach. Das ist alles Quatsch.«

»Aber ... diese ganzen Theorien! All diese Leute, die schon weißgottwo waren und ihre Erfahrungen mit uns teilen. Weißt du, was für ein Glück wir da haben?«

»Ja, wir haben Glück, daß wir nicht so sind wie die, soviel steht fest.«

Sie berührt meine Wange und sieht mir sehnsüchtig in die Augen.

»Bitte, Dave. Tu's mir zuliebe – nur mir zuliebe. Kannst du nicht einmal versuchen, diesen ganzen westlichen Zynismus zu vergessen? Bitte. Das ist unsere große Chance, unseren Geist zu erweitern. Laß sie uns nutzen.«

Ich schaue sie an. Sie hat jenen Ausdruck von verzweifelter Aufrichtigkeit in ihren Augen, den Leute bekommen, wenn sie ein Beruhigungsmittel brauchen. Unfähig, auf die Schnelle einen Ausweg zu finden, beschließe ich, daß die einzige höfliche Art, darauf zu reagieren, in einer Lüge besteht. »Okay. Tut mir leid. Ich werd's versuchen.«
»Versprichst du's?«
»Ich werde versuchen, ein bißchen östlicher zu werden.«
Zum Glück bemerkt sie meinen Sarkasmus nicht.

Das richtige Indien

Nach ungefähr einer Woche in Manali nahm die Katastrophe ihren Lauf. Jeremy kreuzte auf.

»Dachte ich mir doch, daß ich euch hier finde«, sagte er, als er um die Ecke bog.

»J!« kreischte Liz und sprang von ihrem Stuhl auf, um ihm einen Begrüßungskuß zu geben.

»Hi, Dave«, sagte er und hatte scheinbar völlig vergessen, daß wir uns eigentlich auf den Tod nicht ausstehen konnten.

»Mmm.«

»Wie ich sehe, sprichst du dem hiesigen Gift zu.«

»Nö, ich rauch 'nen Joint.«

»J! Du hattest total recht mit diesem Hotel. Es ist total abgefahren hier«, sprudelte es aus Liz hervor.

»Dieses Hotel hier *ist* Manali, so einfach ist das«, gab er zurück. »Also, wo ist das Kraut?«

Ohne mich auch nur zu fragen, nahm Liz mir den Joint aus der Hand und gab ihn Jeremy. Er steckte ihn sich direkt am Knöchel zwischen die Finger, krümmte seine Hand zu einer Faust und sog den Rauch von seitlich des Daumenansatzes ein. Und ehe ich mich's versehe, ist er schon dabei, Liz dasselbe beizubringen.

»Wenn du mal drauf achtest, wirst du feststellen, daß viele von den Einheimischen auch so rauchen«, sagt er.

ಌ

Zwei Tage später versuchte Jeremy einen Tagesausflug zu organisieren. Er erzählte allen Leuten im Hotel, daß es an einem Berg in der Nähe eine heilige Höhle gebe, die von Sadhus bewohnt werde, und daß jeder, der mitkommen wolle, sich früh am nächsten Morgen auf der Veranda einfinden solle.

Anfangs war ich gegen die Idee, einfach nur weil sie von Jeremy kam. Allerdings war es schon so lange her, daß ich mich irgendwie aktiv betätigt hatte, daß die Aussicht auf einen langen Spaziergang eigentlich sehr verlockend wirkte. Außerdem mußte ich, wenn ich Liz' Gunst behalten wollte, ein bißchen Begeisterung zeigen für etwas, das wohl irgendwie östlich war. Eine Höhle ist eine Höhle, wenn du mich fragst. Aber da es angeblich eine heilige Höhle war, genügte sie Liz' Ansprüchen auf Bewußseinserweiterung und würde mir folglich ein paar Gummipunkte bei ihr verschaffen. Ich beschloß mitzugehen.

Um zehn Uhr hatten sich dann genügend Leute eingefunden: Burl, Belle, Ing und Jonah waren alle erschienen, dazu gesellte sich noch ein Typ namens Ranj, der – ausgerechnet – Inder war.

Kurz nachdem wir aufgebrochen waren, sah ich, wie Liz (die zusammen mit Jeremy an der Spitze der Gruppe lief) einen Bettler umarmte. Der Bettler sah entsprechend angewidert drein, so daß ich versuchte, ihn mit ein paar Rupien zu entschädigen. Obwohl ich Liz' Gesichtsausdruck nicht sehen konnte, hatte ich den Eindruck, daß sie nach der Umarmung einen ganz anderen Gang angenommen hatte. Ihre Körpersprache schien nun sagen zu wollen: »Schaut mich an – ich bin so wahnsinnig gelassen, daß es schon weh tut.«

Als wir ungefähr eine Meile gewandert waren, stellte sich heraus, daß Jonah eine Abkürzung kannte. Das nahm Jeremy völlig den Wind aus den Segeln, was mich in eine exzellente Laune versetzte – Liz hingegen an das Ende der Gruppe, wo sie sich seiner Tröstung annahm. Es lief darauf hinaus, daß ich die meiste Zeit über mit Ranj redete.

Ranj kam, wie sich herausstellte, aus Putney. Statt des üblichen Outfits für Reisende (das mittlerweile sogar ich mir zugelegt hatte) trug er Levi's und ein enganliegendes, frisch gewaschenes T-Shirt, das seine Muskeln gut zur Geltung kommen ließ. Zudem hatte er außerdem die erste korrekte Frisur, die ich seit meiner Ankunft in Manali gesehen hatte.

Er erzählte mir, daß er von seinen Eltern nach Indien verschleppt worden sei, um seine Familie kennenzulernen, ihm das alles aber nach kurzer Zeit zuviel geworden sei und er sich deshalb in die Berge geflüchtet habe. Er sagte, daß seine Familie ziemlich reich sei und überall ihre Leute habe, die nach ihm Ausschau halten würden. Deshalb solle ich niemand erzählen, daß ich ihn gesehen hätte.

»Geht in Ordnung«, sagte ich.

»Ich schwör's dir, sie werden mich finden. Wo immer ich bin, sie werden mich finden und mich zurückschleifen.«

»Bist du sicher, daß du nicht ein bißchen unter Verfolgungswahn leidest? Ich meine, das ist ein ziemlich großes Land.«

»Du hast keine Ahnung, wie das hier läuft. Meine Familie hat ihre Finger überall drin. Ich brauche nur meinen Namen zu nennen, und selbst ein völlig Fremder würde wissen, aus welcher Familie ich komme. Und dann würden sie erfahren, wo ich bin. Ich schwör's bei Gott. Und wenn sie mich finden, stecke ich ganz schön tief in der Scheiße.«

»Wieso das?«

»Weil ich weggelaufen bin, verfickt noch mal!«

»Aber könntest du ihnen nicht einfach erzählen, daß du nur mal ein bißchen als Rucksacktourist unterwegs warst?«

»Als Rucksacktourist? Glaubst du, die würden das zulassen? Herumzureisen wie so ein heruntergekommener Stromer und zusammen mit stinkenden Hippies in irgendwelchen verwanzten Hotels zu schlafen? Niemals würden die mich so losziehen lassen, in einer Million Jahren nicht! Und dann noch allein! Meine Güte! Die würden denken, ich spinne.«

»Aber das machen doch alle, dachte ich.«

»Ja klar, ich meine, viele von meinen Kumpels zu Hause haben das gemacht. Aber ich nicht. Ich darf das nicht.«

»Und warum nicht?«

»Weil ich Inder bin. Und das ist für einen anständigen Inder keine Art, sich zu benehmen.«

»Aber Reisen ist doch was Anständiges.«

»Pah! Reisende sind doch das allerletzte.«

»Aber wir sind doch reich! Wir sind aus dem Westen.«

»Na und?«

»Wir können uns teure Sachen leisten.«
»Und ...?«
»Also verhalten sich die Leute so, als ob sie uns respektieren.«
»Ganz genau. Sie *verhalten* sich so. Aber sie tun's nicht. Sie denken, daß ihr schmutzig und knauserig seid, aber sie schleimen euch voll, weil sie euer Geld wollen. Merk dir das. Kein Inder in diesem Land wird jemals dein Freund werden. Was immer sie dir auch sagen, es ist eine Lüge – sie wollen nur dein Geld.«
»Das kannst du doch nicht sagen. Das ist ja rassistisch.«
»Natürlich ist es rassistisch. Alter, ich hasse Inder. Das sind Scheiß-Barbaren. Alles, was die interessiert, ist Geld, Geld und noch mal Geld. Seit ich hier bin, bin ich jeden Tag von ungefähr zehntausend Cousins in Beschlag genommen worden, und alles, worüber sie sprechen wollen, sind Stereoanlagen, Autos, Whisky und Grundstückspreise. Alter, das hat mich völlig wahnsinnig gemacht. Deshalb mußte ich raus. Mich interessiert der ganze Scheiß nicht. Mich interessiert das verfickte Geschäft von meinem Vater nicht die Bohne, und es ist mir scheißegal, ob seine bekackten Klamotten zehn Sekunden, nachdem sie das Lager verlassen haben, auseinanderfallen. Für mich ist das alles eine einzige große materialistische Kacke.«
»Ich dachte immer, Indien sei so was wie ein spirituelles Land oder so.«
»Das ist ja auch der Grund, warum ich hier durch die Gegend fahre. Ich bin irgendwie auf der Suche nach meiner spirituellen Heimat.«
»So was wie Manali. Und das Rainbow Logdge.«

»Ganz genau. Das ist es, Alter, heilige Höhlen und all dieser Kram. Das bringt's total.«
»Da hast du recht«, sagte ich. »Ist schon der Wahnsinn.«
Wir liefen eine Weile lang einträchtig nebeneinander her und bewunderten schweigend die schöne Aussicht.
»Schon lustig«, sagte ich.
»Was denn?«
»Na ja, du weißt schon – daß sich Manali echt korrekt anfühlt.«
»Mmh, stimmt.«
»Ich meine, man tut sich die ganze Zeit diesen Streß und diese Geldgier an, und dann kommt man hier an und weiß sofort: das ist das echte Indien und so.«
»Mmh, stimmt.«
»Ich meine, ist schon komisch: Die ganze Zeit, in der ich hier bin, habe ich noch mit keinem einzigen Inder gesprochen. Du bist wirklich der erste.«
»Und?«
»Weiß nicht ... es ist so, als ob die besten Orte – also wo es sich mehr nach Indien anfühlt – die wären, wo man nicht mit Indern sprechen muß.«
»Aber echt, Alter. Aber echt.«
Als ich noch am selben Abend versuchte, diese Theorie Liz zu erklären, hätte sie mich am liebsten als Häretiker auf dem Scheiterhaufen verbrannt. Ich hatte sie noch nie so wütend gesehen. Fürs erste stand Jeremy in hoheitlicher Gunst, und ich war bloß ein blöder Hund, der sich nicht zusammenreißen konnte.

Vielleicht waren ja die Orte das Beschissene daran

Ranj war von allen Leuten, die ich seit meiner Ankunft in Indien kennengelernt hatte, der erste, den ich wirklich mochte. Wir kamen von Anfang an gut miteinander aus, und während Liz mit Jeremy ins Land der gequirlten Scheiße abdriftete, begann ich, die meiste Zeit mit Ranj zu verbringen. Ich hatte zuvor eigentlich nie Freunde aus South London gehabt, und es war recht interessant, weil die Leute, die von dort sind, doch einen ganz anderen Blick aufs Leben haben.

Nach ungefähr vierzehn Tagen wurde auch Manali langweilig, und es wurde irgendwie beschlossen, daß Liz, Jeremy, Ranj und ich gemeinsam nach Dharamsala reisen würden. Das war offenbar dort, wo der Dalai-Lama und jede Menge tibetanischer Mönche abhingen, also mußte es ein ziemlich cooler Ort sein. Mit ein bißchen Glück würde man vielleicht sogar Richard Gere zu Gesicht bekommen. Manali war so eine Art Sicherheitsdecke geworden, und der Gedanke, es verlassen zu müssen, ließ meine alten Ängste wieder hervorkommen. Doch ich sagte mir, daß das Unterwegssein in einer größeren Gruppe auch wie eine Art

Schutz funktionieren würde. Und da wir irgendwann sowieso einmal unsere Zelte hätten abbrechen müssen, schien das noch die beste Art zu sein, es zu tun. Außerdem hieß es, daß Dharamsala so Manali ziemlich ähnlich sei und die Fahrt dorthin somit eine sanfte Wiedereinführung in die Härte des richtigen Reisens sein würde.

Wie sich herausstellte, mochte niemand von uns Dharamsala, was zu einem großen Teil daran lag, daß wir gleich am ersten Abend etwas gegessen hatten, von dem uns allen schlecht wurde. Ich brachte die ganze Nacht mit Scheißen zu, und für Jeremy war das Ende vom Lied, daß er aus dem Fenster kotzte. Ich wußte, daß es ein Fehler gewesen war, Paella zu bestellen, aber das Woodstock-Restaurant sah einigermaßen hygienisch aus, und wir dachten zu diesem Zeitpunkt noch, es sei mal was anderes.

Jeremy beschwerte sich in einer Tour, daß Dharamsala total kommerziell geworden sei, seit er das letzte Mal da gewesen war, und daß das, was früher einmal ein Ort der Besinnung gewesen sei, den Tibetanern nur noch zur Geldmacherei diene. Er beschwerte sich allen Ernstes darüber, daß sein ehedem einzigartiger bestickter Tagesrucksack nunmehr vor jedem Geschäft in der Hauptstraße zum Verkauf aushing.

Nur um ihn zu ärgern, kaufte ich mir auch einen.

Wir beschlossen, ein paar Tage Ruhepause einzulegen und uns dann auf den Weg aus den Bergen hinunter nach Rajasthan zu machen.

Um dorthin zu gelangen, mußten wir einen Bus bis ganz zurück nach Delhi nehmen und danach einen Zug nach Westen Richtung Jaipur. Das Ganze dauerte eine halbe Ewigkeit, und es war heiß und stickig, dreckig und ungemütlich, und außerdem fing Ranj schon nach kurzer Zeit an, sich blendend mit Jeremy zu verstehen, was mich ziemlich anstank.

Egal, wo der Zug oder Bus anhielt, stiegen Ranj und Jeremy – anstatt sich zu beschweren, wie lang das alles dauerte – einfach aus, bewegten sich ein bißchen, redeten mit irgend jemandem, der sich gerade in ihrer Nähe befand, kauften, was an Essen oder Tee eben zu haben war, und verzehrten soviel davon, wie sie konnten, bevor der Zug/Bus ihnen den Spaß wieder verdarb, indem er sich erneut in Bewegung setzte. Und sowie ich angefangen hatte, diese Technik zu kopieren, begann ich selbst mehr Spaß an der Sache zu haben.

Das Geheimnis war, über das Reisen ganz anders zu denken. Wenn man es als eine Methode sah, um von A nach B zu kommen, konnte man einpacken und fing irgendwann an, vor Verzweiflung Zehennägel zu kauen. Man mußte das Unterwegssein als einen Zustand begreifen, als eine ganz eigene Art von Aktivität – ein soziales Ritual, das um Nahrungsaufnahme und Gespräche kreiste und flüchtig unterbrochen wurde von kleinen Pausen zwecks Fortbewegung. Im Grunde genommen war jede Fahrt eine kleine Party.

Zum ersten Mal unterhielt ich mich richtig mit Indern, und obwohl keiner von ihnen gut genug englisch sprach, um etwas Interessantes von sich geben zu können, waren sie überwiegend unheimlich freundlich und zahlten mir zum

Schluß oft noch den Tee. Ich wollte das gar nicht, aber sie bestanden darauf. Eine ziemlich verwirrende Erfahrung, hatte ich doch bis dahin an meiner Traue-niemals-einem-Inder-das-ist-ein-Haufen-von-Verbrechern-die-glauben-daß-sie-moralisch-im-Recht-sind-und-dich-ausnehmen-können-weil-du-viel-zu-reich-bist-und-außerdem-hast-du-immer-noch-das-Blut-des-Empire-an-den-Händen-also-paß-auf-die-wollen-was-von-dir-Theorie gearbeitet. Eine Tasse Tee kostete sie nur ungefähr zwei Pence, aber ich begriff nicht, was sie davon hatten, wenn sie bezahlten. Es war ja nicht etwa so, daß sie allesamt meine Hilfe für ihren Visumantrag gebraucht hätten. Es sei denn, daß es Teil eines langfristigen Plans war, sich mit mir anzufreunden und mich für noch nicht genauer bestimmbare spätere Zwecke warmzuhalten. Was auch immer die Beweggründe waren, es war nett, auf solch gastfreundliche Weise behandelt zu werden.

Überall sonst wollte eine Unmenge von Indern, daß ich in ihre Läden, ihre Restaurants, Hotels oder ihre Rikschas komme – und die Leute redeten nur mit mir, weil sie mein Geld wollten. Aber im Zug war ich in einer belästigungsfreien Zone. Die Leute ließen mich entweder in Ruhe oder redeten mit mir, weil sie sich offenbar nur ein bißchen unterhalten wollten. Nachdem ich einige Tees spendiert bekommen hatte – von Leuten, die daraufhin verschwanden, ohne auch nur nach meiner Adresse gefragt zu haben –, begann sich langsam der Verdacht zu erhärten, daß sie das tatsächlich aus reiner Freundlichkeit taten. Es war alles sehr merkwürdig.

Ich hatte gedacht, daß das Unterwegssein das Beschissene

an der ganzen Sache sei, das man nur auf sich nahm, um an die Orte zu gelangen, die man sehen wollte, aber nun kam mir der Gedanke: Vielleicht waren ja die Orte das Beschissene daran, das man auf sich nahm, um unterwegs sein zu können.
Die Sache wurde allmählich interessant. Ich fühlte, wie aus meinem »Nnnn« immer mehr ein »Mmmm« zu werden begann.

Jeremy wußte von einem waaahnsinnig tollen Hotel, und sobald wir in Jaipur angekommen waren, bestand er darauf, daß wir es uns alle zumindest einmal anschauen. Es stellte sich dann auch als ganz nett heraus, so daß wir alle unsere Rucksäcke dort abstellten, uns wuschen und den restlichen Tag mit Rumlümmeln verbrachten.
Liz und ich waren allein in unserem Zimmer, mitten im Lümmeln, als ich sie fragte, ob sie auf Jeremy stehe.
»So ein Quatsch.«
»Das ist kein Quatsch.«
»Natürlich stehe ich nicht auf ihn. Er hat einen Bart.«
»Schwörst du's?«
»Und wennschon.«
»Und wennschon was?«
»Und wenn ich auf ihn stehen würde?«
»Weiß nicht.«
»Du hast kein Recht, mich davon abzuhalten, auf jemand zu stehen.«
»Ich dachte nur, das mit uns ...«
»Was ist mit uns?«
»Du weißt schon, jetzt wo wir ...«

»Wo wir was?«
»Na, wo wir so was wie eine sexuelle Beziehung haben.«
»Wir haben *überhaupt keine* sexuelle Beziehung, Dave.«
»Ach, nicht?«
»Natürlich nicht. Hör mal, ich glaube, wir müssen mit diesen ganzen Sachen aufhören. Offenbar kapierst du's einfach nicht.«
»Aber … wir haben doch …«
»Ich hab dir doch immer wieder erklärt, daß ich James liebe. Wie oft muß ich dir das noch verklickern, bevor das in deinen Dickschädel reingeht? Da läuft nichts.«
»Aber es ist doch schon was gelaufen.«
»Das, was wir gemacht haben, hatte überhaupt nichts zu bedeuten. Ich dachte, das sei klar. Du hast es doch selbst gesagt – wir sind Freunde. Wir hatten nur ein bißchen Spaß. Aber du rennst andauernd mit diesen kranken Phantasien durch die Gegend – von wegen, daß wir verliebt wären oder sowas. Das muß einfach aufhören. Und zwar ab sofort. Es ist einfach sonnenklar, daß du damit nicht umgehen kannst.«
»Ich habe überhaupt nicht gesagt, daß wir verliebt sind. Ich bin nicht verliebt. Ich dachte einfach nur …«
»Hör mal, das Ganze war überhaupt deine Idee, und du hast offenbar gedacht, daß das funktionieren würde, obwohl ich dir gesagt habe, daß es nicht funktionieren wird. Und jetzt haben wir den Salat.«
»Es funktioniert doch. Ich habe dich doch nur gefragt, ob du auf Jeremy stehst. Vergiß es. Vergiß einfach, was ich gesagt habe. Tun wir einfach so, als ob nichts war.«
»Aber das genau ist es ja. Damit fängt's an. Ich werde nicht

zulassen, daß du Besitzansprüche auf meinen Körper erhebst.«
»Ich erhebe überhaupt keine Besitzansprüche, Gott im Himmel!«
»Darauf läuft's aber hinaus. Und aus der Art und Weise, wie du daherredest, geht ganz klar hervor, daß du glaubst, irgendwie über mich verfügen zu können.«
»Wovon redest du eigentlich?«
»Hör mal – ich bin eine eigenständige Person, und ich sage dir hiermit, daß wir von jetzt an nur noch Freunde sind.«
»Ach, fick dich.«
»Sag so was nicht noch mal zu mir!«
»Wir sind aber *nicht* bloß Freunde.«
»Doch.«
»Das geht gar nicht«, schrie ich, »es fängt nämlich schon mal damit an, daß ich dich überhaupt gar nicht ausstehen kann. Meine Fresse! Ich weiß gar nicht, wie ich … Du bist so was von unmöglich! Du … du bist … ich kann einfach nicht … ich mein, ich weiß gar nicht, wo ich anfangen soll. Nur Scheiße! Wenn du den Mund aufmachst, kommt jedesmal nur … Du redest so einen … Ach, ich weiß überhaupt nicht, was ich sagen soll … das ist doch alles so was von … ein Riesenhaufen …. *VERDAMMTE SCHEISSE!*«
Mit einem Mal war ich allein im Zimmer, lag auf dem Bett und heulte fast.

Ungefähr eine Stunde später tauchte ich wieder auf, nur um Jeremy über Liz und eine Bande von vier Auszeitnehmern aus seiner alten Schule hofhalten zu sehen. Sie schwelgten in Erinnerungen darüber, wie Jeremy vor drei Jahren ihr Haussprecher gewesen war. Von dieser ganzen Blase trug keiner einen Bart. Und alle sahen sie aus wie Rupert Everett. Das klingt jetzt vielleicht paranoid, aber ich konnte es Liz an ihrem erröteten Gesicht ansehen, daß sie eine Erektion hatte.

Und so war es unvermeidlich, daß der Abend zu einem Klassentreffen wurde, bei dem Jeremy der Gastgeber war, Liz die Gastgeberin, und ich der Spielverderber. Ranj war klug genug, allein wegzugehen.

Eine geschlagene Viertelstunde lang konnten sie sich gar nicht mehr darüber beruhigen, was für ein Zufall es sei, daß sie sich hier getroffen hatten – bis ich es einfach nicht mehr aushielt.

»Hört mal – was soll daran ein Zufall sein? Das ganze Land hier könnte genausogut ein erweitertes Kollegstufenzimmer für Leute von eurer Kragenweite sein. Außerdem, mein Gott: Ihr steigt alle sowieso in denselben Hotels ab, also hört endlich auf mit eurem blöden Zufallsgeschwätz und fangt mit euren Scheiß-Indien-Theorien an.«

»He, mal ganz ruhig, ja«, sagte Rupert 1. »Es gibt keinen Grund für so was.«

»Mir ist ganz egal, was du sagst«, fügte Rupert 2 hinzu. »Ich find's jedenfalls einen ganz schön großen Zufall, daß wir uns hier getroffen haben. Ich meine, wie viele Leute leben in diesem Land? Hunderte von Millionen. Und wir sind bloß zu viert. Also, wenn das kein Riesenzufall ist.«

»Aber ihr fahrt doch alle an die gleichen Orte und macht die gleichen Sachen. Und wenn ihr euch in vierzig Jahren im Oberhaus trefft, wird es auch kein Zufall sein.«

»Ach, dann ist das wohl eine Verschwörung, wie?«, sagte Rupert 3.
»Ihr könnt den Herrn Sozialabsteiger da drüben ignorieren«, sagte Jeremy. »Er hält sich für einen Proletarier, obwohl er in einer Privatschule war. Ein sozialer Abseiler ist das.«
»Ich war in *keiner* Privatschule! Ich war in einer Freien Schule mit einem Stipendium.«
»Stipendium? Jetzt spielen wir die arme Köhlerstochter, oder wie?«
Ich war nicht in der Stimmung, mich zu streiten, deshalb senkte ich den Kopf und konzentrierte mich auf mein Essen. Ich hatte keinen Appetit, wollte aber nicht, daß Liz sah, wie schlecht es mir ging. Also nahm ich einen kleinen Happen.
»Irgendwie hat er ja recht«, sagte Rupert 4. »Also, wegen dem Zufall.«
Am Tisch wurde es erneut mucksmäuschenstill. Jeremy, Liz und Rupert 1 bis 3 starrten ihn durchdringend an.
Rupert 4 wurde puterrot. »'tschuldigung«, sagte er und aß weiter.
»Rat mal, wo wir gerade herkommen«, sagte Rupert 1 zu Jeremy.
»Pushkar.«
»He, verdammt«, sagte Rupert 2. »Woher wußtest du das?«
»Tja, Kunststück.«
»Siehst du?« warf ich ein.
»Wo habt ihr übernachtet?«

»Krishna Rest House hieß das, glaube ich, oder?« sagte Rupert 1.
»Dann habt ihr das Peacock Holiday Ressort also nicht entdeckt?«
»Nein«, sagte Rupert 4, der immer noch ein bißchen verstört wirkte. »Ist das das beste?«
»Es ist großartig. Und es hat einen wunderbaren Garten. Das einzige Problem ist, daß man morgens von den Pfauen aufgeweckt wird.«
Liz schnappte nach Luft vor lauter Vorfreude. »O Gott, das klingt ja wahnsinnig aufregend. Können wir da hinfahren?« Sie stockte für einen Moment, als ihr klar wurde, daß sie die falsche Person gefragt hatte, drehte sich zu mir um und fragte mich mit aufgesetzter freundlicher Miene: »Sollen wir dort hinfahren?«
Ich zuckte zustimmend mit den Achseln.
»Ist es billig dort?« wandte sich Liz sich wieder Jeremy zu.
»Was glaubst denn du? Habe ich dich schon jemals irgendwohin mitgenommen, wo es teuer war?«
»Nein«, erwiderte Liz.
»Das ist ein totales Schnäppchen, sag ich dir. So einfach ist das. Und erzähl's nicht zu vielen Leuten weiter, sonst gehen die Preise rauf.«
»Pfauen! Die einen morgens aufwecken! Mein Gott – ich kann's gar nicht erwarten.«
»Wir haben Jaipur doch noch gar nicht angesehen«, sagte ich.
»Wir müssen hier ja nicht so lange bleiben«, erwiderte Liz. »Ist sowieso viel zu touristisch hier.«

»Wovon redest du eigentlich? Du bist ja noch gar nicht aus dem Hotel rausgekommen.«
»Das weiß ich. Aber sämtliche Reiseveranstalter fahren hierhin. Die ganzen fetten, mittelalten Touristen in ihren vollklimatisierten Reisebussen, die fahren alle nach Delhi, Jaipur und Agra. Das weiß doch jeder.«
»Das silberne Dreieck«, sagte Rupert 4.
»Goldene Dreieck, mein Lieber«, verbesserte Rupert 3.
»'tschuldigung«, sagte Rupert 4.
»Sie hat recht«, bestätigte Jeremy. »Jaipur hat seine charmanten Seiten, aber es wird wirklich ruiniert durch diese ganzen Leute, die hier für ... für ... *zwei Wochen* Urlaub machen. Die hierherkommen und sich kein Stück für dieses Land interessieren. Sie wollen nur ein paar Paläste sehen, billig ein paar Teppiche kaufen, und dann fahren sie glücklich wieder nach Hause, in dem Gefühl, was von Asien mitbekommen zu haben. Ich kann die echt nicht mehr sehen. Die ruinieren sämtliche Sehenswürdigkeiten für die echten Reisenden.«
»W-w-wieso sa-sagst du das?« fragte Rupert 4 so kampfesmutig, wie er nur konnte.
»Weil sie so reich sind«, antwortete Jeremy. »Ihre Busse sind so eine Art High-Tech-Kokon, aus dem sie an den Touristenorten herausklettern, ohne auch nur einen Schimmer zu haben, wieviel etwas kosten sollte. Und dann laufen sie rum und zahlen für alles das Doppelte – was den Ruf von Leuten aus dem Westen völlig versaut und für echte Reisende wie uns, die versuchen, alles zu einheimischen Preisen zu bekommen, die Sache unendlich viel schwerer macht.«

»Schließlich will man Papi ja nicht *zu* oft um Geld bitten müssen«, bemerkte ich.
Jeremy warf mir einen bösen Blick zu.
»Das ist völlig richtig«, sagte Rupert 1. »Ich hasse es, Papi um Geld zu bitten. Ich finde das ganz schön erniedrigend, und ich kann es gar nicht erwarten, bis ich alt genug bin, um ihn … ihn ins Restaurant einzuladen oder so was. Ich meine, das wäre echt ein geiles Gefühl.«
»Aber ehrlich«, sagte Rupert 2.

Am darauffolgenden Tag ging ich mit Ranj zum Palast der Winde – und ich sage es ungern, aber Jeremy hatte recht, was die Touristen anbetraf. Das Gebäude gefiel mir allerdings recht gut, auch wenn es nicht ganz so toll aussah wie auf dem Foto im BUCH.
Draußen registrierte ich mit Überraschung, daß Ranj einem Bettler Geld gab.
»Woher weißt du, welche die richtigen Bettler sind?« fragte ich ihn.
»Wie bitte?«
»Wie kannst du die echten von den organisierten Bettlern unterscheiden?«
»Was soll das bitte sein: ein organisierter Bettler?«
»Na ja – jemand, der sich gezielt Touristen als Opfer aussucht.«
»Du bist echt der gestörteste Typ, der mir je untergekommen ist. Ein Bettler ist ein Bettler. Jemand, der kein Geld hat. Der auf der Straße lebt.«
»Oh.«
»Gibst du ihnen vielleicht kein Geld?«

»Jeremy sagt, das soll man nicht. Er sagt, daß die Inder selbst sie auch ignorieren.«
»Das ist ja vielleicht ein verlogener Geizkragen.«
»Also du gibst ihnen immer Geld?«
»Nicht immer. Nur – na ja – halt wie in England. Wenn ich ein bißchen Kleingeld übrig hab und ich in der Stimmung bin, dann geb ich ihnen halt was.«
»Machen das alle Leute so?«
»Woher soll ich das wissen? Ich kann ja nicht hellsehen. Es gibt kein Buch, wo drinsteht, was man tun oder lassen soll.«
»Wahrscheinlich nicht.«
Ich fühlte mich ziemlich elend. Das war alles Jeremys Schuld.

In unserem Hotel machte die Geschichte von einem jungen Tiger die Runde, der angeblich aus dem Zoo von Jaipur entkommen war, indem er einfach zwischen den Gitterstäben hindurch aus seinem Käfig spaziert war. Anschließend hatte er offenbar einen Streifzug in ein nahe gelegenes Dorf unternommen und dort ein paar Leute getötet. Wir fanden allesamt, das sei eine lustige, typisch indische Geschichte, bis uns am selben Abend ein Franzose die neueste Version lieferte. Er behauptete, gehört zu haben, daß der Tiger einen Reisenden aus dem Westen getötet habe. Ein paar von uns glaubten ihm nicht, aber der Rest schob ziemlich die Muffe.
Jaipur war in jedem Fall kein sicherer Ort, zum einen wegen des Tigers, aber hauptsächlich deshalb, weil Liz sich

an sämtliche Ruperts ranschmiß. Also fraß ich ein bißchen Scheiße und sagte, wie hellsichtig Jeremys Analyse der Stadt gewesen sei und daß es wohl besser wäre, weiter nach Pushkar zu fahren. Ranj war nicht begeistert von der Idee, Jaipur so bald schon wieder zu verlassen, und für kurze Zeit sah ich mich vor die furchtbare Aussicht gestellt, allein mit Liz und Jeremy fahren zu müssen.

»Was – ihr wollt *jetzt schon* fahren?« fragte er.

»Ja, ist zu touri-mäßig hier.«

»Aber du hast es doch noch gar nicht gesehen.«

»Doch. Wir waren im Palast der Winde.«

»Was ist mit dem Rest? Es ist 'ne ganze Stadt!«

»Na ja, weißt du, wir machen uns eigentlich nicht soviel aus Städten. Wir finden es zu hektisch dort. Und zu materialistisch.«

»Wo wollt ihr dann hin?«

»Nach Pushkar.«

»Was ist Pushkar?«

»Du mußt doch davon gehört haben!«

»Nein, was gibt's da?«

»Oh, da soll's angeblich einfach nur ziemlich beschaulich sein. Bißchen wie Manali, nur daß es statt Bergen einen See gibt.«

»Ach so, hmm. Klingt ganz cool.«

»Und man weiß ja nie – wenn du hier zu lange rumhängst, wird dich über kurz oder lang jemand entdecken. In Pushkar findet dich keiner. Das ist bloß ein Dorf.«

»Vielleicht hast du recht. Hier ist es schon ein bißchen zu abgefahren.«

»Und es gibt Pfauen im Hotelgarten.«

»Ach ja?«
»Na ja, weiß nicht. Klingt einfach ziemlich lässig. Ach, komm doch mit. Es wird sicher lustig.«
»Ich denk mal drüber nach.«

Am selben Abend brachte ich den Typen von der Rezeption dazu, ihn zu fragen, ob er *der* Ranj Pindar sei.
Er fuhr mit uns.

War's toll?

In Pushkar wendeten sich die Dinge zwischen Liz und mir dann endgültig zum Schlechten. Eines Morgens – wir saßen gerade im Innenhof des Hotels und lasen (ich hatte einen Wilbur Smith in der Mache, und Liz hatte kürzlich die *Bhagavadgita* für *Zen und die Kunst, ein Motorrad zu warten* eingetauscht) – hüpfte Liz plötzlich kreischend aus ihrem Sessel.

»O mein Goootttt!«

»Was ist denn los?« fragte ich, aber sie ignorierte mich völlig und raste zum Hofeingang und hielt das Mädchen, das gerade angekommen war, am Rucksack fest.

»Fee!« schrie Liz.

Das Mädchen drehte sich um und sah Liz verdutzt an.

»Fee – bist du das?«

»Ich heiße Fiona, ja.«

»Ich bin's – Liz.«

Es folgte eine längere Pause, während der das Mädchen Liz eingehend betrachtete. Schließlich dämmerte es ihr, und sie schrie noch lauter als Liz zuvor. *»OH … MEIN … GOOOOTTT! LIZZY!«*

»Fee!«

»Lizzles!«
»Fifi!«
»Das ist ja … Gott! Unglaublich! Wie bist du … Ich meine, wie lange bist du schon …? Meine Güte, ich weiß gar nicht, wo ich anfangen soll!«
»Wir haben ja sooo viel zu bereden!«
Sie brachten ungefähr zehn Minuten damit zu, Laute auszustoßen und den Namen der jeweils anderen zu wiederholen – wobei die Abkürzungen zunehmend seltsamer wurden – und gegenseitig ihren Schmuck zu bewundern, ehe Liz dazu kam, mich vorzustellen.
»Das ist David, mein Reisebegleiter«, sagte sie.
Fee streckte mir die Hand entgegen und erlaubte mir, ihre klammen, wabbeligen Finger zu schütteln.
»Sehr erfreut«, sagte sie. »Und das ist meine Freundin, Caroline.«

Wie sich herausstellte, waren Liz und Fiona zu ihrer gemeinsamen Zeit beim Ealing Junior String Orchestra beste Freundinnen gewesen und hatten sich aber, nachdem Liz im Alter von elf Jahren weggezogen war, nur noch einmal wiedergesehen.
Fiona ging mit Caroline nach oben, um sich »frisch zu machen«, und versprach, »in ein paar Minütchen« wiederzukommen, um »ein bißchen zu quatschen«. Schließlich schwebte sie wieder die Treppen herunter. Sie hatte sich den Schmutz aus dem Gesicht gewaschen und ihr schmieriges Haar nach hinten gebürstet und zu einem Zopf geknotet. Seltsamerweise sah sie damit noch schlechter aus als vorher.

»Mensch, ist das schööön, dich wiederzusehen«, strömte es aus ihr heraus, während sie Liz' Hand drückte.
»Und was für ein *Zufall!«*
»Wahnsinn.«
»Nicht zu fassen.«
»Ich glaube, Krishna muß gewollt haben, daß wir uns wiedersehen«, sagte Fiona. »Sonst wäre das nie passiert.«
»Und ... und ... wo kommst du gerade her? Wie lange bist du schon hier?«
»Caz und ich habe gerade drei Monate in einer Lepra-Station in Udaipur hinter uns.«
»WAS!« sagte ich und ließ mein Buch zu Boden fallen.
»Ja, war ziemlich toll.«
Ich rückte meinen Sessel ein paar Zentimeter nach hinten, um auf Nummer Sicher zu gehen.
»Ihr habt gerade drei Monate in einer Lepra-Station verbracht?!«
»Na ja – man nennt das jetzt nicht mehr so. Jetzt heißt es Rehabilitationszentrum und Hospiz für Leprakranke Udaipur – aber es ist eigentlich dasselbe.«
»Scheiße, wieso macht ihr so was?« fragte ich.
»Oh, es ist einfach toll.«
»Ja, ich wollte das auch schon immer mal tun«, sagte Liz.
»Was?«
Liz warf mir einen bösen Blick zu. »Ich hab mir nicht die Mühe gemacht, es dir zu erzählen, weil ich dachte, daß du es eh nicht verstehen würdest. Aber ich habe eigentlich immer schon davon geträumt.« Sie wandte sich wieder Fiona zu und setzte erneut ihr honigsüßes Gesicht auf.
»Fee, Schätzchen, wie war's denn *wirklich?* War's toll?«

»Oh, in jeder Hinsicht. Ich bin ein anderer Mensch geworden.«
»Klar.«
»Und wie äußert sich das?« wollte ich wissen.
»Na ja – ich hab jetzt ein ganz anderes Karma.«
Ich wollte gar nicht wissen, was das nun wieder hieß.
»Gott, das klingt aber echt toll.«
»Ich meine, ich hab soviel über mich selbst gelernt … übers Heilen und so.«
»Wie bist du da reingekommen? Ich hab gehört, das soll ziemlich schwer sein.«
»Ich hatte Glück. Meine Mutter hat 'ne Freundin, die Vorsitzende von so einem Lepra-Verband ist und die mich an die Spitze der Warteliste gesetzt hat. Wenn du willst, kann ich ein gutes Wort für dich einlegen.«
»Würdest du das machen? Das wäre super. Ich meine, ich werd *bestimmt* wieder hierher zurückkommen, und beim nächsten Mal würde ich Indien gern was zurückgeben für all das, was es mir gegeben hat.«
»Genau. Das war auch definitiv der Grund, warum *ich's* machen wollte. Weißt du, ich war noch nie vorher hier, aber ich wußte, daß es so sein würde. Und ich dachte, mit den guten Kontakten, die ich habe, ist das einfach eine Gelegenheit, die ich nicht auslassen kann.«
»Aber … ist das nicht gefährlich?« warf ich ein.
»Ach was. In den frühen Stadien ist Lepra absolut heilbar. Und nicht halb so ansteckend, wie die Leute immer glauben.«
»Aber … es ist doch ein bißchen eklig.«
»Da muß man durch. Die ersten paar Tage waren furcht-

bar, aber jetzt fühle ich mich bei Leprakranken fast wohler als mit unversehrten Menschen.«
»Aber … hast du auch Menschen geheilt?«
»Nein – zu uns sind nur die gekommen, bei denen die Krankheit schon so weit fortgeschritten ist, daß sie nicht mehr zu heilen ist. Deswegen ist Udaipur auch so beliebt.«
»Wieso?«
»Weil das total faszinierend ist. Die Krüppel, mit denen man's dort zu tun hat, sind einfach viel schlimmer dran als anderswo, und man muß sie waschen und beim Gehen stützen und ihnen dabei helfen, mit ihrer Krankheit zu leben.«
»Sie waschen?«
»Ja, ich war am Schluß richtig süchtig danach.«
»DU WARST WAS?«
»Am Anfang ist es schlimm, aber wenn man sich erst mal dran gewöhnt hat, ist es ein tolles Gefühl.«
»Wieso das denn?«
»Weil man sich danach einfach … ja, ziemlich *gut* fühlt.«
»Inwiefern?«
»Na ja, man hat das Gefühl, ein guter Mensch zu sein. Sein Karma verbessert zu haben. Man fühlt sich, als ob man die ganzen schrecklichen Privilegien, mit denen man geboren wurde, weggewaschen hätte und man nur noch ein einfaches Mädchen sei, das einem verdreckten, räudigen Leprakranken, der im Sterben liegt, den Rücken schrubbt. Das macht einen total happy.«
»Mensch, ich muß das wirklich auch mal machen«, sagte Liz.
»Aber ist das nicht irgendwie deprimierend?«

»Ach was! Ganz im Gegenteil. Der ganze Ort sprüht vor Optimismus.«
»Aber ich dachte, du hättest gesagt, die wären alle unheilbar.«
»Sind sie ja auch, aber die sind alle so reizend! Ich meine, die haben alles verloren, sind in der Regel von ihrer Familie verstoßen worden und kurz vorm Sterben, aber sie können alle immer noch lachen und das Positive am Leben sehen.«
»Aha.«
»Wirklich wahr.«
»Das gibt's doch nicht.«
»Es ist aber wirklich wahr. Weißt du, die haben da so eine Art Auswahlgespräch. Das Hospiz ist so wahnsinnig ausgebucht, daß man, um dort ein Bett zu kriegen, erst mal ein Gespräch führen muß, um zu beweisen, daß man die richtige Einstellung hat.«
»Und die wäre?«
»Positiv. Man muß positiv sein. Ich meine, wenn sie die ganze Zeit nur schlechte Laune hätten, würden sich die Mädchen, die dort hinkommen, ja nur elend fühlen und nichts dabei lernen.«
»Willst du damit sagen, daß die Patienten passend zu den Schwestern ausgesucht werden?«
»Das ist in allen Krankenhäusern so. Weißt du, wenn man nicht die richtige Krankheit hat, kommt man nicht rein. Wenn man nicht krank genug ist, kommt man nicht rein. Das ist nur der logische nächste Schritt. Und, das kannst du mir glauben – eine so gute Behandlung würden die weit und breit nicht kriegen. Es ist einfach ein wunderbarer Ort.«

»Das ist doch krank.«
»Was – glaubst du vielleicht, es wäre besser, wenn man sie gar nicht behandeln würde?«
»Nein, ich meine, wenn man Patienten auf diese Art und Weise selektiert ...«
»Man muß aber selektiv sein. Ich meine, es gibt hier doch Leprakranke wie Sand am Meer.«
»Ja, aber ...«
»Unter uns gesagt: Das Regierungsprogramm beginnt auch allmählich Wirkung zu zeigen. Der Nachschub ist in letzter Zeit etwas weniger geworden.«
Da tauchte Caroline auf.
»Hei-ii«, sang sie.
»Hei-ii«, sang Fiona zur Erwiderung. »Fühlst du dich besser?«
»Ein bißchen.«
»Hast du noch eine genommen?«
»Noch drei.«
»Oje. Wird schlimmer, oder?«
»Mmm.«
»Glaubst du nicht, es wäre besser, es mit einem Arzt zu versuchen?«
»Ich dachte, wir hätten uns darauf geeinigt, daß wir nicht an Ärzte glauben.«
»Vielleicht treiben wir ja einen homöopathischen auf.«
»Wenn du meinst ...«
»Bist du krank?« fragte Liz mit einer Stimme, die Besorgnis ausstrahlte.
»Ja, ich muß ständig aufs Klo, und ich hab schon zehn Kilo verloren.«

»Zehn Kilo?«
»Ja.«
»Du Glückliche.«
»Na ja, ich weiß, aber langsam mache ich mir Sorgen, weil ich andauernd in Ohnmacht falle.«
»Wie kommt es, daß ihr nicht an Ärzte glaubt, wo ihr doch gerade in einem Krankenhaus gearbeitet habt?« fragte ich.
»Das war kein Krankenhaus, das war ein Hospiz«, sagte Fiona. »Und dort gab es Heiler anstelle von Ärzten.«
»Was ist da der Unterschied?«
»Ärzte heilen die Krankheit. Heiler den Menschen.«
»Und zu wem gehst du, wenn du Dünnschiß hast?«
Liz warf mir einen verzweifelten Blick zu.

Das Von-oben-runter-Ding

Fees und Caz' Ankunft markierte den Anfang vom Ende. Liz gewöhnte sich an, jeden Morgen vor dem Frühstück mit ihnen zum See zu gehen und zu meditieren. Und unter ihrem Einfluß mutierte sie nach und nach zu einer Mischung aus Prinzessin Anne, Mutter Teresa, Gandhi und Russell Grant.

Derweil schien Ranj völlig aus der Bahn zu geraten. Alles begann schiefzulaufen, nachdem er sich eine Chillum gekauft hatte. Dabei handelt es sich im Prinzip um eine Kreuzung aus einer Pfeife und einem Verkehrshütchen, mit der man Riesenmengen Hasch rauchen kann. Mit einer Chillum konnte man wahrscheinlich die gesamte Bevölkerung von Barnet problemlos für eine ganze Woche zudröhnen. Ranj gewöhnte sich jedoch an, seine Chillum ganz allein zu rauchen. Zum Frühstück. Und zum Mittagessen dann noch mal eine.

Normalerweise ist es unmöglich, öfter als zweimal an einem Joint zu ziehen, ohne daß irgendein dir völlig unbekannter Schmarotzer daherschlappt, sich neben dich setzt und irgendwie versucht, ein Gespräch anzufangen, damit er auch ein paar Züge abbekommt. Ranjs Chillum war jedoch so furchterregend, daß sie die Leute richtiggehend abschreckte. Ein Innenhof, in dem richtig was los war, konnte sich binnen kürzester Zeit fast vollständig leeren, sobald die Leute dieses seltsam scheeläugigen Inders ansichtig wurden, der an etwas saugte, das so aussah wie ein Industrie-Kühlturm, der einen schlechten Tag hatte. Der Rauch, den er produzierte, schien schwerer als die Luft zu sein, doch die meiste Zeit saß Ranj zufrieden in eine Rauchwolke gehüllt, rollte mit den Augen, schimpfte auf irgendwelche imaginären Familienmitglieder und kippte ab und zu mal weg.

Ich bin ja nun wirklich sehr für Drogenmißbrauch, aber in diesem Zustand war Ranj einfach keine angenehme Gesellschaft mehr. Er war überhaupt keine Gesellschaft mehr. Das Ergebnis war, daß ich den größten Teil meiner Zeit in Pushkar mit Wilbur Smith allein verbrachte.

Unterdessen war Jeremy von Fee und Caz aus dem königlichen Gefolge verstoßen worden. Es schien ihm aber nicht allzuviel auszumachen, im Gegenteil, ich glaubte fast so etwas wie Erleichterung darüber entdecken zu können, daß Liz ihn nun in Ruhe ließ. Jedesmal wenn ich ihn sah, saß er allein im Hof und las ein Buch von Carlos Castañeda mit dem Titel *Die Lehren des Don Juan. Ein Yaqui-Weg des Wissens*.

In einem kurzen Anflug von Sympathie aufgrund unseres gemeinsamen Schicksals als Verstoßene fragte ich ihn, worum es da ginge.

»Muß man unbedingt gelesen haben«, erwiderte er mit jener wichtigtuerischen Stimme, die ich fast schon wieder vergessen hatte.

Soviel zur Sympathie.
»Da – lies mal auf der Rückseite«, sagte er.
»*Don Juan* entwirft eine Qualität der Erfahrung, neben der wissenschaftliche Genauigkeit zur Bedeutungslosigkeit zu verblassen droht – Theodore Roszak«, stand da.
»Donnerwetter, klingt gut.«
»Wenn du mit deinem Wilbur Smith fertig bist, können wir ja tauschen.«
»Okay.«

Eines Morgens, als ich gerade einen Bananenpfannkuchen verdrückte, kamen Liz, Fee und Caz von ihrer morgendlichen Séance (oder was sie da veranstalteten) zurück und leisteten mir Gesellschaft. (Zum Frühstück aß jede von ihnen ein gekochtes Ei – für die, die's interessiert.)
Obwohl ich viel lieber mit Wilbur allein gewesen wäre, meinten sie, aus Höflichkeit an meinen Tisch kommen zu müssen, wo sie dann meinen Frieden stören und völlige Scheiße reden konnten, ohne mich auch nur ein einziges Mal anzusprechen.
Ich versuchte, sie von meiner Festplatte zu löschen und mich ganz auf die Bananenhaftigkeit meines Pfannkuchens zu konzentrieren, aber der Überfall war einfach zu brutal.
»Hast du's heute bis dahin geschafft?« fragte Fee.
»Bis wohin – zum Nirwana? Bist du verrückt?« antwortete Liz.
»Nein – nicht das Nirwana. Das andere. Das vorm Nirwana, aber über der Gelassenheit, von dem ich dir erzählt hab. Wie heißt es noch mal?«
»Dingsbums«, sagte Caz.

»Genau das meine ich.«
»Also bis zur Gelassenheit bin ich bestimmt gekommen.«
»Super«, sagte Fee. »Ich finde, das ist eine gute Basis. Du bist auf dem besten Weg.«
»Ich glaube, das ist das erste Mal, daß ich richtig dorthin gekommen bin.«
»Oh, das freut mich so für dich! Wie hat sich's angefühlt?«
»Na ja … irgendwie … äh …«
»Gelassen?« bot ich an.
Keine Reaktion.
»… so als ob mein Körper jemand anderem gehören würde, und ich in meinem eigenen Kopf nur zu Besuch wäre und die Welt und mich selbst von oben betrachten würde.«
»Das ist ja toll«, sagte Caz. »Das ist ja noch viel mehr als Gelassenheit. Ich glaub, das ist schon das Nächsthöhere. Bis zu diesem Von-oben-runter-Ding schaff ich's fast nie.«
»Echt?«
»Ja, Du bist echt schon ziemlich gut.«
Liz seufzte.
»Ich bin so froh, daß ich euch zwei getroffen hab«, sagte sie und berührte sie beide an den Beinen. »Ihr habt mir die Augen geöffnet über … über … über die *WELT!*«
O Gott, dachte ich. Jetzt ist sie völlig übergeschnappt.
»Mein Karma«, fuhr sie fort, »hat sich wirklich verändert. Ich bin jetzt in einer ganz anderen Sphäre.«
Ich packte es nicht mehr.
»Karma?« fragte ich langsam. »Karma? Meine Fresse. Seht mal lieber zu, daß ihr euer Leben auf die Reihe kriegt!«
Schweigen senkte sich über den Tisch. Fee und Caz starrten mich beide mit demselben Gesichtsausdruck an. Sie

wirkten nicht im geringsten verärgert oder gar beleidigt. Ganz offenkundig tat ich ihnen einfach nur leid. In ihren Augen war ich jetzt auf einer Ebene mit den Leprakranken angelangt.

Liz hatte jedoch kein Mitleid mit mir. Soviel war klar. Ich war mal wieder Empfänger eines ihrer gefürchteten Blicke. Aber diesmal war es nicht *einer* ihrer Blicke, sondern *der* Blick. Jetzt wurde es ernst, denn im Klartext besagte dieser Blick: »Das war's.« Ich hatte das Ende der Fahnenstange erreicht. Sie hatte die Schnauze voll von mir.

»Kommt, Fee, Caz, wir gehen.«

Sie nahmen ihre gekochten Eier und setzten sich an einen anderen Tisch.

Noch am selben Nachmittag schleppte Liz ihre Matratze und ihren Rucksack zu Fee und Caz ins Zimmer, wobei sie sich einer komplexen, betont heimlichen Vorgehensweise befleißigte.

Das war's dann wohl

Liebe Mum, lieber Dad!
Tut mir leid, daß ich schon so lange nicht mehr geschrieben habe, aber ich hatte eine wahnsinnig ausgefüllte Zeit. Ich habe den Himalaja verlassen und bin jetzt in Pushkar – ein schön und ruhig gelegenes Dorf an einem See, mitten in der Wüste von Rajasthan – dem wahrscheinlich abwechslungsreichsten Bundesstaat Indiens, berühmt für die farbenfrohen Saris, die die Frauen dort tragen, und für die genauso verführerischen Gewürze, die dort auf den überfüllten Märkten verkauft werden. Ich hatte eine recht entspannte Zeit bisher, auch wenn ich mich mit Liz in letzter Zeit nicht so gut verstanden habe. Momentan sieht es so aus, also ob wir uns nicht riechen können, aber ich denke, das gibt sich wieder.
Liebe Grüße,
Dave

Seit Liz abtrünnig geworden war, waren ein paar Tage vergangen. Ich saß im Innenhof des Hotels und nippte an meinem Nachmittagstee – einem von vielen Nachmittagstees –, als ich von der Straße her das Geräusch

von quietschenden Reifen hörte. In Indien schien es nicht viele Autos zu geben, und in Pushkar noch viel weniger – geschweige denn welche, die derart stark hätten beschleunigen können, um dann quietschend zum Stehen zu kommen –, so daß ich von meinem Buch aufsah, um zu sehen, was los war.
Im Laufschritt erschien ein dicker Mann mit Schnurrbart, Jackett und Krawatte im Hof. Er wirkte ziemlich gestreßt und sah uns einen nach dem anderen prüfend an. Als sein Blick auf das Häufchen Elend in der Ecke fiel, das früher Ranj gewesen war, heulte er los.
Sein Gejaule lockte drei weitere Personen in den Innenhof, darunter eine Frau im Sari. Sie warf einen Blick auf Ranj, ließ einen Schrei fahren und fiel in Ohnmacht. Die anderen beiden waren zwei junge Typen in Jeans und Designer-T-Shirts.
»Ey, was geht 'nn hier für 'ne Scheiße ab, Alter«, sagte der eine. »Du blöde Schwuchtel!«
Tiefster Putney-Akzent, wie ich sogleich erkannte. Jede Wette, daß das sein Bruder war. Er packte Ranj am Arm, aber Ranj brach unter seinem eigenen Gewicht zusammen, weshalb der zweite Typ seinen anderen Arm nahm. Gemeinsam führten sie ihn ab.
Ranj schien während der gesamten Episode nicht besonders wach geworden zu sein, bis ich seine Stimme von draußen hereinwehen hörte. »Warte ... Warte ... *WARTE! WART DOCH MAL!*«
Kurz darauf erschien er auf zittrigen Beinen wieder im Hof und kam auf mich zu.
»Ich möchte, daß du das behältst«, sagte er, drückte mir

seine Chillum in die Hand und schloß meine Finger um sie.
»Danke, Alter«, sagte ich.
Er warf mir einen letzten Mach-dir-keine-Sorgen-ich-muß-nur-rasch-zum-Galgen-Blick zu und wankte in die Arme seines wartenden Bruders.
Die beiden verschwanden, und der Motor des Wagens wurde erst angelassen, dann abgewürgt. Eine Tür knallte, und ich konnte hören, wie sie sich stritten. Alles, was ich verstand, war: »Das ist er doch nicht wert, das ist er doch nicht wert.«
Einen Moment lang herrschte Ruhe, dann tauchte der größere der beiden Brüder erneut im Innenhof auf, marschierte auf mich zu, packte mich am Kragen, zerrte mich aus meinem Stuhl und knallte mich gegen die Wand.
»Du bist also sein Dealer?« schrie er. *»ANTWORTE! HAST DU IHM DAS ANGETAN?«*
»Nein, Mann, i-ich hab nie in meinem Leben gedealt«, stammelte ich, überzeugt, nun gleich umgebracht zu werden.
»HAST DU IHM DIESES SCHEISS-ZEUG VERKAUFT? JA ODER NEIN?«
»Ha-ha-hab ich nicht. I-i-ich schwör's bei Gott.«
»VERDAMMTE SCHEISSE. UMBRINGEN SOLLTE ICH DICH!«
»Sie sind bei mir am Falschen. Ich schwör's bei allem, was mir heilig ist. Beim Leben meiner Mutter.«
Er ließ mich los und knurrte.
»Abschaum. Du bist der letzte Abschaum.«
Dann spuckte er auf meine Schuhe und ging.

Der Typ von der Rezeption schrie ihm noch etwas auf Hindi hinterher, worauf er ein paar Scheine auf den Boden warf, bevor er um die Ecke verschwand.
Ich richtete mein Hemd und versuchte wieder zu Atem zu kommen. Im gesamten Hof herrschte Totenstille. Alle starrten mich an. Ich versuchte zu lachen, wollte sagen, daß der Kerl völlig durchgeknallt sei, aber ich brachte keinen Ton heraus.
Plötzlich fiel mir auf, daß Liz, Fee und Caz die ganze Sache von ihrem Balkon aus beobachtet hatten. Liz machte sich vor Schadenfreude fast in die Hose, das sah ich ihr an, auch wenn sie jeden einzelnen Gesichtsmuskel anstrengte, um ihr Vergnügen hinter der selbstgerechten Hab-ich's-dir-doch-gesagt-Fassade zu verbergen, mit der ihr Gesicht überzogen war. Fee und Caz empfanden allem Anschein nach nur Mitleid mit mir.

Ich hatte mich von meiner Beinahe-Begegnung mit dem Tod noch nicht richtig erholt, als Liz aus ihrem Tempel, der Fee und Caz als Zimmer diente, herabstieg, um mir »ein paar Neuigkeiten« zu überbringen.
»Was denn? Was ist denn?« fragte ich, immer noch ein bißchen benommen.
»Ich habe mich entschieden. Ich muß das einfach tun.«
»Was?«
»Na ja – Fee und Caz haben mir von so einem Ort erzählt, wo ich gern hinfahren würde. Ist nicht weit weg von hier.«
»Ja und?«
»Es ist kein Ort, wo man einfach hinfahren und sich

umschauen kann. Wenn man dahin will, muß man sich verpflichten, mindestens zwei Wochen zu bleiben.«
»Was? Wieso?«
»Es ist ein Aschram.«
»Und was hat man sich darunter vorzustellen?«
»Das ist ein hinduistischer Ort der Besinnung, wo man meditieren, nachdenken und spirituell weiterkommen kann.
»*Spirituell weiterkommen?* Wovon redet du eigentlich?«
»Hör mal – ich will das Ganze nicht noch mal mit dir durchkauen. Du bist ganz offensichtlich taub für das, was dir dieses Land beizubringen versucht, deshalb sollten wir uns einfach nur an die Fakten halten. Ich gehe jedenfalls mit Fee und Caz in den Aschram.«
»Für zwei Wochen?«
»Für mindestens zwei Wochen.«
»Tja, das war's dann wohl.«
»Was war was?«
»Du läßt mich im Stich. Da haben wir's. Ich bin ganz auf mich allein gestellt.«
»Nein, das bist du nicht. Mir ist klar, daß du nicht mit uns in den Aschram kommen willst, aber wir können uns ja jederzeit treffen ...«
»Da hast du verdammt recht, daß ich nicht in deinen Scheiß-Aschram mitkomme. Ich hab wenig Bock, mir von irgendwelchen völlig durchgeknallten Hare-Krishna-Jüngern eine Gehirnwäsche verpassen zu lassen. Ohne mich. Ich werd nirgendwo in die Nähe ...«
»Hör auf! *HÖR AUF DAMIT!* Ich will das gar nicht hören. Deine Vorurteile ...«

»*VORURTEILE!* Ich hab überhaupt keine Vorurteile – ich hab nur keinen Bock, irgendwann mit rasiertem Kopf auf dem Leicester Square zu enden und allen Leuten zu erzählen, wie lieb ich sie habe.«

»*Das*, mein Lieber, nennt man Vorurteile – falls du nicht wußtest, was das Wort bedeutet. Wir reden hier von einer Weltreligion, der mehrere hundert Millionen Menschen anhängen, und alles, was dir dazu einfällt, ist ... ist ... irgendeine typisch westlich-verdrehte Äußerung zur östlichen Philosophie. Du bist so was von borniert! Ich weiß gar nicht, wozu du dir die Mühe gemacht hast, hierherzukommen.«

»Weil du mich dazu überredet hast.«

»Jetzt komm mir bloß nicht auf die Tour. Du wolltest doch selbst fliegen.«

»Aber nur, damit ich bei dir bin. Und jetzt verläßt du mich.«

»Ich folge einem Ruf. Du kannst gern mitkommen oder später wieder zu mir stoßen, aber ich werde mir diese Gelegenheit bestimmt nicht wegen deiner Kleingeistigkeit entgehen lassen.«

»Und ich werde nirgendwo rumhängen und auf dich warten. Wir haben einen Reiseplan einzuhalten, und es gibt noch ein ganzes Land zu entdecken – aus diesem Grund bin ich hierhergekommen. Schließlich kann ich nicht meine ganze Zeit hier verplempern, oder? Da würde ich verrückt werden. Es ist doch total sinnlos, erst nach Indien zu fahren und sich dann gar nichts anzuschauen. Ich muß schauen, daß ich weiterkomme. Ich möchte endlich nach Goa.«

»Diese Ungeduld ist was typisch Westliches. Du merkst das gar nicht, aber du bist schon richtig zu einer Parodie deiner selbst geworden.«
»*Ich* eine Parodie meiner selbst? Das ist ja lachhaft.«
»Was willst du damit sagen?«
»Du … du … du bist einfach ein Arschloch geworden! Anders kann man das gar nicht sagen. Und du hast nicht mal genügend Persönlichkeit, um eine Parodie von dir selbst zu werden – du bist die Parodie von jemand anderem geworden. Obwohl Fiona so ziemlich die größte Scheißeverzapferin ist, die jemals auf diesem Planeten rumgelaufen ist, hast du beschlossen, so wie sie zu werden. Das ist doch trostlos!«
»Wenn du das vor einer Woche zu mir gesagt hättest, wäre ich noch wütend geworden. Zum Glück für dich hab ich aber in den letzten Tagen ziemliche Fortschritte gemacht und kenn mich jetzt gut genug, um mich von so einen kleinen Scheißer wie dir nicht mehr verletzen zu lassen. Mein wahres Selbst ist einfach unempfindlich gegen solche wie dich. Du kannst mir an den Kopf werfen, was du willst – du triffst mich nicht … du … du … *KLEINES STÜCK SCHEISSE! DU MISTKERL! DU ERBÄRMLICHER SCHWACHKÖPFIGER ZYNISCHER PISSPOTT-PSEUDODRAUFGÄNGER! ICH HASSE DICH UND ICH WILL DICH NIE WIEDER SEHEN, DU VERDAMMTES ARSCHLOCH! DU MACHST MICH KRANK!*«

Kulturübergreifender Austausch

Und so stand ich schließlich allein da. Ranj war von seiner Familie gekidnappt worden, Liz war eine Hare-Krishna-Jüngerin geworden, und Jeremy war menschlich gesehen einfach ein hoffnungsloser Fall. Abgesehen von diesen Leuten kannte ich im ganzen Land niemanden.

Zum gegenwärtigen Zeitpunkt hatte ich von Pushkar die Nase voll. Ich nahm an, nach dem Streit mit Liz würde es wohl das beste sein, wenn ich mich auf die Socken machte, um nicht den Eindruck zu vermitteln, daß ich vor dem Alleinsein Angst hatte. Tatsache war aber, daß meine ohnehin schon schlottrigen Gedärme bereits bei dem *Gedanken* daran, allein unterwegs sein zu müssen, die Gestalt eines Ballons annahmen, aus dem langsam die Luft entweicht.

Ich wollte nicht allein sein. Das wollte ich einfach nicht. Nur eine Sache in der Welt wäre schlimmer gewesen als das: mit Jeremy unterwegs zu sein.

Pushkar war ein solches Kaff, daß es nicht mal einen Bahnhof gab. Der nächstgelegene war in Ajmer, ein paar Busstunden entfernt. Als ich allein zum Busbahnhof von

Pushkar lief, fühlte ich mich wie einer von diesen alten Männern, die immer durch die Parks schlendern und die Enten füttern. Dabei essen sie in Papier eingewickelte belegte Brote und versuchen, mit wildfremden Menschen ins Gespräch zu kommen. Ganz schön trostlos: da war ich erst neunzehn Jahre alt und fühlte mich bereits wie ein einsamer Rentner.

Ich konnte mich nicht erinnern, daß ich mich jemals zuvor einsam gefühlt hätte. Es war ein eigenartiges Gefühl – und für den Moment durchaus ein bißchen aufregend. Aber mir war klar, daß es schrecklich sein würde, sobald ich mich daran gewöhnt hatte.

Unser Plan war gewesen, erst in Udaipur, Ahmedabad und Bombay haltzumachen, bevor wir nach Goa fuhren. Doch ich beschloß, die ursprüngliche Marschroute zu vergessen und gleich dorthin zu fahren. Das bedeutete, daß ich in einem Rutsch durch das halbe Land fahren würde. Aber ich hielt einfach die Vorstellung nicht aus, an irgendwelchen Orten Zwischenstopps einlegen zu müssen, wo ich am Ende der einzige Reisende im Hotel war. Gut, ein *paar* Reisende würde es immer geben – aber ich hatte bereits die Erfahrung gemacht, daß sie in den großen Städten nicht besonders freundlich waren. Abgesehen davon hatte ich sowieso keinen großen Bock, mir Udaipur, Ahmedabad oder Bombay anzuschauen. Ich meine: Stadt ist Stadt.

Wenn ich es nur schaffte, die Zähne zusammenzubeißen und mich allein bis Goa durchzuschlagen, würde es mir sicher gelingen, dort ein paar Leute kennenzulernen. Bestimmt würde ich jemand finden, der mit mir weiterreiste.

Vielleicht sogar jemand Weibliches. Wie man so hörte, ging in der Hinsicht ja einiges ab in Goa.
Ich wandte mich der Landkarte vorn im BUCH zu und errechnete anhand der beigefügten Skala, daß die Breite meines kleinen Fingers ungefähr einer Strecke von 300 Kilometern entsprach. Dann maß ich die Entfernung zwischen Pushkar und Goa aus: sechs Fingerbreit. Das konnte nicht wahr sein. Fast zweitausend Kilometer? Ich hätte nicht mal gedacht, daß sich das Land derart lang hinzog.
Na ja, egal. Ich schloß das BUCH. Würde also eine ganz schön lange Reise werden. Aber letzten Endes lohnte es sich bestimmt. Immerhin hatte ich noch genau zweihundert Kondome übrig. (Glücklicherweise befanden sich die Kondome in meinem Rucksack, und egal, was bei unserem endgültigen Abschied passierte: die würde ich *alle* mitnehmen – da konnte sie Gift drauf nehmen.)

Mit dem Ticket nach Ajmer in meinem Geldgürtel verbrachte ich den restlichen Tag damit, mir meine Abschiedsrede für Liz zurechtzulegen, die dann folgendermaßen lauten sollte:
»Mir ist klar, daß das alles nicht ganz einfach war und daß wir, was auch immer passieren wird, nie werden behaupten können, besonders freundschaftlich auseinandergegangen zu sein. Trotzdem sollst du wissen, daß ich dir verzeihe, was du mir angetan hast, und daß ich dir keine Vorhaltungen machen werde, weil du mich verlassen hast. Ich wünsche dir alles Gute für deine spirituelle Entdeckungsreise und danke dir, daß du mir die Gelegenheit gegeben hast, allein durch Asien zu reisen.«

Als ich am nächsten Morgen aufwachte, war sie dummerweise bereits fort. Ich fand eine Notiz auf dem Fußboden vor, auf der stand:

D,
Mach's gut.

Peace,
L.

Wütend knüllte ich den Zettel zusammen, beschloß dann aber doch, ihn aufzubewahren, weshalb ich ihn wieder glattstrich, zusammenfaltete und ins BUCH legte.
Erschrocken registrierte ich, daß ich verpennt hatte und ziemlich spät dran war für meinen Bus. Normalerweise hatte sich Liz um das Rechtzeitig-Aufstehen-um-noch-den-Bus-zu-erwischen gekümmert. Scheiße. Genaugenommen hatte sie sich eigentlich um alles gekümmert.
Ich zog mich an, stopfte meine sämtlichen über das Zimmer verstreuten Klamotten in den Rucksack, schlüpfte in meine Schuhe, warf noch einmal einen Blick unter das Bett, hielt für einen Moment inne, leerte noch einmal den Inhalt meines Rucksacks auf das Bett und zählte die Kondomschachteln. Jawoll. Dacht ich's mir doch. Zwei fehlten.
Das war mir ein schöner Aschram, den sie da besuchte! Sah ihr ähnlich. Das war also, was sie unter *spirituell weiterkommen* verstand. Sah ihr echt ähnlich.
Ich betrachtete nachdenklich den Haufen Kondomschachteln auf meinem Bett, alle noch originalverpackt, und fühlte mich kurzzeitig wie gelähmt. Ich war ein Versager. Mein

Leben war eine einziges Durcheinander. Ich gehörte ins Kloster.

Wie elend ich mich auch fühlte: Den Bus zu verpassen würde meine Situation auch nicht verbessern. Also zwang ich mich, erneut meinen Rucksack zu packen und mich auf den Weg zum Busbahnhof zu machen. Ich kam fast eine Viertelstunde zu spät, aber zum Glück stand der Bus noch da. Zu meinem äußersten Entsetzen sah ich jedoch, daß die vordersten drei Sitze im Bus bereits von Liz, Fee und Caz belegt waren.

Mein Sitz befand sich in der Reihe direkt hinter ihnen, und als ich einstieg, lächelten mich Fee und Caz in einer Weise an, wie man einen unartigen Leprakranken anlächelt. Liz schaute in die andere Richtung.

Ungeachtet der Tatsache, daß es nur eine recht kurze Fahrt war, gelang es Caz, gleich zweimal aus dem Fenster zu kotzen. Aufgrund der Geschwindigkeit des Busses flog ein nicht unbeträchtlicher Teil ihres Erbrochenen zu ihrem Fenster hinaus und zu meinem wieder herein, mitten in mein Gesicht.

Wie treffend, dachte ich, während ich mir Flocken halbverdauter Linsen aus dem Gesicht wischte. Erst spannst du mir die Reisepartnerin aus, und dann kotzt du mir ins Gesicht. Hast du sonst noch einen Wunsch? Möchtest du vielleicht in mein Bett kacken?

Ajmer ist nicht gerade ein Ort, der zum Bleiben einlädt, und da Fee, Liz und Caz denselben Bus nach Ajmer nahmen wie ich, konnte man darauf wetten, daß sie dort in den Zug umsteigen und noch weiter fahren würden. Da wir während der gesamten Busfahrt kein Wort miteinander sprachen – nicht mal, um sich (nur zum Beispiel) für die Ladung Linsen-Schrot zu entschuldigen –, blieben die Einzelheiten ihrer Weiterreise für mich ein Rätsel.

Der Busbahnhof in Ajmer war, wie sich herausstellte, winzig und busmäßig so gut wie leer. Das hieß mit an Sicherheit grenzender Wahrscheinlichkeit, daß sie ihre Reise mit der Eisenbahn fortsetzen würden. Der Bahnhof befand sich auf der entgegengesetzten Seite der Stadt, und nachdem ich zugesehen hatte, wie sich sie mit ihren Rucksäcken in eine Rikscha zwängten, besorgte ich mir eine eigene Rikscha und folgte ihnen quer durch die Stadt.

Unterwegs verlor ich sie zeitweilig aus den Augen, nur um sie dann am Bahnhof wieder zu treffen, wo sie direkt vor mir in der Schlange für Züge in Richtung Udaipur anstanden. Keine von ihnen drehte sich um, aber an der Art, wie sie sich versteiften und fieberhaft miteinander flüsterten, konnte ich erkennen, daß meine Anwesenheit registriert worden war.

Nach etwa zehn Minuten wirbelte Liz mit feuerrotem Gesicht herum.

»Verfolgst du uns?«

»Nein.«

»Sag mir einfach, warum du das machst, Dave. Was genau hast du eigentlich davon?«

»Gar nichts. Ich fahre nur in Richtung Süden, und das ist zufällig in dieser Richtung.«

»Ist das so eine verquere Art Rache?«

»Ich habe keine Ahnung, wovon du redest. Wohin soll ich den sonst fahren? Vielleicht zurück nach Delhi?«

»Sehr witzig.«
»Das war kein Witz.«
»Wir lassen uns von dir jedenfalls nicht einschüchtern, nur damit du's weißt.«
»Ich will euch doch gar nicht einschüchtern. Um Gottes willen, ich bin bloß unterwegs nach ... nach ... Udaipur und Ahmedabad.«
Sie beäugte mich mißtrauisch.
»Ich dachte, du wolltest nach Goa.«
»Will ich ja auch. Aber ich werde ja wohl unterwegs einen Zwischenstopp einlegen dürfen, oder? Schließlich interessiere ich mich nicht bloß dafür, wo die Rucksacktouristen abhängen. Ich möchte das richtige Indien sehen.«
Sie beäugte mich noch mißtrauischer.
»Wir steigen noch vor Udaipur aus – ich sag dir nicht, wo –, aber wenn du auf dem gleichen Bahnhof aussteigst wie wir, ruf ich die Polizei.«
»Ja klar.«
»Ich mach keine Witze.«
»Und was macht die dann?«
»Das hängt ganz davon ab, was ich ihnen erzähle.«
»Ach Liz, jetzt mach aber mal halblang.«
»Nein – du machst jetzt mal halblang.«
»Hör mal, ich weiß gar nicht, worüber wir streiten, weil ich nicht das geringste Interesse daran habe, dir in dein Scheiß-Gehirnwäschezentrum nachzulaufen. Ich fahre, wie gesagt, nach Udaipur.«
»Deine Lügen interessieren mich nicht mehr, David. Denk dran, wenn das so weitergeht, ruf ich die Polizei.«

Als ich an der Reihe war, versuchte ich dem Fahrkartenverkäufer auseinanderzusetzen, daß ich in ein anderes Abteil wollte als die drei englischen Girls. Es dauerte eine halbe Ewigkeit, bis er kapierte, wovon ich redete, aber schließlich seufzte er, nickte und sagte, er habe verstanden.

Ich zahlte, und er schob mir das Ticket unter der Glaswand durch und sagte augenzwinkernd, er hätte mich so nahe wie möglich plaziert.

Im Zug wurde ich von noch mehr frostigen Blicken und steif abgewendeten Rücken begrüßt. Ich kam mir so vor, als hätte ich die Einsame-Rentner-Phase bereits wieder abgeschlossen und sei inzwischen ein *Dirty Old Man* geworden, so einer mit Regenmantel.

Nach einer Weile begann der Mann neben mir zu lächeln und fragte: »Diese Mädchen dein Freund?«

Er trug ein grünes, mit Schweißflecken übersätes Polyesterhemd und sah aus, als ob er sich gerade die Haare mit Schmalz gewaschen hätte. Wir saßen dicht zusammengedrängt nebeneinander, und jedesmal wenn ich versuchte, ein bißchen Abstand zu gewinnen, quoll sein Fett hinterher, um die Lücke zu füllen.

»Nein. Nicht meine Freunde«, erwiderte ich.

»Du reden mit Mädchen, ja?«

»Nein. Rede nicht mit Mädchen.«

»Warum?«

»Sie nicht meine Freunde.«

Der Mann sah mich an, als sei ich nicht ganz bei Trost. Zum einen wahrscheinlich, weil ich begonnen hatte, noch schlimmer zu radebrechen als er, aber vor allem wohl

deshalb, weil ich kein Interesse zeigte, mit den Mädchen zu reden.
»Sie keine gute Mädchen«, fügte ich hinzu, in der Hoffnung, damit mein Verhalten zu erklären.
»Aber sie schöne Mädchen«, erwiderte er mit großen, lüsternen Glotzaugen.
»Glauben Sie mir, die gehen mir granatenmäßig auf die Eier.«
»Hallo, was?«
»Böse Mädchen, böse Mädchen.«
»Böse Mädchen viel Spaß.«
»Nein. Diese hier nicht. Wirklich nicht. Kein Stück.«
Er wackelte mitfühlend mit dem Kopf und hielt mich ganz offensichtlich immer noch für ein bißchen plemplem.
»Wie ist Ihr werter Name?«
»Dave.«
»Wo kommst du her?«
»England.«
»Aah. England sehr gut. Bist du verheiratet?«
»Nein.«
»Was ist deine Arbeit?«
»Student.«
»Ah, sehr gut.«
An dem Punkt ging uns ein bißchen die Puste aus, und es folgte eine längere Pause. Mir war klar, daß ich ihm jetzt im Gegenzug dieselben Fragen hätte stellen müssen, aber irgendwie hatte ich nicht die Energie dazu. Das Schweigen wurde unterbrochen, als sich der Mann, der mir gegenübersaß, vorbeugte und versuchte, meine Hand zu

schütteln. Er sah so krank aus, daß ich ihn nicht anfassen wollte.
»Hallo«, sagte ich und winkte ihm zu.
»Guten Tag, Sir«, erwiderte er und schüttelte mein Bein. »Wie ist Ihr werter Name?«
»Dave.«
»Wo kommst du her?«
»England.«
»Aah. England sehr gut. Was ist deine Arbeit?«
»Student.«
»Bist du verheiratet?«
»Nein.«
»Ah, sehr gut.«
Jetzt war ich aber echt gut dabei, die Einheimischen kennenzulernen. Man redet ja immer von kulturübergreifendem Austausch – aber das hier war nun wirklich faszinierend.
Als Liz, Fee und Caz ein paar Stunden später den Zug verließen, gab ich vor, es nicht zu merken. Sie versuchten, dabei langsam und unauffällig vorzugehen, aber sowie sie den Fuß auf den Bahnsteig gesetzt hatten, sah ich sie durch den Bahnhof wetzen, bis sie außer Sicht waren.
Nun war ich wirklich ganz allein.
Der Schmalzhaar-Typ schnalzte mit der Zunge, hob nickend den Kopf, schnippte mit den Fingern seiner rechten Hand und sagte: »Schöne Mädchen.«
Irgendwie verstand ich, was er meinte. In der internationalen Sprache schmieriger, ausgehungerter Männer hießen diese Gesten soviel wie: »Pech gehabt, Kumpel – war eh nicht unsere Liga.«

Ich schnalzte mit der Zunge, hob nickend den Kopf und zuckte mit den Achseln.
Er lachte und tätschelte mir die Knie.
Ein bißchen deprimierend war es schon, daß ich mich bereits fließend auf Schmierig-gierig unterhalten konnte.

Und ich bin nicht aus Surrey

Der Zug endete in Udaipur, und ich verließ als einer der letzten das Abteil. Als ich auf den dunklen Bahnsteig trat, sah ich, daß der Bahnhof fast ausgestorben war. Das heißt: nach indischen Maßstäben fast ausgestorben, was bedeutet, es sind so wenig Leute da, daß man in dem ganzen Menschengewirr gelegentlich mal ein paar Zentimeter Fußboden erkennen kann.

Vom Bahnhofsvorplatz aus warf ich einen Blick auf die dort wartenden Taxis und Rikschas. Trotz der späten Tageszeit wirkte das Treiben in der Stadt äußerst geschäftig. Aufgrund meines vorerst letzten Gesprächs mit Liz hatte ich das Gefühl, daß ich mir ein bißchen mehr als nur den Bahnhof anschauen sollte.

Einer der Fahrer kam auf mich zu und versuchte mich in Richtung seiner Rikscha zu zerren. Aber ich reagierte so wütend, daß er den Rückzug antrat. Flüchtig kam mir die Erkenntnis, daß Jeremy doch recht gehabt hatte – von wegen, wie man lernt, so brutal mit den Leuten umzuspringen, daß sie einen in Ruhe lassen. Und man merkt es nicht mal selbst, wie man sich verändert – es geht einem nur plötzlich auf, daß man viel weniger belästigt wird.

Dieser Gedanke erfüllte mich für Sekundenbruchteile mit Glücksgefühlen, ehe ich wieder in meine alte Depression verfiel. Ich wußte, daß ich mich nicht in eine Abwärtsspirale ziehen lassen durfte, also beschloß ich, mir ein bißchen was zu gönnen. Udaipur würde ich mir klemmen. Ich würde mir einen »Ruheraum« im Bahnhof nehmen (in den meisten größeren indischen Bahnhöfen gibt es solche hotelartigen Zimmer) und am nächsten Morgen mit dem Zug weiter Richtung Süden nach Ahmedabad fahren.

Ich ging wieder hinein und stellte mich am Schalter an. In der 2. Klasse waren bereits sämtliche Plätze für den Zug nach Ahmedabad ausgebucht, so daß ich beschloß, mein Geld als Teil meiner emotionalen Wohlfahrtskampagne für ein 1.-Klasse-Ticket auf den Kopf zu hauen. Das kostete mich zwar vier volle Tagesbudgets, aber wenigstens fühlte ich mich danach besser.

Dieses Mal hielt das Wohlgefühl mehrere ganze Sekunden an, bevor mich die Depression wieder einholte.

Mein Ruheraum war, wie ich feststellte, sauber und ordentlich, was mich irgendwie fast genauso deprimierte, wie wenn er schmutzig gewesen wäre. Die Ordnung des Raumes und die Leere des Bettes neben meinem, das Muster auf dem Fußboden, das Loch im Fliegengitter über dem Fenster, die Form meines Rucksacks – mit einemmal schien alles, was ich ansah, dazu beizutragen, daß es mir schlechter ging.

Ich beschloß, mich dadurch aufzuheitern, daß ich eine Postkarte nach Hause schrieb. Ich fand eine zerknitterte Karte von Manali am Boden meines Rucksacks und setzte mich an den wackeligen Schreibtisch in der Ecke des Zimmers.

Liebe Mum, lieber Dad,
Udaipur ist eine faszinierende und abwechslungsreiche Stadt im Süden Rajasthans. Ich bin gerade erst hier angekommen und hoffe, morgen das Lake Palace Hotel besuchen zu können, wo sie Teile eines der letzten James-Bond-Filme gedreht haben. Liz hat mich abserviert und ist mit zwei Etepetete-Trinen aus England abgehauen, weshalb ich jetzt ganz allein und schwer deprimiert bin. Mein Magen fühlt sich auch ganz komisch an, also werde ich wahrscheinlich zu allem Überfluß jetzt auch noch krank – ausgerechnet jetzt, wo sich keiner mehr um mich kümmern kann. Aber macht euch keine Sorgen. Ich bin sicher, daß bald alles wieder in Ordnung ist.
Liebe Grüße,
Dave

PS: Alles in Ordnung zu Hause?

Ich legte die Karte oben auf meinen Rucksack, machte das Licht aus und ging ins Bett. Die Laken schienen relativ sauber zu sein, doch ich war in dieser Art Stimmung, wo man nicht vergessen kann, wie viele Leute schon in demselben Bett geschlafen haben und was für eine Vielzahl von Nummern auf derselben aufnahmefähigen Matratze bereits geschoben wurden. Es begann mich überall zu jucken, und ich brauchte etwas, das mich ablenkte.
Nachdem ich das Licht wieder angemacht und mein Buch

aufgeschlagen hatte, gelang es mir, etwas Trost aus der Tatsache zu ziehen, daß es meinen Helden offenbar noch schlimmer erwischt hatte als mich (er kotzte sich die Seele aus dem Leib und irrte nackt durch die Wüste von Mexiko, in dem Glauben, er sei ein Hund). Ich konnte mich allerdings immer nur einen Satz lang konzentrieren und lauschte irgendwann nur noch den Zügen vor meinem Fenster.

Ich machte das Licht aus und versuchte einzuschlafen. Doch es gelang mir nicht, die Bilder abzustellen, die vor meinem geistigen Auge auftauchten und mich quälten. Ich sah Liz, wie sie mit Fee und Caz herumsaß, Spaß hatte, meditierte und über mich ablästerte. Ich war fest entschlossen, nicht davon zu träumen, daß die drei endlosen Spaß hatten, während ich hier in einsamen Hotelzimmern dahinwelkte, weshalb ich angestrengt versuchte, an etwas anderes zu denken. Das Thema, das immer wieder in die entstandene Lücke stieß, war jedoch noch schlimmer – mein Hirn bestand nämlich darauf, zu überschlagen, wie viele Tage ich bereits hinter mich gebracht hatte und wie viele Tage ich noch vor mir hatte in Indien. Es schien von zentraler Bedeutung zu sein, auszurechnen, ob es schon mehr als die Hälfte war oder nicht, aber eigentlich wollte ich auch darüber nicht nachdenken, weil in jedem Fall noch eine sehr lange Zeit vor mir lag und es sehr wahrscheinlich war, daß ich mich außerstande sehen würde, davon auch nur einen Moment zu genießen.

Die einzige Möglichkeit, jenen schrecklichen Gedankenwirbel in meinem Kopf aufzuhalten, lag darin, daß ich versuchte, diesen völlig zu leeren. Das erwies sich jedoch als beinahe unmöglich. Bilder von Liz, Fee, Caz, Jeremy und meiner Mutter sowie von bizarren asiatischen Sexszenen in den Ruheräumen des Bahnhofs von Udaipur füllten unaufhörlich mein Hirn. Ich versuchte angestrengt, mich zu erinnern, ob ich die drei Mädchen irgendwann mal dabei belauscht hatte, wie sie Meditationstips austauschten, aber mir fiel nichts Brauchbares ein.

Schließlich sagte ich mir in meinem Kopf immer wieder das Wort »Leere« vor – mit einer solchen Besessenheit, daß es jedes andere Wort auslöschte – und versuchte, all meine verbleibenden Kräfte darauf zu konzentrieren, mir eine leere Schachtel vorzustellen. Ich wurde immer wieder durch das Gefühl abgelenkt, daß es ja vielleicht wirklich klappen könnte, zog aber irgendwann aus der Tatsache, daß es hell war und ich aufwachte, die Schlußfolgerung, daß ich eingeschlafen sein mußte.

Ich fühlte mich an diesem neuen Tag geringfügig glücklicher und nahm im Bahnhofsrestaurant ein Frühstück zu mir. Irgendwie war es ja schon cool, ganz auf sich selbst gestellt zu sein. Wenigstens kam ich mir tapfer vor, und das war zumindest ein positives Gefühl. Als ich mir die anderen Leute im Restaurant ansah, die alle in Gruppen frühstückten, kam ich zu dem Schluß, daß ich auf sie wohl ein bißchen geheimnisvoll wirken mußte. Das fühlte sich auch ganz gut an. Geheimnisvoll war ich mir eigentlich noch nie vorgekommen. Und obendrein schmeckte mein Omelett wirklich hervorragend. Gestern war ein schlechter Tag gewesen, aber heute, so beschloß ich, würde ein guter Tag werden.

Wurde es aber nicht. Ich verbrachte die Fahrt von Udaipur nach Ahmedabad mit einem Kind, das ständig schrie, einem Jungen, der das Kind haute, das ständig schrie, einer Mutter, die das Kind haute, weil es sich beschwerte, daß es von seinem Bruder gehauen wurde, und einem Ehemann, der so aussah, als ob er sich umbringen wollte. Sie machten einen solchen Lärm und nahmen so viel Platz weg, daß ich mir die gesamten elf Stunden vorkam wie ein unerwünschter Sozialarbeiter im Wohnzimmer einer psychotischen Familie.

Der Bahnhof in Ahmedabad stank – buchstäblich – nach Scheiße, und ich mußte mich zu neuen Höhen des Drohens und Lügens aufschwingen, ehe es mir gelang, eine Fahrkarte zur Weiterfahrt zu ergattern – letztendlich unter dem Vorwand, daß meine Frau kurz davorstand, in einem Krankenhaus in Bombay ein Kind zur Welt zu bringen. Es war schon lange nach Einbruch der Dunkelheit, als sich der Zug schließlich in Bewegung setzte. Ich fühlte mich zerschlagen und kletterte daher, gleich nachdem wir abgefahren waren, rauf auf die oberste Liege und versuchte zu vergessen, wo ich war. Normalerweise ließ ich meinen Rucksack unter dem untersten Bett, aber da ich hier niemandem trauen konnte, benutzte ich ihn als Kopfkissen – die einzige Möglichkeit, sicherzustellen, daß ich nicht bestohlen wurde. Dadurch standen meine Füße am Bettende etwas hervor, was zur Folge hatte, daß die meisten Leute, die in unserem Wagen auf und ab liefen, eins gegen den Kopf bekamen. Ein paar von ihnen wurden ein bißchen grätig deswegen und versuchten mich dazu zu bewegen, meinen Rucksack woan-

ders hinzutun, aber ich stellte mich blöd oder schlafend oder beides.
Während ich eindöste, erinnerte ich mich vage daran, daß mir mal irgend jemand erzählt hatte, man solle immer mit gekreuzten Beinen dasitzen, weil es eine tödliche Beleidigung für einen Hindu ist, wenn man ihm seine Fußsohlen zeigt. Ich nahm an, das könnte etwas damit zu tun haben, daß sie nicht besonders scharf auf Leute sind, die sich ihre verschwitzen Socken an ihrer Stirn abwischen. Also unternahm ich einen symbolischen Versuch, mich zusammenzurollen. Schließlich wäre es ziemlich blödsinnig gewesen, sich lynchen zu lassen, nur weil man zu vermeiden versuchte, ausgeraubt zu werden.
Ich wachte im Morgengrauen auf und machte mich kurz auf die Suche nach anderen Rucksackreisenden im Zug, konnte aber keine entdecken. Ich war nicht in der Stimmung, mich mit Indern zu unterhalten, und verbrachte daher den Morgen überwiegend damit, mich in meiner Koje zu verstecken und mich einsam und deprimiert zu fühlen.
Ungefähr zur Mittagszeit hielt der Zug irgendwo mitten in der Pampa an. Nach einer Weile begannen die Leute auszusteigen. Ich schwang mich von meinem Bett runter und folgte der Menge nach draußen. Wir befanden uns auf einem Bahndamm, der sich über einem Sumpf erhob. Neben uns war noch ein anderes Gleis. Ich dachte erst, die Leute stiegen aus, um in Erfahrung zu bringen, was los war, aber es stellte sich heraus, daß sich alle erst mal streckten und die Beine vertraten, rauchten, quatschten oder pißten. Ich wanderte ein wenig herum. Ein paar Leute lächelten

mich an und winkten mir zu. Ich winkte zurück, versuchte aber Gespräche zu vermeiden, weil es jedesmal wieder auf diese »Hallo-wie-ist-Ihr-werter-Name-wo-kommst-du-her-bist-du-verheiratet?«-Scheiße hinauslief, auf die ich absolut keinen Bock mehr hatte.

Dann erspähte ich nach ein paar Minuten einen anderen Weißen, der am vorderen Ende des Zuges in der Nähe der 1. Klasse auf den Gleisen saß und in meine Richtung sah. Gott sei Dank! Endlich jemand, mit dem ich reden konnte.

Vor Freude hüpfte ich fast auf der Stelle und winkte ihm eifrig zu. Obwohl er meinen Gruß gesehen haben mußte, nahm er mich nicht zur Kenntnis, wandte sich vielmehr ab und ließ seinen Blick über den Sumpf schweifen. Als ich mich ihm – beinahe im Laufschritt – näherte, drehte er sich immer noch nicht um, obgleich er das Knirschen meiner Füße im Kies gehört haben mußte.

Ich setzte mich neben ihn aufs Gleis, und allein schon seine Gegenwart hatte eine beruhigende Wirkung auf mich.

»Hi«, sagte ich.

Er wartete eine Weile, so als ob er darauf hoffte, daß ich wieder gehen würde, ehe er sich endlich zu mir umdrehte und hallo sagte. Dann schaute er mich an. So richtig gründlich. Als ob er mein Gesicht auf irgend etwas untersuchen würde. Mir blieb nichts anderes übrig, als ihn nun meinerseits prüfend anzusehen. Er sah ziemlich alt aus – vielleicht Mitte Dreißig oder so – und hatte strohige Haare, die er mit einem Seitenscheitel gebändigt hatte, sowie einen dichten, aber kurzen Bart. Sein Blick hatte etwas leicht Verstörendes: glasig, aber irgendwie trotzdem noch durchdringend. Und er trug nicht das übliche Traveller-Outfit, sondern hatte tatsächlich ein Hemd und eine Hose an.

»Wo kommst du her?« fragte ich.

»Bangalore«, erwiderte er und beobachtete meine Reaktion. Ich versuchte, keine zu zeigen, aber das funktionierte nicht ganz. Während ich noch überlegte, wie ich fragen konnte, ohne rassistisch zu klingen, fügte er hinzu: »Manchester.« Und, nach einer Weile, um die entstandene Lücke zu füllen: »Reuters.« Ich nickte langsam. »Journalist«, sagte er dann noch, um das Loch endgültig zuzumauern.

»Aha.«

Echt ein gesprächiger Typ. Am liebsten hätte ich zu ihm gesagt, daß er in seinem Leben wohl zu viele Telegramme geschrieben habe und sich mal ein paar soziale Fertigkeiten aneignen solle, aber er gehörte nicht zu der Sorte Menschen, zu denen man so was sagen konnte. Er sah eigentlich überhaupt nicht aus wie jemand, der sich irgend etwas sagen ließ.

Es war schon ewig her, daß ich mit einem richtigen … na ja, Erwachsenen gesprochen hatte. Jemand mit einem Job. Mal abgesehen von den Indern – klar, daß die Arbeit haben – ich meine, einfach jemand aus der Heimat. Ein Europäer mit Job. Jemand, der irgendwie richtig was machte.

Dieser Umstand führte bei mir irgendwie zu einer totalen Mattscheibe, und mir fiel nichts ein, was ich hätte sagen können.

Schließlich fragte ich: »Wo fahren Sie hin?«
»Ich will über den Streik berichten.«
Ich nickte, so als ob ich mit dieser Antwort etwas anfangen könnte.
Er sah mich nach wie vor an, also nickte ich weiter.
»Weißt du, von welchem Streik ich spreche?«
»Von dem Streik?«
»Ja. Dem Streik.«
»Ähm ... ich hab ehrlich gesagt schon seit Tagen keine Zeitung mehr gelesen.«
Er schnaubte. »Der Kongreß hat sich mit der BJP über Quotenregelungen für den Zugang von Harijans zur höheren Bildung gestritten, und der Maharashtran Sabha war nicht in der Lage, eine endgültige Abstimmung über den angedrohten Generalstreik herbeizuführen. Und das Ganze wird ihnen jetzt wahrscheinlich bald um die Ohren fliegen.«
»Ah ja«, nickte ich lautstark.
»Weißt du überhaupt, wovon ich rede?«
»Ehrlich gesagt, nein.«
»Also, schau her, ich erklär's dir noch mal von vorn. Der Kongreß ...«
Ich versuchte, meine Gesichtszüge so zu arrangieren, daß sie ihm signalisierten, »mach weiter«, aber irgendwie sprach immer noch ein riesengroßes »Hä?« aus ihnen.
»Der Kongreß ...?« fragte er.
»Ähmmm ....«
»Du weißt nicht, was der Kongreß ist?«
»Klar weiß ich das.«
»Und was ist es?«

»Das ist … das … Parlament. Das indische Parlament.«
»Nein, nicht das Parlament. Das Parlament besteht aus der Lok Sabha und der Rahja Sabha. Der Kongreß ist die Regierungspartei.«
»Ach ja, genau. Natürlich. Jetzt weiß ich's wieder.«
»Also weißt du Bescheid über den Streit wegen der Harijan-Quote?«
»Nicht ganz genau.«
»Aber du weißt, wer die Harijans sind?«
»Ja.«
»Und wer ist das?«
»Das ist … äh … die Oppositionspartei.«
»O Gott, das ist wirklich unglaublich. ›Harijan‹ ist die Bezeichnung für die unterste Kaste der indischen Gesellschaft. Die Unberührbaren. Die Leute, die wahrscheinlich sämtliche Fußböden, auf denen du gestanden hast, gefegt, und jedes Klo, in das du seit deiner Ankunft geschissen hast, saubergemacht haben. *Das* sind die Harijans – wie sie ein gewisser Mahatma Gandhi genannt hat. Von dem hast du vielleicht schon mal gehört?«
»Danke, ja«, erwiderte ich und versuchte dabei sarkastisch zu klingen.
»Wahrscheinlich hast du bloß den Film gesehen«, murmelte er vor sich hin. »Ach, vergiß es. Vergiß es einfach.« Kopfschüttelnd wandte er sich ab und vermittelte den Eindruck, vollkommen vergessen zu haben, daß ich auch noch da war. Mit gerunzelter Stirn und einem vagen Lächeln um seine Lippen starrte er in den Sumpf hinaus.
Das war vielleicht ein Grobian. Ich war fest entschlossen, mich nicht von ihm demütigen zu lassen.

»Hören Sie mal«, sagte ich. »Sie sind Journalist von Beruf. Es ist Ihr Job, so was zu wissen. Ich bin hier nur auf Urlaub. Dafür muß ich nicht auch noch pauken. Das muß ich den Rest des Jahres schon genug.«
Er drehte sich zu mir um und murmelte, offenbar immer noch zu sich selbst: »Dafür mußt du nicht pauken.«
War das seine Vorstellung von einem Gespräch? Ich hatte definitiv noch nie so einen unhöflichen Menschen getroffen.
Nach einer Weile sagte er es noch einmal, ein bißchen lauter, und mit einer etwas seltsamen Betonung. »Dafür mußt du nicht *pauken*.«
»Ganz genau. Dafür muß ich nicht pauken. Haben Sie 'n Problem damit?«
»Nein«, sagte er und lächelte mich an. »Ich denke, das trifft die Sache ganz gut.«
»Was soll das heißen: Es trifft die Sache ganz gut?«
»Universität des Lebens. Erstes Semester – Abenteuerspielplatz für Fortgeschrittene. Prüfung, Teilaufgabe 1 – gehen Sie in die dritte Welt und überleben Sie dort. Pauken, Interesse, Verstand oder Einfühlungsvermögen nicht erforderlich.«
Der Typ war einfach unglaublich.
»Hören Sie mal, Sie wissen überhaupt nichts über mich. Sie wissen nicht, warum ich hier bin. Sie wissen nicht, was ich denke. Sie interessieren sich kein Stück dafür, aus welchen Gründen ich hierhergekommen bin und was es mir bedeutet. Deshalb … deshalb haben Sie auch überhaupt kein Recht, irgendwelche … Urteile über … mich und meinen Charakter zu fällen. Okay?«

Er nickte, immer noch lächelnd. »Du hast vollkommen recht. Ich weiß überhaupt nichts über dich. Rein gar nichts. Und trotzdem tauch ich hier einfach auf und fälle so einfach mir nichts, dir nichts ein Urteil über deinen Charakter. Schon ein starkes Stück.«
Er sah mich forschend an. Ich wußte nicht recht, worauf er hinauswollte, deshalb versuchte ich dagegenzuhalten und starrte zurück.
»Du hast *vollkommen* recht. Ich bin total ignorant, und trotzdem komm ich hierher, setz mich neben dich, verbring ein paar flüchtige Augenblicke in deiner Gesellschaft und gehe dann wieder fort, in dem Gefühl, was über dich erfahren zu haben. Das ist wirklich der Gipfel. Ich hätte gar nicht hierherkommen dürfen. Wenn ich mich schon nicht für dich interessiere, hätte ich auch nicht deine Zeit in Anspruch nehmen dürfen.«
»Ach, *daher* weht der Wind. Sehr schlau, muß ich schon sagen.« Ich sah weg und versuchte ihn zu ignorieren.
Die Leute entlang den Gleisen quatschten und rauchten immer noch, und es gab keine Anzeichen dafür, daß der Zug in absehbarer Zeit weiterfahren würde. Auch wenn ich mich mit dem Journalisten nicht gerade auf Anhieb gut verstanden hatte, beschloß ich auszuharren. Ich war noch nicht wieder bereit, allein zu sein.
»Vielleicht mache ich einen Artikel über dich«, sagte er.
»Was?«
»Vielleicht schreibe ich was über dich.«
»Über mich? Was haben Sie über mich schon groß zu sagen?«

»Weiß noch nicht genau. Erzähl doch mal – was machst du so den ganzen Tag?«
»Was ich mache?«
»Ja, woraus besteht ein durchschnittlicher Tag bei dir?«
»Wollen Sie mich verarschen?«
»Nein, ich bin nur neugierig.«
Ich warf ihm einen mißtrauischen Blick zu. »Na ja – ich bin halt unterwegs. Mit dem Rucksack.«
»Aber was machst du so den ganzen Tag lang? Wie kommt es, daß du dich nicht langweilst?«
»Langweilen? Ich könnt mich hier nie langweilen.«
»Trotzdem, was *machst* du, überall?«
Er schien aufrichtig interessiert.
»Na ja, man kommt halt an, sucht sich ein Hotel, hängt dort ein bißchen ab, schaut sich ein paar Tage die Stadt an, ißt was, liest, schläft, redet mit den anderen Reisenden, überlegt sich, wo man als nächstes hinfährt, und dann – wissen Sie – ist es ein ziemlicher Akt, die Fahrkarten für die Weiterfahrt zu organisieren, also bereitet man sich geistig darauf vor, beißt in den sauren Apfel, stellt sich den ganzen Morgen für Fahrkarten an, und am nächsten Tag geht's dann weiter.«
»Aha. Die größte Herausforderung besteht also an jedem Ort darin, sich die Fahrkarten zu besorgen, um an den nächsten Ort zu gelangen?«
»Nein, das habe ich nicht gesagt.«
»Doch.«
»Hören Sie – vergessen Sie's einfach. Sie sind anscheinend eh nur daran interessiert, mich zu verarschen, also sehe ich

nicht ein, warum ich Ihnen dabei helfen soll, Ihre bescheuerte kleine Reportage zu schreiben. Da müssen Sie sich schon einen Dümmeren suchen.«
»Schon in Ordnung. Ich hab bereits mehr als genug Material beieinander.«
»Was denn zum Beispiel? Was wollen Sie denn über mich schreiben?«
»Ich denke ... irgendwie was in der Richtung, daß es heute nicht mehr die Hippies sind, die in spiritueller Mission hierherkommen, sondern nur noch Schwachköpfe auf Elendstourismus-Abenteuerurlaub. Der zentrale Punkt müßte dann sein, daß es heutzutage keinen Akt der Rebellion mehr darstellt, nach Indien zu gehen, sondern nur eine Art Konformitätszwang für Mittelklasse-Kids, die etwas für ihren Lebenslauf brauchen, das ein bißchen nach Eigeninitiative aussieht. Die ganzen großen Unternehmen wollen doch heutzutage Roboter mit Eigeninitiative, und da ist eine Reise in die dritte Welt als vorgehaltener Reifen, durch den man dann springt, ideal. Ihr kommt hierher und klammert euch aneinander, als wärt ihr auf irgend so einem erweiterten Beziehungs-Workshop für Manager in Epping Forest. Und dann könnt ihr, wenn ihr die lästige Reiserei hinter euch gebracht habt, nach Hause gehen und euren Arbeitgebern beweisen, daß ihr mehr als bereit seid, euch in ein Leben voller stumpfsinniger Plackerei zu fügen. Man könnte es vielleicht als eine moderne Form der Beschneidung ansehen – ein Leidens-Abzeichen, das man tragen muß, um in den Stamm von Großbritanniens zukünftiger Elite aufgenommen zu werden. Die ganze Art, wie ihr reist – das hat doch alles sehr viel mit be-

schränkten Horizonten zu tun, die sich als Aufgeschlossenheit ausgeben. Ihr interessiert euch nämlich einen Dreck für Indien und habt überhaupt kein Gespür für die Probleme, denen sich dieses Land zu stellen versucht. Ihr behandelt die Inder mit einer Mischung aus Verachtung und Mißtrauen, die total an die viktorianischen Kolonialisten erinnert. Eure Anwesenheit hier hat, finde ich, etwas Beleidigendes. Am besten wäre, wenn ihr euch allesamt zurück nach Surrey verpißt.«

»Das ... das ist doch Blödsinn. Ich respektiere die Inder.«

»Warum bist du dann den ganzen Zug entlanggelaufen, nur um mit mir zu reden? Glaubst du vielleicht, ich bin hier die einzige Person, die Englisch spricht?«

»Nein ... Ich wollte nur ein bißchen ... Hören Sie, es ist ziemlich einfach, mit dieser PC-Kacke anzukommen, wenn man in komfortablen Spesen-Hotels übernachtet. Wenn Sie ein bißchen Zeit mit richtigen Reisenden verbringen würden, dann würden Sie sehen, daß es eine ganze Menge Leute gibt, die versuchen, uns übers Ohr zu hauen. Man *muß* ein bißchen mißtrauisch sein. Das ist einfach nur Selbstschutz.«

»*Richtige* Reisende. Du bist wirklich unbezahlbar. Das muß ich noch reinbringen.«

»Ach, vergessen Sie's doch. Sie hören mir ja gar nicht zu. Ich finde Ihre Art von ... von ... Zynismus einfach nur ziemlich traurig. Ich mach noch viel mehr, als Sie denken.«

»Ja, klar, bestimmt.«

»Wenigstens versuche ich's. Den meisten Leuten macht es doch überhaupt nichts aus, daß sie ... daß sie überhaupt

keine Ahnung von der dritten Welt haben. Ich bin wenigstens hierhergefahren.«
»Und daß du keine Ahnung hast, kann man ja nun wirklich nicht sagen.«
»Das war's. Mir reicht's. Ich hau ab.«
Ich stand auf und stampfte zurück in Richtung meines Abteils. Nachdem ich ein gutes Stück zwischen uns gebracht hatte, drehte ich mich ein letztes Mal zu ihm um und schrie: *»UND ICH BIN NICHT AUS SURREY!«*
Er schenkte mir ein breites Grinsen und winkte übertrieben. *»VIEL SPASS NOCH BEI DEINEM URLAUB!«* rief er. *»VERGISS NICHT, DEINE GROSSE REISE IM LEBENSLAUF ZU ERWÄHNEN!«*
Ich zeigte ihm diesen hier.
Kurz darauf gab die Lokomotive ein Tuten von sich, und die Leute kletterten eilig wieder zurück in den Zug, der sich bereits langsam in Bewegung gesetzt hatte. In meinem Abteil sah ich mich nach jemandem um, mit dem ich mich unterhalten konnte. Fest entschlossen, den Journalisten eines Besseren zu belehren, beschloß ich, es mit einem von den Einheimischen zu probieren. Schräg gegenüber saß ein Typ, aus dessen Hemdtasche ein paar Stifte herausschauten und der halbwegs gebildet aussah, weshalb anzunehmen war, daß er Englisch sprach. Ich lächelte ihn an.
»Hallo, mein Freund«, sagte er.
»Hallo«, sagte ich.
»Wie ist Ihr werter Name?«
»David.«
»Wo kommst du her?«

»England.«
»Bist du verheiratet?«
»Nein.«
»Was machst du beruflich?«
»Ich bin Student.«
»Oh, sehr gut.«
Da haben wir's, dachte ich. Geht der Scheiß wieder von vorn los.
Ich antwortete anstandshalber mit ein paar Gegenfragen, und ehe ich mich's versah, wurde ich als Zuhörer in ein endloses Gespräch über die verschlungenen Wege verwickelt, auf denen seine Gott-weiß-wieviel-hundert Söhne das indische Beamtenwesen durchlaufen hatten. Seine Erzählung nahm beinahe *Mahabharata*-artige Ausmaße an und dauerte so lange, bis wir in Bombay ankamen. Er versuchte noch, mich zu sich nach Hause zum Essen einzuladen, aber es gelang mir, ihn abzuschütteln, indem ich sagte, daß ich es eilig hätte und mit jemandem verabredet wäre.

In Bombay brauchte ich nur einmal meine Nase rauszuhängen und wußte schon, daß ich es hier nicht aushalten würde. Ich ging sofort ins nächste Reisebüro, um eine Fahrkarte für den erstbesten Bus nach Goa zu kaufen (der dem BUCH zufolge mit lediglich sechzehn Stunden Fahrzeit weniger lang als der Zug brauchte). Der Bus sollte in zwei Stunden starten, fuhr tatsächlich aber erst nach vier Stunden ab und brauchte drei weitere Stunden, bis er die Stadtgrenze von Bombay erreicht hatte. Als wir endlich auf freier Strecke waren, war es bereits nach Mitternacht, so daß ich gerade beschlossen hatte einzuschlafen, als der Fahrer eine Kassette mit Hindu-Musicals einlegte und voll aufdrehte. Die Kassette lief die ganze Nacht über, unterbrochen nur dadurch, daß ich in regelmäßigen Abständen aufstand und ihn anschrie, er solle leiser machen. Jedesmal, wenn ich das tat, sahen mich die Leute im Bus an, als ob ich verrückt sei. Offenbar war es völlig üblich, daß Busfahrer Musik laufen ließen, um sich die Nacht über wach zu halten. Auf einem unserer zahllosen Zwischenstopps kaufte ich mir bei einem Straßenverkäufer eine Schachtel Kekse, um mir aus der Pappe von der Verpackung ein paar Ohrenstöpsel zu basteln. Wie sich herausstellte, änderte das aber überhaupt nichts an der Lautstärke. Außerdem fielen die blöden Dinger andauernd raus, und meine Ohren wurden ganz wund davon. Dazu kam noch, daß ich, nur um mich abzulenken, die ganzen Kekse auf einmal aß, wovon mir dann schlecht wurde. Der Bus blieb schließlich irgendwann am nächsten Tag auf halber Strecke liegen, so daß ich nach Panjim (der Hauptstadt von Goa) trampen mußte: und zwar hinten auf einem Lastwagen (wobei mir ein paar Radachsen als Sitzgelegenheit dienten). In meinem Delirium aus Wut, Frust, Einsamkeit und Arschweh schaffte ich es gerade, der letzten Etappe meiner Reise ins Auge zu sehen: was bedeutete, daß ich einen Nahverkehrsbus nehmen mußte, der von der Stadt raus zum Strand fuhr. Es war mir vollkommen egal, wo er hinfuhr und in welcher Ferienanlage ich schließlich landete, solange es dort einen Strand gab.

Ich hatte mich ganz eindeutig getäuscht, was die Freuden des Unterwegsseins anging. Von einem Ort zum anderen zu gelangen war ohne jeden Zweifel das Beschissenste an der ganzen Sache. Das Reisen an sich war ganz klar nicht der Witz dabei – insbesondere, wenn man versuchte, sechs Fingerbreit Indien auf einmal wegzuhauen.

Comfortably numb

Der Monsun bewegt sich auf breiter Front aus nördlicher Richtung durch Indien. Er entsteht in den Bergen des Himalaja und flaut unten an der Südspitze Indiens wieder ab. Ich hatte seine Anfänge oben im Norden mitbekommen, aber nun, da ich zweitausend Kilometer weiter nach Süden gereist war, fand ich mich in der Mitte des Landes wieder, inmitten des Monsuns.
Ich war in einem der etwas größeren Ferienorte namens Colva Beach angelangt, der aber auf den ersten Blick völlig verlassen schien. Es waren zwar jede Menge Inder da, aber andere Reisende konnte ich nicht entdecken. Und die meisten Hotels schienen geschlossen zu haben.
Ich fand eine Absteige, die im BUCH stand und geöffnet hatte, und nahm dort ein Zimmer. Obwohl es erst Nachmittag war, ging ich sofort ins Bett.
Nachdem ich wie ein Stein bis weit in den nächsten Morgen hinein geschlafen hatte, wachte ich auf und sah mir erst einmal richtig den Ort an. Es gab jede Menge Bars und Hotels, aber die meisten hatten die Rolläden runtergelassen. Ich spazierte eine asphaltierte, sandbedeckte Straße entlang, die vom Hotel über einen ausgestorbenen Marktplatz und von dort weiter zum Strand führte.

Der Strand war der Wahnsinn. Wohin das Auge blickte, meilenweit gelber Sand, menschenleer. Überall Palmen und ... ja, das Meer. Der Himmel war ein bißchen bedeckt und die Luft ein bißchen feucht, aber das schien mir eigentlich kein ausreichender Grund zu sein, den ganzen Laden dichtzumachen. Soweit ich das beurteilen konnte, sah alles ganz prima aus. Es war schön hier. Nichts stand meinem Vergnügen im Weg. Es gab keinen Haken bei der Sache. Abgesehen davon, daß ich weit und breit der einzige Mensch war.
Ich wanderte eine Weile den Strand auf und ab, aber es dauerte nicht lange, bis ich mich langweilte. Nicht gähnend langweilte, sondern eher wozu-bin-ich-eigentlich-am-Leben-mäßig. Ich ließ mich auf dem Sand nieder, schaute auf den Ozean hinaus und stöberte ausführlich in meinem Gefühlshaushalt herum. Da war ich nun, an einem schönen Ort, ganz und gar gelassen, und entspannte mich nach einer langen und anstrengenden Reise, genoß die wohlverdiente Ruhe. Niemand sagte mir, was ich tun solle. Ich hatte keinen Streß, ein komfortables und billiges Hotelzimmer und keine lästigen Inder am Hals. Aber obwohl ich mich insgesamt entspannter, zufriedener und zuversichtlicher fühlte als jemals zuvor seit meiner Ankunft in Indien, konnte ich mich andererseits auch nicht erinnern, mich jemals so elend gefühlt zu haben. Eine Einsamkeit, die alles erfaßte, kauerte über mir und gab mir das seltsame Gefühl, daß mein ganzes Leben ein Schwindel war und ich eine ziemlich arme Sau, die keine richtigen Freunde hatte. Ich hatte bekommen, was ich verdient hatte. Isolation und Trübsal. Ich war Tausende von Meilen entfernt von irgend

jemandem, der sich um mich Gedanken machte, und selbst die Leute, die sich um mich sorgten, taten das wahrscheinlich gar nicht, weil sie nämlich keine Ahnung hatten, wo ich überhaupt steckte. Ich konnte morgen sterben, und es wäre ihnen scheißegal. Und welchen Vorwurf konnte man ihnen schon machen, daß sie mich haßten – wenn ich ein derart egoistischer, gedankenloser und ignoranter Mensch war – ein feiges Arschloch und ein Loser.

Während ich darüber nachdachte, entdeckte ich, daß sich ein eigenartiges Lustgefühl in mein Unglück geschlichen hatte. In meinem Selbsthaß machte sich ein leichter, masochistischer Kitzel bemerkbar, der der ganzen Sache eine Art bittersüßen Anstrich gab.

Und als ich mich da so ganz allein an diesem tropischen Strand sitzen sah, wie durch eine Filmkamera, bittersüße Melancholie in meinen Gesichtszügen, überkam mich plötzlich eine Woge der Freude, die sich über meinen ganzen Körper ausbreitete. Ich war so was von arschcool. Die ganze Szene hätte Teil eines Aftershave-Werbespots sein können. Es war genau das, was man in seinem freien Jahr zwischen Abi und Uni machte. Das war's – das war genau der Moment. Ich war im Begriff, mich selbst zu finden.

Ich fühlte mich plötzlich derart in Hochstimmung, daß ich beinahe zu weinen angefangen hätte – was mir seltsam vorkam, weil es keine Freudentränen waren, sondern Wozu-bin-ich-eigentlich-am-Leben-Tränen. Sofort bekam ich eine Sauwut auf mich selbst, weil ich diesen großen Augenblick dadurch zerstört hatte, daß ich übers Weinen nachdachte. Und von der Sauwut war es nur ein kurzer Sprung

zurück, mich wieder deprimiert und elend zu fühlen und von neuem selbst zu hassen.
Ich gelangte zu der Überzeugung, daß das Stöbern im Gefühlshaushalt eine schlechte Idee gewesen war, die zu nichts führte. Aber wenigstens hatte ich mich selbst gefunden, und das war ja auch schon mal was.

Ich verbrachte eine Woche in Goa, weil ich den Gedanken, weiterreisen zu müssen, nicht ertrug, und stellte nach und nach fest, daß es außer mir doch noch ein paar andere Reisende gab. Allerdings wurde ich mit niemandem von ihnen so richtig warm. Keiner von ihnen war aus England, und sie gehörten alle zu dieser etwas älteren Generation, die aus irgendwelchen Gründen immer auf Studenten herabschaut. Ich redete mit ihnen, und sie waren oberflächlich gesehen durchaus auch ganz freundlich, aber ich konnte mich des Eindrucks nicht erwehren, daß sie mich ein bißchen gönnerhaft behandelten.
Es gab eine kleine Gruppe von Australiern, die ganz witzig waren, aber die waren alle schon gut in den Zwanzigern und hatten eine unangenehm machohafte Art, freundlich zu sein, die ich ein wenig einschüchternd fand. Sie gingen auch sofort davon aus, daß jemand in meinem Alter naturgemäß unreif ist, und ich ertappte sie immer wieder dabei, daß sie blöde grinsten, wenn ich was sagte – was mir ausgesprochen auf die Nerven ging. Ich hatte das Gefühl, daß ich über das, was ich gemacht hatte, gar nicht richtig reden konnte, weil sie alle schon monatelang unterwegs gewesen waren und die tollsten Geschichten auf Lager hatten, mit denen ich einfach nicht konkurrieren konnte – zum Bei-

spiel, wie sie sich im thailändischen Dschungel verirrt hatten und auf Heroinhändler gestoßen waren, oder sich in indonesischen Gefängnissen mit kätzchengroßen Kakerlaken rumschlagen mußten, oder wie sie die ganze Everest-Tour gemacht hatten, nur mit Zehensandalen und einem Bondi-Beach-T-Shirt bekleidet.

Sie hatten nicht diese ganze Mutter-Indien-Kacke gefressen, sondern waren einfach durch Asien gefahren und hatten sich wie Australier benommen, dabei viel Bier getrunken und Spaß gehabt. Auch wenn ich sie nicht mochte, mußte ich doch zugeben, daß sie ziemlich lässig waren.

Zum ersten Mal wünschte ich mir, daß ich mehr herumgekommen wäre. Ich hatte die älteren Weltenbummler vorher noch nie beneidet, weil die meisten von ihnen so erkennbar soziale Versager waren. Diese Leute, die mit Mitte Dreißig immer noch durch Indien tappten, hatten ihr ganzes Leben so offenkundig verpfuscht, daß es nicht viel gab, um das man sie hätte beneiden können. Und die meisten, die man unterwegs traf, schienen entweder aus meiner Generation oder aus der traurigen, bärtigen Nervenbündel-Generation zu sein. Unheimlich wurde es nur, wenn man gelegentlich auf die Leute stieß, die so Mitte bis Ende Zwanzig waren. Die hatten immer irgendwas an sich, das mich total neidisch machte. In ihrer Gegenwart fühlte ich mich jedesmal ein bißchen wie ein kleines Kind. Ich konnte mich nie richtig entspannen, wenn ich mit ihnen redete, weil ich immer Angst hatte, daß mir irgendwas Naives rausrutschen würde.

Es gab nur einen Abend in Goa, an dem ich wirklich auf

meine Kosten kam, und das war, als einer von den Australiern sich beinahe mit einem Schweizer Hippie geprügelt hätte. Es war schon ziemlich spät, und wir hatten alle schon mehrere Stunden in der einzigen Kneipe unseres Ferienorts, die sich »The Jimmy Hendrix Bar Experience« nannte, vor uns hin getrunken. Der Schweizer versuchte lauthals, irgendein Mädchen mit einer Geschichte zu beeindrucken – von wegen, wie er sein Leben riskiert hätte, um nach Tibet reinzukommen, aber wie sich dies letztlich als unmöglich herausgestellt hätte.
Garth, einer von den größeren Australiern, unterbrach ihn, indem er ihm auf die Schulter klopfte. »Hey – du mit der rosa Hose. Kannst du mal 'n bißchen leiser machen? Wir versuchen hier grade 'n paar krawallmäßige Trinkspiele abzuziehen.«
Das brachte sämtliche Aussies und mich zum Lachen.
»Was soll das?« fragte der Schweizer.
»Nur eine Kleinigkeit, aber du redest a) viel zu laut, und b) totale Scheiße.«
»Das ist überhaupt kein Scheiß, mein Freund. Ich hab in Golmud 'nen Monat im Gefängnis verbracht, weil ich versucht habe, per Anhalter nach Tibet reinzukommen. Das ist kein Scheiß.«
»Hör mal, Bubi, ich möcht mich hier nicht aufspielen, aber jeder Depp mit mehr als zwei Gehirnzellen weiß, daß die Strecke über Golmud schon seit Jahren gesperrt ist. Ich hab's erst vor ein paar Monaten geschafft, nach Tibet reinzukommen, indem ich die südliche Route genommen hab, von Kashgar aus.«
»Das ist vollkommener Blödsinn. Ich habe die Strecke

ausgecheckt, und da gibt's sogar noch mehr Polizeisperren, als wenn man von Golmud aus fährt.«
»In Golmud gibt's 'nen ganzen Wirtschaftszweig, der nur von solchen Typen lebt, die so tun, als ob sie versucht hätten, nach Tibet reinzukommen, aber in Wirklichkeit den Arsch nicht hochkriegen, mal was Gefährliches zu unternehmen. Jeder, der es wirklich ernst meint, versucht es über Kashgar.«
»Blödsinn. Ich meine es vollkommen ernst mit Tibet, aber du kommst einfach nicht an der Polizei vorbei.«
»Nicht, wenn du bequem in Golmud rumhockst, dich benimmst, als wärst du auf irgend so 'nem Pauschalurlaub, und immer das tust, was die Polizei sagt.«
»Golmud ist nicht bequem!«
»Wenn du ein richtiger Traveller bist, übernimmst du selbst mal die Initiative und riskierst bewußt ein bißchen was. Ich bin mit 'nem Lastwagenfahrer getrampt, der wußte, wo die Sperren sind, und mich jedesmal vorher rausgelassen hat. Ich bin dann außen rum an der Polizei vorbei, und er hat mich auf der anderen Seite wieder aufgegabelt.«
»Das geht gar nicht. Das dauert Wochen, und es gibt keine Städte unterwegs, wo man was zu essen kaufen kann.«
»Klar dauert das Wochen. Und ich hab nur von Haferbrei gelebt, den ich mir mit dem Fahrer geteilt hab. Aber es geht. Wenn man wirklich will, kommt man auch nach Tibet rein.«
»Ach, Scheiß-Australier, du lügst doch, wenn du's Maul aufmachst! Jedes Kind weiß, daß Tibet für Reisende gesperrt ist.«

»Klar – offiziell.«
»Du lügst. Niemand würde dich da bleiben lassen.«
»Ich hab ja nicht gesagt, daß ich dort geblieben bin. Ich hab nur gesagt, daß ich's bis dahin geschafft hab.«
»Bis Lhasa?«
»Klar.«
»Schwätzer.«
»Es ist die verdammte Wahrheit, Bubi, also halt die Klappe und setz dich hin.«
»Du … du … und in Burma warst du wahrscheinlich auch noch, oder was?«
»Zufällig ja. Ich bin von Thailand aus über die Grenze marschiert und hab ein paar Wochen bei den Bergrebellen verbracht.«
»Das ist keine Kunst. Ich kenn Hunderte von Leuten, die das gemacht haben. Ich war in Afghanistan und hab 'nen Monat bei den Mudschaheddin verbracht.«
»Donnerwetter – mit *der* rosa Hose! Bist ja 'n echter Held.«
»Brauchst gar nicht so sarkastisch werden, du australischer Volltrottel.«
»Wer ist hier der Idiot? *Ich* war nicht derjenige, der's nicht mal geschafft hat, nach Tibet reinzukommen.«
»Wenn du glaubst, daß ich dir die Story abkaufe, dann bist du echt ein Trottel.«
»Fick dich.«
»Fick dich selbst.«
»Fick *du* dich selbst.«
Die zwei tauschten noch eine Zeitlang Beleidigungen aus, wobei unser Freund in der rosa Hose irgendwann ins

Schweizerdeutsche verfiel, was eine verdammt gute Sprache ist, um Leute zu beleidigen. Sie waren kurz davor, eine Schlägerei anzufangen, als einer der Aussies Garth wegzerrte, ihm ein frisches Bier in die Hand drückte und ihm sagte, er solle noch ein bißchen was von dem Acid einwerfen.

Nach fast einer Woche halber Einsamkeit und leichter Langeweile traf ich am Strand zwei junge Engländerinnen, die in Newcastle auf die Uni gingen und hier ihre Sommerferien verbrachten. Die eine von ihnen, Claire, war ein bißchen häßlich, aber ihre Freundin Sam, auweia dicke Eier, war eine richtig scharfe Braut – ohne dabei aber distanziert zu sein. Sie schien echt nicht zu merken, was für eine hammermäßig fitte Frau sie war. Mit ihren kurzen schwarzen Haaren und spindeldürren Armen, ihrem Knutschmund und den funkelnden grünen Augen mußte sie entweder blind sein oder dumm, um sich nicht jedesmal zu verlieben, wenn sie in den Spiegel guckte. Nach den distanzierten Australiern war ich wirklich erleichtert, jemanden zu treffen, der ungefähr so alt war wie ich selbst und mit dem ich mich unterhalten konnte – jemand, mit dem man sich hinsetzen und eine richtige Unterhaltung führen konnte, die sich nicht ausschließlich um den Austausch von Anekdoten über lebensgefährliche Situationen drehte.
Wie sich herausstellte, wohnten sie im nächsten Ferienort, waren aber schon fast vierzehn Tage dort gewesen und standen im Begriff, Richtung Süden nach Kerala zu fahren. Sofort ließ ich einfließen, daß ich zufällig auch gerade

dorthin fahren wollte – was nur halb gelogen war. Ich wollte nicht allzusehr wie ein armes Würstchen dastehen und den Eindruck erwecken, daß ich mich um jeden Preis an sie dranhängen wollte. Aber die Wahrheit lautete, daß ich der Vorstellung, *noch mal* ganz allein eine große Reise machen zu müssen, einfach nicht ins Auge sehen konnte. Sie waren nicht besonders begeistert von der Idee, waren aber damit einverstanden, sich am nächsten Morgen mit mir zu treffen, damit wir uns gemeinsam nach Zugtickets umsehen konnten. Ich war mir nicht sicher, was sie wirklich dachten. Schließlich hatte ich ihnen ja nicht groß Gelegenheit gegeben, mein Angebot abzulehnen. Aber ich war mir einigermaßen sicher, daß ich sie dazu bringen würde, mich zu mögen, wenn ich nur genug Zeit hatte.

Von Goa nach Kerala ist es eine ziemliche Strecke, weshalb wir beschlossen, den Nachtzug nach Bangalore zu nehmen, dort eine Weile zu bleiben und dann weiterzufahren, wenn wir soweit waren.

Unser Zug fuhr am späten Nachmittag am Bahnhof Margao ab und sollte ungefähr um die Mittagszeit des nächsten Tages in Bangalore ankommen. Ich war so erleichtert, daß ich unter dem Schutz anderer Leute reisen konnte, daß ich mich zusammenreißen mußte, damit man mir meine Freude nicht allzu sehr ansah. Sonst würde ich wahrscheinlich schnell ein bißchen als Loser dastehen.

Ich saß mit Sam auf der einen Seite des Abteils, während Claire uns gegenüber am Fenster saß und langsam über ihrem Buch eindöste. Sowie der Zug abfuhr, fingen Sam und ich an zu quatschen, und nach ungefähr einer Stunde entwickelte sich daraus eines dieser Gespräche à la wir-reden-über-unsere-Familie, wo man dann am Schluß immer irgendwelche Traumen erfindet, um sich ein bißchen interessant zu machen. Ich erzählte ihr was von wegen, daß der Mensch, den ich auf der ganzen Welt am meisten liebte, mein am Downsyndrom erkrankter Bruder sei und daß er Gefühlen gegenüber viel empfänglicher sei als alle anderen Menschen, die ich kannte. Sie erzählte von ihrem Freund (langweilig), dann von ihren Eltern und davon, daß sie wohl gerade eine sehr schwierige Phase durchmachten und ihre Mutter möglicherweise eine Affäre mit jemand anderem hatte. Ich nickte und grunzte gelegentlich zustimmend, viel zu benommen vor Lust, um noch irgendwelche vernünftigen Kommentare abliefern zu können. Ich meine, wenn ihre *Mutter* schon solche Sachen machte …

Nach einer Weile brach die Dämmerung herein, und die Aussicht vom Zug aus wurde unglaublich schön. Endlose Reisfelder erstreckten sich bis zum Horizont, von Kindern, Wasserbüffeln und Reisbauern als gelegentlichen Farbtupfern aufgelockert. Die Szenerie war in ein sanftes Licht getaucht, und es herrschte eine wunderbar friedliche Atmosphäre. Allenthalben Menschen, die sich nach getaner Arbeit auf den Nachhauseweg machten. Wie ein wunderschönes und unendlich vielfältiges Puzzle zogen Reisfelder an uns vorbei, während der Zug gemächlich klappernd Dorf um Dorf durchfuhr und Kinder uns zuwinkten.

Sam hatte einen Walkman mit Anschluß für zwei Kopfhörer und legte Pink Floyds *Delicate Sound of Thunder* ein, gerade als die Sonne unterzugehen begann. Ich hatte, seit ich aus England weggegangen war, keine Musik mehr gehört, und mit *dieser* Aussicht und *dieser* Musik war das Ganze wirklich ein äußerst erhebendes Erlebnis. Solange die Batterien hielten, hatte ich das Gefühl, in der Essenz des Lebens zu baden.

Wenn ihr gesehen hättet, was ich gesehen habe, würdet ihr verstehen, warum ich sage, daß Gott die indische Landschaft mit einem Pink-Floyd-Soundtrack im Ohr entworfen hat. Hundert Pro, das war so. Als der Schöpfer diese Reisfelder zusammenstellte, hörte er gerade »Comfortably Numb«. Jede Wette.

Allen reicht's

An unserem ersten Morgen in Bangalore stand ich bereits sehr zeitig zum Frühstück auf, das ich so langsam wie möglich zu mir nehmen wollte, um sicherzugehen, daß ich im Speisesaal war, wenn Sam und Claire runterkamen. Das würde mir Gelegenheit geben, beiläufig zu fragen, was sie denn heute so vorhatten – und mit ein bißchen Glück konnte ich dann den Tag mit ihnen verbringen, ohne allzu versessen zu wirken.

Ströme von Reisenden kamen und gingen, während ich da saß und über Omelett und Tee auf die zwei Mädels wartete.

Es ging schon stark auf Mittag zu, als ich endlich aufgab. Alle hatten das Hotel verlassen, folglich stellte ich mich auf einen langweiligen Tag ganz allein in Bangalore ein. Auf meinem Weg nach draußen lief ich den beiden dann direkt in die Arme.

»Wo wart ihr denn?« fragte ich, leider etwas zu erwartungsvoll.

»Och, wir sind früh aufgestanden und zum Bahnhof gegangen«, versetzte Claire.

»Ach so«, erwiderte ich und sah alle meine Felle davonschwimmen. »Ihr habt Fahrkarten gekauft?«

»Ja«, bestätigte Sam. »Wir wollten eigentlich nicht allzulange hierbleiben.«
Ich wartete darauf, daß sie mir sagten, wo sie hinzufahren gedachten, aber keine von beiden sagte was. Eine unangenehme Pause entstand.
Sam zwinkerte peinlich berührt und fragte schließlich beinahe mitleidig: »Und was machst du heute so?«
»Ich ... schau mir mal ein bißchen die Stadt an.«
Ich deutete über die Schulter auf meinen Tagesrucksack, so als ob das meine Absicht unterstreichen würde.
»Ah ja.«
Erneute Pause.
»Tschüs«, sagte ich dann und machte einen Abgang, ohne auch nur ihre Antwort abzuwarten. Während ich sie da so stehenließ und einfach fortging, spürte ich ihre schuldbewußten Blicke in meinem Rücken.
Als ich auf der Straße war, wußte ich nicht, ob ich nach rechts oder links gehen sollte, aber ich wollte unbedingt außer Sichtweite sein, also folgte ich meinem Instinkt und verschwand blindlings in der Menschenmenge.
Mit einem Male wollte ich nicht mehr in Indien sein, nicht in Bangalore und nirgendwo in Sam und Claires Nähe. Ich hatte keine Lust, irgendwas zu sehen, irgendwas zu kaufen oder irgendwas zu essen. Ich wollte zu Hause sein. Ich wollte fernsehen. Ich wollte Toastbroat mit Marmite, Freunde, ein Sofa, *Das Spiel des Tages*, grünes Gras, Pubs, Frost und ein Bett mit Daunendecke.
Lange Zeit lief ich durch die Gegend, ohne überhaupt zu wissen, wohin ich ging. Insgeheim hielt ich nach einem Ort Ausschau, an dem ich mich vor den Menschenmassen ver-

stecken und vergessen konnte, wie weit weg ich von zu Hause war. Ansonsten wurde mein Kopf von dem Gedanken beherrscht, daß es immer noch einen Monat hin war bis zu meinem Rückflug. Einen ganzen Monat.
Ich war schockiert, als mir klar wurde, wie sehr mein Glück von ein paar Leuten abhängig gewesen war, die ich kaum kannte. Es war ja nicht so, daß ich sie nie mehr hätte wiedersehen können. Nicht mal so, daß ich nicht wußte, wo sie hinfuhren. Sie waren nach Kerala unterwegs, und jedermann, der dorthin fuhr, machte zuerst einmal in Cochin halt. Wenn ich gewollt hätte, hätte ich wahrscheinlich sogar noch einen Platz im selben Zug wie sie bekommen. Aber sie hatten ja recht deutlich zu verstehen gegeben, daß sie mich loswerden wollten. Was bedeutete, daß ich, wenn ich mir einen Rest von Stolz bewahren wollte, zumindest noch ein paar Tage in Bangalore bleiben mußte. Nach meiner Ankunft in Cochin würde ich dann versuchen müssen, sie zu ignorieren. Denn daß ich trotzdem dort hinfahren würde – soviel stand fest. Bloß weil *die* mich nicht sehen wollten, würde ich mir das nicht entgehen lassen – also wirklich nicht.
Das Ärgerliche an der Sache war nur, daß ich immer noch glaubte, daß Sam mich eigentlich gemocht hatte. Die andere ärgerliche Sache war, daß Bangalore wirklich ein Scheißkaff war. Ach ja, und dann war da noch die Kleinigkeit, daß mich dieser ganze Kontinent hochgradig ankotzte. Ich wollte in einem Londoner Pub unter einer frostigen Daunendecke auf dem Sofa sitzen und mir mit einem Marmite-Toast in der Hand *Das Spiel des Tages* ansehen.

Schließlich stolperte ich über ein Restaurant, das den wunderschönen Namen MacSpeed trug. Ich steckte meinen Kopf durch die Tür, und was ich sah, war so eine Art Wimpy-Burger-Bar à la 1982, mit am Boden festgeschraubten Plastikschalensitzen, die um winzige Formica-Tische gruppiert waren. Etwas Vergleichbares hatte ich schon seit ... ja, 1982 nicht mehr gesehen, von Hamburger-Restaurants in Indien ganz zu schweigen.
Ganz offenkundig sah der liebe Gott gerade vom Himmel herab und tat sein Bestes, um dafür zu sorgen, daß der deprimierte, einsame, heimwehkranke kleine David was Anständiges zu essen bekam. Ich bestellte einen Lammburger mit Pommes (Rind hatten sie anscheinend nicht) und eine Campa Cola dazu sowie ein Eis für danach. Es war mir sogar zu blöd, mir darüber Gedanken zu machen, was für ein Wasser in dem Eis war. Ich wollte mir was Gutes tun, um mich aufzuheitern, und würde genau das essen, worauf ich Lust hatte.
Es war mein erstes Fleisch seit Wochen und schmeckte absolut lecker, genau wie die Pommes, die Cola (trotz eines leichten Ammoniak-Nachgeschmacks) und das Eis auch. Wenn ich die Augen schloß, konnte ich mir fast vorstellen, zu Hause zu sein.
Ich war ungefähr dreiviertel durch mit meinem Lammburger, als mir der Gedanke kam, daß ich mehr als dreitausend Kilometer kreuz und quer durch Indien gereist war, ohne ein einziges Schaf gesehen zu haben. Die Frage, welches Tier sie für meinen Hamburger zusammengemanscht hatten, wurde mit einem Male zu einem bedrängenden Geheimnis. Was es auch war, Schaf war's nicht,

und von einer Kuh stammte es ziemlich sicher auch nicht. Welche hamburgerfähigen Sorten rotes Fleisch blieben da eigentlich noch übrig? Gar nicht so einfach.
Schwein? Nein. Das schmeckte eindeutig nicht nach Schwein.
Ziege? Vielleicht. Ziegen gab es hier jede Menge.
Hund? Nein. Keinen Hund. Bitte nicht. Keinen Hund.
Ich ließ den Rest meines Hamburgers am Tellerrand liegen, verdrückte die übrigen Pommes und spülte meinen Mund gründlich mit Ammoniak-Cola aus.

Auf dem Weg zurück ins Hotel passierte etwas Merkwürdiges. Ich lief die Straße entlang, ein bißchen unruhig wegen dem, was ich gegessen hatte, als ich mich plötzlich dabei ertappte, wie ich in den Rinnstein kotzte.
Nachdem ich meinen Magen entleert hatte, stand ich auf und sah mich vorsichtig um, ob es irgendwelche Reaktionen gab. Ein paar Meter weiter meditierte ein ausgemergelter Sadhu mit grauen Dreadlocks auf dem Bürgersteig. Auf der anderen Seite der Straße stand ein vollständig eingeseifter Mann, der gerade dabei war, sich mit Hilfe eines Eimers Wasser zu waschen. Direkt vor ihm stritt sich ein Mann, der versuchte, auf den Rücken von zwei Eseln irgendwelche riesigen Stahlbündel zu transportieren, mit einem Mangoverkäufer, der sich weigerte, seinen Obsthaufen aus dem Weg zu räumen.
Ein würgender Westler war da offensichtlich nichts Besonderes. Niemand schien bemerkt zu haben oder sich darum zu kümmern, was ich getan hatte. Außer einem kleinen Hund, der zu mir herübertrottete und begann, die Pfütze

zu meinen Füßen aufzulecken. Ich wischte mir den Mund mit dem Ärmel meines T-Shirts ab, überließ meinen Hamburger dem kannibalischen Hund und ging weiter in Richtung Hotel. Unterwegs hielt ich noch kurz an, um eine Flasche Mineralwasser zu kaufen.

❧

Als ich am selben Abend, kurz bevor ich ins Bett ging, noch mal pissen war und gerade so über der Schüssel stand, ließ ich unwillkürlich einen fahren – und spürte plötzlich etwas Merkwürdiges in meinen Boxershorts. Meine Unterhose fühlte sich mit einem Mal viel schwerer an. Kurze Zeit später spürte ich einen feuchtwarmen Klacks die Rückseite meiner Schenkel hinuntergleiten. Als ich begriffen hatte, was passiert war, kniff ich meinen Schließmuskel zusammen und ließ den Rest meiner Pisse auströpfeln. Bis meine Blase endlich leer war, hatte der kleine Scheißhaufen schon meine Kniekehle erreicht.

In gebückter Haltung stürmte ich aus der Toilette und sprintete watschelnd nach oben in mein Zimmer. Nachdem ich mich aus meinen Kleidern geschält und sie auf den Boden geworfen hatte, sprang ich unter die Dusche und schrubbte mich am ganzen Körper ab. Danach pflückte ich die etwas verschmutzteren Kleidungsstücke aus dem Haufen und wusch sie unter der Dusche aus. Sobald ich den größten Teil der losen Scheiße durch den Ausguß gebracht hatte, hängte ich die Klamotten zum Trocknen auf, damit sie am nächsten Morgen manierlich genug aussahen, um sie in die Hotelwäscherei geben zu können.

Noch in derselben Nacht wurde ich von einem Mann aus tiefsten Schlaf gerissen, der einen Formel-Eins-Rennwagen aufheulen ließ – und zwar in meinem Magen-Darm-Trakt. Ich brauchte ein paar Sekunden, ehe ich begriff, was los war, mit einem Affenzahn zur Toilette raste und schiß, wie ich noch nie in meinem Leben geschissen hatte.

Ich weiß nicht, ob ihr schon jemals diese Cricket-Ballmaschinen gesehen habt – jedenfalls funktionieren die dadurch, daß zwei kleine, horizontal nebeneinanderstehende Reifen extrem schnell in die gleiche Richtung rotieren. Der Cricket-Ball rollt auf die beiden Reifen zu, wird von ihnen gepackt und mit einer Geschwindigkeit von bis zu hundertsechzig Stundenkilometern herausgeschleudert. Na gut, jetzt stellt euch mal vor, was passiert, wenn man das Ding auf Höchstgeschwindigkeit dreht und dann mit Kuhfladen füllt. Anders kann ich diese neue Scheiß-Erfahrung nicht beschreiben.

Auf diesen ebenso unvermittelten wie tückischen Scheiß-Ausbruch hin spürte ich zwischen meinen Knien einen widerlichen, säuerlichen Geruch aufsteigen. Gerade als meine Nase angeekelt zu zucken begann, bemerkte ich, daß mein Arschloch in Flammen stand. Ich konnte mich nicht länger in der Hocke halten, ohne daß meine Hüften rebellierten, also benutzte ich hastig die indische Arschwisch-Methode, indem ich das empfindlich gewordene Fleisch meines Hinterteils mit Wasser aus einem Eimer bestrich.

Erst als ich wieder in meinem Bett lag, nachdem ich mir mindestens zehn Minuten lang die Hände gewaschen hatte, merkte ich, in was für einem Aufruhr sich mein Magen befand. Ich fühlte mich so, als hätte ihn jemand mit einem feuchten Waschlappen verwechselt und würde nun versuchen, ihn auszuwringen. Nachdem ich mich eine Weile lang nackt auf dem Bett gewälzt hatte, spürte ich erneut die Alarmglocken bollern und rannte sofort wieder auf die Toilette. Bereits von der Tür aus sah ich, daß es nun nicht mehr möglich war, in Schußweite der Schüssel zu gelangen, ohne in die Spritzer meiner eigenen weitverbreiteten Scheiße zu treten. Für Empfindlichkeiten war jetzt jedoch wenig Zeit, schon gar nicht dafür, mir die Schuhe anzuziehen, also wagte ich mich tapfer vorwärts, wobei ich versuchte, meine Füße in die Abdrücke zu plazieren, die ich beim letzten Besuch hinterlassen hatte.

Sowie ich mich in die Hocke begeben hatte, hörte ich ein seltsames Geräusch hinter mir. Fließendes Wasser. *Was ist das denn?* fragte ich mich flüchtig. *Wer läßt sich denn um diese nachtschlafende Zeit ein Bad ein?* Dann wurde mir klar, daß ich das selbst war. Mein gefühlloses Arschloch war zu einem Wasserhahn geworden.

Als der Schwall Flüssigkeit abgeklungen war, kippte ich vornüber, meine Stirn gegen die Wand vor mir gepreßt. Immer noch hingekauert, stöhnte ich einige Male auf und versuchte auszuloten, ob mein völlig benommener Schließmuskel nun auch wirklich geschlossen war. Es war nicht mit Bestimmtheit zu sagen, aber ich hatte den Eindruck, selbst wenn, wäre es ungefähr so wirkungsvoll wie ein Katzenschlupfloch im Hoover-Damm.

Als es zu schmerzhaft wurde, weiter in der Hocke zu bleiben, zog ich mich in eine aufrechte Position hoch,

wusch mir unter der Dusche Beine und Füße und stolperte zurück ins Bett. Ich wußte, daß es wichtig war, nicht zu dehydrieren, und da ich gerade mehr Wasser ausgeschissen hatte, als ich mich erinnern konnte, in den letzten vierzehn Tagen getrunken zu haben, zwang ich mich dazu, den restlichen halben Liter Mineralwasser aus der Flasche zu trinken, die ich an diesem Abend gekauft hatte.
Ich fühlte, wie die Flüssigkeit in meinem Magen umherschwappte, und wußte augenblicklich, daß sie nicht willkommen war. Als sich mein Magen plötzlich fürchterlich zusammenkrampfte, stürzte ich zurück ins Badezimmer, gerade noch rechtzeitig, um wie eine Rakete gegen die Wand in der Dusche zu kotzen. Selbst nachdem das ganze Wasser draußen war, hörte mein Magen nicht auf, sich zusammenzuziehen, so daß ich mit leerem Hals würgen mußte.
Danach hatte ich nicht mehr die Kraft, um es zurück bis zu meinem Bett zu schaffen. Statt dessen drehte ich die Dusche an, wartete, bis das Gröbste weggespült war, und rollte mich dann unter dem Wasserstrahl zusammen. Ich legte mich so hin, daß ich mir nicht andauernd über den schwächlichen Zustand meines Katzenschlupflochs Gedanken machen mußte und einfach alles in den Abfluß laufen lassen konnte.
Ich hatte mittlerweile überhaupt kein richtiges Zeitgefühl mehr, aber als ich irgendwann das Gefühl hatte, daß mein Körper völlig entwässert war, kroch ich wieder zurück in mein Bett und schlief ein.
Ich wurde von Stimmen im Flur geweckt. Sowie ich die Augen öffnete, fühlte ich die Schmerzen in Hals, Magen

und Arschloch zurückkehren. Doch ich wußte, daß diese Stimmen meine einzige Chance zu einer Kontaktaufnahme mit der Außenwelt darstellten, weshalb ich mich aus dem Bett quälte und hastig meinen Rucksack nach einem sauberen Paar Hosen durchforstete. Notdürftig angekleidet eilte ich hinaus in den Flur.

»Hallo! Hallo!« krächzte ich, gerade als die Stimmen die Treppen hinunter entschwanden. »Hallo!«

Nach einer kurzen Pause sah ich einen Kopf um die Ecke des Treppenhauses auftauchen. »Ja, hallo?«

»Bitte! Kannst du mal zurückkommen! Ich bin krank!« sagte ich, mich am Türrahmen abstützend.

Der Typ rief etwas durchs Treppenhaus nach unten, das wie Holländisch klang, und lief dann auf mich zu.

»Was gibt's?« fragte er.

»Ich bin krank! Ich kann nicht mehr laufen! Ich brauch Wasser!«

»Was fehlt dir denn?«

»Alles. Scheißen, kotzen …«

»Das Übliche also.«

»Vermutlich.«

»Soll ich dir ein bißchen Wasser mitbringen?«

»O ja, bitte. Danke. Das wäre echt toll. Ich hol nur eben mein Geld.«

Ich humpelte zurück in mein Zimmer und kam mit ein paar Scheinen wieder. Ich sah den Anflug eines Lächelns um seine Mundwinkel spielen, als er meine Gehversuche beobachtete.

»Tut's weh?« fragte er.

»Ja, mein Arsch ist echt im Arsch.«

Er lachte und klopfte mir auf die Schulter. »Hey, wir haben das alle mal durchgemacht.«
»Es ist die Hölle.«
»Nein, ist es nicht. Wart nur ab. Wenn es eine Nahrungsmittelvergiftung ist, dann stehen die Chancen gut, daß es in ein paar Tagen wieder besser wird. Wenn es die Ruhr ist, wird's noch schlimmer werden. Dann weißt du, was Schmerzen sind. Die Bazillenruhr dauert ungefähr eine Woche. Wenn es Amöbenruhr ist, dann ist die Kacke am Dampfen.«
Er klopfte mir erneut auf die Schulter.
»Hattest du schon mal die Ruhr?«
»Ja, klar. Jeder hatte die schon mal.«
»Und, wie hat sich das angefühlt?«
»Beschissen, Mann. Ziemlich beschissen.«
»Welche hattest du denn? Die Amöben oder die andere ...?«
»Ich hatte beide gleichzeitig, das war ein ziemlicher Hammer. Aber selbst das sind noch keine Höllenqualen. Malaria dagegen ... Wart ab, bis du mal die Malaria kriegst. Das ist wirklich was Scheußliches. Ich hab's mir in Nepal geholt, und ich war so am Arsch, daß ich mich nicht mal bis zu einem Doktor schleppen konnte. Das einzige, was ich machen konnte, war, ein paar Chlor-Chinin-Tabletten zu nehmen und das Beste zu hoffen.«
»Soll man das machen? Ich mein .... wenn ich ...«
»Keine Ahnung. Ich bin kein Experte. Ich hab halt auf die Packung geschaut und gesehen, daß Chinin drin ist. Also hab ich's ausprobiert.«
»Wie denn?«

»Na ja, ich hab den ersten Tag vier genommen und dann jeden Tag immer eine mehr, bis ich mich besser gefühlt habe.«
»W-w-wie lang hat das gedauert?«
Plötzlich waren meine eigenen Schmerzen wie weggeblasen. Ich war wie versteinert.
»Ungefähr zehn Tage.«
»Aber kriegt man von dem Zeug nicht Haarausfall und Psychosen?«
Er machte unvermittelt einen Luftsprung, strampelte mit den Beinen, ließ seine Zunge heraushängen, jauchzte und schlenkerte seine Hände über dem Kopf. Der Anblick jagte mir solche Angst ein, daß ich fast schon wieder kotzen hätte können.
»Ich nicht. Mir geht's gut«, kreischte er mit manischer Stimme.
Erleichtert atmete ich auf, als ich merkte, daß er nur Spaß machte, und mein Puls beruhigte sich wieder. Ich nötigte mir ein schwaches Lachen ab, um ihm zu bedeuten, daß er jetzt aufhören könne, herumzuhüpfen.
Als er wieder ruhig dastand, sprach er mit normaler Stimme weiter. »Hey – selbst die Malaria ist nicht das Ende der Welt. Die Einheimischen hier leben auch damit.«
»Aha.«
»Und sterben daran.« Sprach's und schüttete sich aus vor Lachen.
Als er sich schließlich wieder eingekriegt hatte, sagte er: »Mensch, Kopf hoch. Du hast nur ein bißchen Dünnschiß. Das ist gar nichts. Trink ein bißchen Wasser, und dann wird das schon wieder. Sei froh, daß du nicht so was hast.«

Er krempelte seine Hose hoch und zeigte mir eine ziemlich übel aussehende Furche, die sich direkt am Schienbein in seine Haut gegraben hatte.
»Was ist das denn?«
»Das kommt von einem Wurm, der in verseuchtem Wasser lebt. Er schwimmt durch den kleinsten Riß in deiner Haut, oder sogar durch deinen Schwanz, und wird ganz, ganz groß in dir, und lebt in deinen ... wie heißt das?«
»Venen?«
Mir war schwindlig.
»In deinen Venen. Ganz genau. Wenn der Wurm erst mal groß genug ist, fühlst du die Schmerzen, aber es gibt keine äußeren Anzeichen dafür. Und niemand kann sehen, was mit dir los ist. Man muß die Augen offenhalten, und wenn du einen Knoten in der Haut siehst, der sich bewegt, mußt du mit einer Nadel bohren, bis du genug von dem Kopf von dem Wurm siehst. Du kannst ihn nicht auf einmal rausziehen, weil er sonst reißt, und noch schlimmer als ein lebendiger Wurm in dir ist ein toter Wurm in dir. Also mußt du seinen Kopf um ein Streichholz wickeln und das Holz jeden Tag eine Umdrehung weiter drehen, bis sich der ganze Wurm aus deinem Bein gewickelt hat.«
Meine Knie wurden weich, und mir wurde schwarz vor Augen. Ich krallte mich noch verstörter am Türrahmen fest und versuchte, nicht zuzuhören.
»Wenn der Wurm bis an dein Herz kommt – dann ist es aus. Ende. Paff! Ich hatte Glück. Ich hab ihn rausbekommen.«
Wir bewunderten beide für einen Moment das Loch in seinem Schienbein. Ich fühlte, wie ein wenig Kraft in meine

Schenkel zurückkehrte und meine periphere Sicht sich wiederherstellte.
»Da hast du aber Glück gehabt, oder?«
»Ja, klar.«
»Wird das je ganz verheilen?«
»Eines Tages. Ich hoffe jedenfalls. Eine Narbe wird aber bleiben.«
»Das ist gut.«
»Hä?«
»Na ja, da hast du was vorzuweisen, für deine ganzen Mühen und so.«
»Ach so. Nein, ich hab den Wurm behalten. Den kann ich immer verwenden, wenn ich einen Beweis brauche.«
»Du trägst den Wurm mit dir rum?«
»Quatsch. Nein, ich hab ihn mit der Post an meine Eltern geschickt.«
»Und sie heben ihn für dich auf?«
»Ich habe meine Mutter gefragt, ob sie ihn einlegt, aber ich glaube, sie ist nicht so scharf drauf.«
»Komisch eigentlich.«
»Ja. Hör mal – meine Freunde warten. Soll ich dir ein bißchen Wasser mitbringen?«
»Bitte. Das wäre toll.«
»Was zu essen?«
»Nein. Kann jetzt nix essen.«
»Solltest du aber.«
»Ich kann aber nicht.«
»Ich bring dir ein paar Bananen mit. Wenn du dich ein bißchen kräftiger fühlst, solltest du gekochten Reis essen.«

»Das könnte ich nicht.«
»Ich bin gleich wieder zurück. Leg dich hin.«
»Danke. Das ist wirklich nett von dir. Du hast mir das Leben gerettet.«
»So schlimm ist es glaub ich nicht.«
»Nein, wirklich. Ich bin dir sehr dankbar.« Ich fühlte meine Augen feucht werden, und meine Brust füllte sich mit einem Druck, der danach verlangte, sich in ein Schluchzen aufzulösen.
Der Typ legte seine Hand auf meine Schulter. »Das wird schon wieder«, sagte er. »Hey – wie heißt du eigentlich?«
Ich holte tief Luft und sagte mit hoher, zittriger Stimme: »Dave, aus England. Und du?«
»Igor Boog, aus Delft in Holland.« Er lächelte mich an und drückte meine Schultern. »Das wird wieder, Dave. Ich komme bald zurück.«
»Danke. Wirklich – vielen Dank.«
»Schon okay.«
Seine Sandalen knallten gegen seine Fersen, als er wegging, und ich rief ihm noch mal nach: »Danke, Igor!«
Er lachte und hob grüßend eine Hand, ohne sich umzudrehen. »Sei tapfer, Dave«, sagte er noch, bevor er leise lachend im Treppenhaus verschwand.

❧

In der darauffolgenden Woche verließ ich kaum mein Zimmer. Igor schaute jeden Morgen vorbei, um mir Wasser, Bananen und nach ein paar Tagen auch gekochten Reis vorbeizubringen. Er setzte sich zu mir, während ich aß, und heiterte mich mit allen möglichen Geschichten von lebensbedrohlichen Krankheiten auf.

Gegen Ende der Woche, als ich gerade mein erstes gekochtes Ei verdrückt hatte, erzählte mir Igor, daß er seinen Aufenthalt in Bangalore bereits um ein paar Tage verlängert habe und sich nun, da es mir besserginge, wirklich auf den Weg machen müsse.

Ich hätte glatt wieder anfangen können zu heulen.

»Okay«, sagte ich.

»Ich muß gehen, Dave. Es gibt für mich in Bangalore nichts mehr zu tun.«

»Okay, jedenfalls danke für alles. Ohne dich hätte ich nicht überlebt.«

»Ich glaub schon.«

»Du hast mir das Leben gerettet.«

»Ach, es war doch nicht mal die Ruhr.«

»Ich weiß, aber mir ist das alles einfach zuviel gewesen, und ... ich meine, es ist mir immer noch alles zuviel, aber jetzt habe ich wenigstens wieder Kraft zum Laufen.«

Aus irgendeinem Grund mußte er darüber lachen.

»Mann, du mußt ein bißchen positiver denken. Indien ist ein großartiges Land.«

»Ich weiß, ich weiß.«

»Es ist der beste Ort in der Welt.«

»Nach England.«

»Du solltest mal durch Afrika reisen. In Afrika, da gibt's diese Fliege, die ihre Eier in nasse Kleider legt. Wenn die Eier deine Körperwärme spüren, schlüpfen so kleine Maden aus ihnen, die sich durch deine Haut winden und in dir

zu wachsen anfangen. Man kriegt sie nur raus, indem man Vaseline …«
»Igor, bitte. Ich bin heute nicht in der Stimmung.«
»Ich versuche doch nur, dich aufzuheitern.«
»Ich weiß. Ich fühl mich einfach nur … ein bißchen schwach. Wenn du weg bist, bin ich wirklich ganz allein. Ich hab zwar ein paar Freunde in Cochin, aber die hol ich nie wieder ein, ach, und überhaupt ist alles grade ein bißchen Scheiße.«
»Dave – du warst krank, und jetzt geht's dir wieder besser. Also sei froh.«
»Du hast ja recht.«
»Ich werde nicht mehr dasein, um dir lustige Geschichten zu erzählen, also mußt du dir selbst eine positive Einstellung angewöhnen.«
»Ja, du hast ja recht.«
»Und du mußt jetzt selbst zurechtkommen.«
»Okay. Und danke für alles. Ich meine – dafür, daß du geblieben bist, um mir zu helfen. Die meisten Leute sind nicht so nett … ich meine, sie würden nie … und du … du …« Ich mußte abbrechen, sonst wäre ich in Tränen ausgebrochen.
Igor drückte mich am Arm, und ich begann zu schluchzen.
»Na komm, du bist doch ein harter Bursche.«
»Sorry, das wollte ich nicht. Ich bin nur dankbar, das ist alles.«
»Hey – das war doch gar nichts. Jeder andere hätte das gleiche getan.« Er reichte mir einen Zipfel der Bettdecke, damit ich mir das Gesicht abwischen konnte.

»Du bist wirklich nett.«

»Kein Problem. Wirklich.«

Er lächelte mich an und versuchte offenkundig abzuschätzen, ob ich mich so weit beruhigt hatte, daß er einen Abgang machen konnte.

Während ich vor mich hin schniefte, tätschelte er durch die Bettdecke mein Bein und schielte zur Tür.

»Ich möchte nach Hause, Igor. *ICH MÖCHTE NACH HAUSE*!«

Er machte ein langes Gesicht.

»Du bist bald wieder auf dem Damm. Du mußt nur wieder zu Kräften kommen.«

»*ICH MÖCHTE NACH HAUSE!*«

»Dann geh doch. Wenn du nach Hause willst, kannst du das doch tun.«

»Kann ich nicht.«

»Natürlich kannst du.«

»Kann ich nicht. Es sind immer noch drei Wochen auf meinem Ticket.«

»Dann laß es doch ändern.«

»Das kann ich nicht.«

»Natürlich kannst du.«

»Kann ich nicht. Es ist so ein … Dings.«

»Apex?«

»Ja genau.«

»Das kann man trotzdem ändern. Du mußt nur dafür bezahlen.«

»Das kann ich nicht.«

»Warum denn nicht?«

»Das kann ich einfach nicht.«

»Warum? Kannst du dir's nicht leisten?«
»Weiß nicht.«
»Wieviel Geld hast du denn noch?«
»Ungefähr fünfhundert Pfund.«
»Wieviel ist das? Siebenhundert Dollar?«
»Vermutlich.«
»Damit kommst du locker nach Hause. Selbst wenn du dir ein neues Ticket kaufst, kommst du damit nach Hause.«
»Ich kann aber trotzdem nicht.«
»Warum denn nicht?«
»Weil.«
»Weswegen?«
»Weil halt.«
»Warum denn?«
»Weil es peinlich ist.«
»Aaah, das ist es also. Wenn du zu früh heimkommst, hast du das Gefühl, daß du klein beigegeben hast.«
»Genau.«
»So als ob du den Test nicht bestanden hättest.«
»Ich hab schon über zwei Monate hinter mich gebracht – ich bin fast durch. Es wäre blödsinnig, jetzt aufzugeben.«
»Es ist aber eigentlich nicht als Kräftetest gedacht.«
»Sondern?«
»Als Urlaub zum Beispiel.«
»Das ist kein Urlaub. Das ist Reisen. Das ist was ganz anderes.«
»Na ja, warum bleibst du dann nicht hier und machst einen Urlaub draus? Dann hast du wenigstens ein bißchen Spaß. Fahr in einen dieser blöden Ferienorte, wo die Leute bloß

am Strand rumhängen und vergessen, daß sie in Indien sind. Warum sitzt du nicht den Rest deiner Zeit in Goa am Strand ab?«

»Da komm ich gerade her.«

»Es gibt noch andere Orte, die sind genauso. Du könntest nach Kovalam gehen. Oder Ajmer.«

»Da war ich, bevor ich in Goa war.«

»Und jetzt hast du genug von Indien?«

»Ja.«

»Aber es scheint nicht, daß du besonders viel davon gesehen hast.«

»Das ist mir egal. Ich hab die Nase voll von Indien.«

Zum ersten Mal, seit ich ihn kannte, wurde Igor ganz still.

»Du hältst mich für blöd«, sagte ich.

Er zuckte die Achseln.

»Doch. Du hältst mich für blöd.«

»Nicht für blöd. Nur für jung. Zu jung.«

»Wofür?«

»Für dieses Land.«

»Es gibt Inder, die sind wesentlich jünger als ich.«

Er lachte. »Aber die leben hier.«

»Na und?«

»Dave – ich muß jetzt gehen.«

»Okay.«

»Ich geh jetzt.«

»Dann geh doch.«

»Tschüs, Dave. Alles Gute.«

»Tschüs. Und danke.«

»Amüsier dich, ja?«

»Ja.«
Er ging aus dem Zimmer und schloß die Tür, ohne sich auch nur noch einmal nach mir umzudrehen. Eigentlich war es ein Jammer, sich auf diese Art und Weise zu verabschieden, aber irgendwie konnte ich nichts dagegen machen. Ich wollte einfach nicht wieder im Stich gelassen werden und fand es schwierig, in der Situation großherzig zu sein.
Nachdem ich ein paar Stunden auf die geschlossene Tür gestarrt hatte, kam ich zu dem Ergebnis, daß die Zeit reif war, um ein bißchen die Außenwelt zu erkunden. Es dauerte eine Weile, bis ich meine Schuhe ausfindig gemacht hatte. Sie lagen neben der Toilette, wo ich sie vor einer Woche ausgezogen hatte.
Auf wackeligen Beinen lief ich den Flur entlang, durch die Hotellobby und hinaus in die brutal helle Sonne.

Äußerst lehrreich

Ich wankte über die Straße und war bereits nach wenigen Schritten so müde, daß ich mich auf dem Bordstein niederließ, um eine Verschnaufpause zu machen. Ein guter Platz, um die Welt an sich vorbeiziehen zu lassen. Es dauerte nicht lange, und ein älterer Herr setzte sich dazu, um mir Gesellschaft zu leisten.

»Sie werden's kaum glauben, aber vor der Teilung waren die meisten meiner Spielkameraden britische Staatsbürger«, sagte er.

Er sah ein bißchen wie ein langweiliger alter Trottel aus, und normalerweise hätte ich ihn wahrscheinlich ignoriert, aber diesmal war ich froh, jemand zu haben, mit dem ich reden konnte. Daher suchte ich nach einer freundlichen Antwort.

»Ach, wirklich? Das … äh … ist ja 'n Ding.«

»Aber gewiß doch. Johnny, Peter und Freddie – wir waren die dicksten Freunde. Natürlich haben sie nach 1947 alle das Land verlassen.«

»Alle drei?«

»Tja, die Teilung, mein Junge. Eine Menge feiner Kerle mußten damals recht flott ihre Zelte abbrechen.«

»Das ist ja schrecklich. Und warum … äh … hatten Sie so viele englische Freunde?«
»Britische, mein Junge, britische. Wir dürfen unsere kaledonischen Landsleute nicht vergessen. Sehen Sie, Freddie war zum Beispiel ein Schotte.«
»Ah ja. Aber warum waren sie alle …?«
»Mein lieber verstorbener Vater, Gott habe ihn selig, war eine tragende Säule der Kirche. Und ich habe meinerseits das große Glück gehabt, in seine Fußstapfen treten zu dürfen. Sind Sie Christ?«
Ich spielte mit dem Gedanken, zu erwidern, daß ich vielmehr Arsenal-Fan sei, befand dann aber, daß es taktvoller war, zu lügen.
»Ja.«
»Church of England?«
Ich wußte nicht mehr genau, welche das war, aber es war offenkundig, daß er wollte, daß ich ja sagte, also nickte ich.
»Wunderbar. Was für eine glückliche Fügung. Erlauben Sie mir, daß ich mich vorstelle – Charles A. Tripathi junior.«
Er schüttelte meine Hand.
»Ich heiße Dave, David.«
»Freut mich, Sie kennenzulernen. Möchten Sie etwas Tee?«
»Äh … ja, schon.«
»Kommen Sie doch mit zu mir nach Hause. Es ist nicht so angenehm, allein zu sein.« Ich wußte nicht, ob sich das auf ihn oder mich bezog, gehorchte aber und folgte ihm die Straße hinunter. Er bog in eine Seitenstraße, wobei er

einige Schritte vor mir herlief und keinen Versuch unternahm, sich mit mir zu unterhalten.
Gerade als ich dachte, daß ich es nicht mehr viel weiter schaffen würde, erreichten wir ein winziges Haus aus Beton. Er blieb an der Tür stehen und winkte mich herein.
Als ich eintrat, fiel mir auf, daß es das erste Mal war, daß ich eine fremde Wohnung betrat, seit ich hier in Indien war. Ich war überrascht, wie sehr sie einer englischen ähnelte: der Fernseher in der Ecke, ein paar Sessel, ein Teppich, Bilder an den Wänden. Das hatte alles einen ziemlich hohen Wiedererkennungswert.
»Setzen Sie sich doch bitte«, sagte der Mann und deutete auf einen Sessel. »Sie dürfen gern einen Blick auf unsere Schriften werfen.« Er verwies auf einen Stapel Broschüren, der auf dem Kaffeetisch lag, und verließ den Raum.
Ich hörte, wie er irgendwas auf Hindi brüllte, nahm eine der Broschüren in die Hand und begann zu lesen. Den Farben und dem Schrifttyp nach zu urteilen, war sie in den siebziger Jahren gedruckt worden. Vorne drauf stand *South India Christian Mission: An Introduction*. Drunter stand jede Menge Text, ich hatte aber keinen Bock, ihn zu lesen. Als ich das Faltblatt aufschlug, sahen mir drei Bilder entgegen, auf drei Seiten verteilt. Über jedem Bild eine Überschrift. Links stand WISSEN, darunter das Bild eines weisen alten Mannes mit einem grauen Bart. In der Mitte stand SCHÖNHEIT, darunter das Bild eines Schmetterlings, und rechts stand KRAFT, darunter das Bild eines Atompilzes.

Ich war gerade dabei, meine Kinnlade wieder vom Kaffeetisch zu holen, als Charles mit einem zerlumpten Kind im Schlepptau zurückkehrte. Er schrie irgendwas, worauf das Kind anfing, mit einem Reisigbündel den Boden unter meinen Füßen zu kehren. Ein weiterer Befehl, und das Kind verließ den Raum.
»Tee und Kuchen kommen gleich«, sagte Charles, während ich im Sessel saß, mit dem Faltblatt rumspielte und überlegte, was ich sagen sollte.
Nach einer Weile drängten sich sieben oder acht adrett gekleidete Kinder in den Raum, die sich gegenseitig schubsten, um eine gute Aussicht auf mich zu haben, ohne mir zu nahe zu kommen.
»Das sind meine Enkelkinder«, sagte er. »Und wenn es Ihnen nichts ausmacht, hätten sie gern Ihr Autogramm.«
»Mein Autogramm?«
»Genau. Ein Beispiel Ihrer Handschrift wird für sie sehr lehrreich sein.«
Ich brachte es nicht übers Herz, ihm zu sagen, daß meine Handschrift schon miserabel gewesen war, als ich zehn war, und sich seither stetig verschlimmert hatte. Er reichte mir einen Stift und sagte zu seinen Enkeln etwas auf Hindi. Der Reihe nach traten sie auf mich zu und gaben mir jeder ein Stück Papier. Ich schrieb meinen Namen darauf sowie eine kleine Botschaft für jedes von ihnen – wobei ich versuchte, möglichst ordentlich zu schreiben – und gab jedem Kind einen Klaps auf den Kopf.
Danach stürmten die Kleinen aus dem Zimmer und rannten lachend auf die Straße.
»Sie sind ein äußerst gütiger Mensch«, sagte Charles. »Das

sehe ich bereits. Mehr, als die Pflicht verlangt – das ist Ihr Motto.«

»Äh … ja, schon.«

»Und bescheiden dazu, natürlich. Das englische Bildungswesen ist doch immer noch das beste in der ganzen Welt, wie ich mit Freude feststellen kann.«

»Da bin ich mir nicht so sicher, wissen Sie …«

»Kommen Sie, kommen Sie. Sie haben das bereits zum Ausdruck gebracht. Staatliche Schule oder Privatschule – ich will es gar nicht wissen. Über Ihr ganzes Gesicht steht Gentleman geschrieben.«

»Haben Sie vielen Dank, und erlauben Sie, daß ich das Kompliment zurückgebe.«

Jesus! Jetzt redete ich auch schon so wie er.

»Ich tue mein Bestes, ich tue mein Bestes.«

In diesem Moment kam eine alte Frau herein, in der Hand ein Tablett, auf dem neben einer Kanne Tee eine Auswahl von derart verführerischen Kuchenstücken zu sehen war, daß mir schon bei deren Anblick die Zähne weh taten. Sie stellte das Tablett vor mich hin und zog sich zurück in Richtung Tür.

»Meine Frau«, sagte Charles.

»Freut mich, Sie kennenzulernen«, sagte ich und winkte ihr kurz zu.

»Namaste«, sagte sie nickend und lächelte.

Ich nickte und lächelte ebenfalls, dann verschwand sie.

Danach ging Charles und mir langsam, aber sicher der Gesprächsstoff aus. Ich versuchte ihn über seine Familie und seine Arbeit auszufragen, aber es war nicht besonders viel aus ihm herauszukriegen. Er gab immer nur kurze, verlegene Antworten, als ob meine Fragen entweder unverschämt oder langweilig wären. Ich wußte, daß dies meine große Chance war, herauszufinden, wie es sich eigentlich anfühlte, ein Inder zu sein, aber ich kam nicht sehr weit. Als alle meine Versuche, ein Gespräch anzufangen, auf Grund gelaufen waren, übernahm er und drückte mir die üblichen Job/Heirat/Heimat-Fragen rein. Danach bombardierte er mich endlos mit leerem Gewäsch über seine Stellung in der Kirche und den Erfolg der South India Mission. Es war unmöglich, ihm zu entkommen, und erst als ich schon anfing, vor Langeweile die Wände hochzugehen, gelang es mir endlich, die Biege zu machen.

Auch wenn wir im Grunde genommen nicht groß ins Gespräch gekommen waren und ich mich die meiste Zeit zu Tode gelangweilt hatte, so hatte ich doch das Gefühl, daß dieser Besuch einen bedeutenden, positiven Wendepunkt markierte. Ich war tatsächlich zu einem Inder nach Hause gegangen. War hineingegangen, hatte mich hingesetzt und mit einem echten Inder geredet.

Während der gesamten zwei Monate meines bisherigen Aufenthalts hatten die gelegentlichen Blicke in anderer Leute Häuser bei mir immer die quälende Frage ausgelöst, wie es dort drinnen wohl wirklich aussah. Zuvor war ich nie über einen Blick durch ein Fenster oder eine Tür hinausgekommen, aber nun war ich tatsächlich ins Innere vorgedrungen. Ich hatte das echte Indien gesehen. Ich hatte in Erfahrung gebracht, wie die Menschen lebten.

Mit einem Mal erschien mir alles andere, was ich bisher in Indien getan hatte, total oberflächlich. Ich hatte nur in

Hotels rumgesessen und mich mit anderen Reisenden unterhalten. Ich hatte meine Zeit verplempert. Igor hatte recht – eigentlich hatte ich *gar nichts* gesehen. Von nun an, beschloß ich, würde alles anders werden. Ich würde allein bleiben. Ich würde nicht mehr nach anderen Westlern Ausschau halten, um mich hinter ihnen zu verstecken. Ich würde mir Mühe geben, mit Indern ins Gespräch zu kommen. Ich würde mich mit ihnen anfreunden und versuchen, in ihre Häuser zu gelangen. Ich würde zu einem richtigen Traveller werden.

Das ist es eben, was Indien mit dir anstellt

An jenem Abend nahm ich meine erste anständige Mahlzeit seit dem Hunde-Hamburger zu mir. Noch vor ein paar Monaten wäre es mir wohl kaum eingefallen, die über einen Klumpen klebrigen Reis geschüttete Linsenpampe als anständige Mahlzeit zu bezeichnen, aber unter den gegenwärtigen Umständen war es die größte Herausforderung für mein Verdauungssystem seit langem.

Nach einigen grummelnden Protesten spürte ich, wie mein Magen die Extraarbeit widerwillig annahm. Die Nahrung schien nicht länger frei in meinem Inneren zu flottieren, bereit, sich jeden Augenblick aus meinem Mund zu stürzen, sondern setzte sich tatsächlich ab und vermittelte den Eindruck, willens zu sein, sich verdauen zu lassen. Wenn ich es nur hinbekam, die Durchlaufzeit auf über zehn Minuten zu erhöhen, würde ich vielleicht genug Nährstoffe rausziehen, um wieder etwas zu Kräften zu kommen.

Nachdem ich soviel gegessen hatte, wie ich runterzwingen konnte, suchten meine Augen den Speisesaal des Hotels nach jemandem ab, mit dem ich reden konnte. Die Leute kamen und gingen, aber ich wurde das Gefühl nicht los,

daß sie mich alle ignorierten. Eine geschlagene Stunde saß ich da und wartete verzweifelt auf eine Gelegenheit, mit jemandem ins Gespräch zu kommen. Doch jedesmal, wenn ich irgend jemandes Blick auffing, sah die betreffende Person weg, bevor ich noch Zeit hatte, etwas zu sagen.
Das Ganze war mir äußerst rätselhaft, bis ich, auf dem Weg ins Bett, an einem Spiegel vorbeikam. Ich sah aus wie eines dieser komatösen Gerippe, die ich an meinem ersten Tag in Delhi gesehen hatte. Meine Wangen waren eingefallen und mit langen, büscheligen Bartstoppeln überzogen, meine Augen waren erloschen, meine Haare fettig und meine Mundwinkel säuerlich nach unten gezurrt. Ich sah aus wie die Hölle. Selbst *ich* wäre vor mir weggelaufen.
Ich ging ins Bett und starrte ein paar Stunden lang teilnahmslos ins Leere.
Ich war wirklich zu einem dieser lebenden Toten geworden.
Trotz meiner »Mahlzeit« schlief ich die ganze Nacht durch, ohne irgendwelche notgedrungenen Abstecher auf die Toilette unternehmen zu müssen, und wachte am nächsten Morgen mit dem festen Entschluß auf, mich mit Essen vollzustopfen, bis ich wieder halbwegs wie ein Mensch aussah.
Fettigem oder würzigem Essen traute ich immer noch nicht über den Weg, weshalb ich zum Frühstück erst einmal vier gekochte Eier und ein paar Chapatis zu mir nahm, bevor ich mich an meine Mission machte, mit dem Subkontinent Freundschaft zu schließen.
Ich spazierte ein wenig durch die Gegend und lächelte die Leute, denen ich begegnete, an, aber das konnte anschei-

nend niemanden bewegen, mit mir zu reden. Als mir wieder einfiel, daß ich aussah wie ein Moonie, dämpfte ich mein Lächeln einen Tick, aber die Leute gingen mir immer noch aus dem Weg.
Entmutigt ging ich ins bestbesuchte Restaurant, das ich finden konnte, um etwas zu Mittag zu essen. Ich setzte mich neben einen Mann, der so aussah, als sei er einsam, lächelte ihn an und sagte hallo. Er nahm sein Tablett und setzte sich an einen anderen Tisch, wobei er ein kleines bißchen verängstigt wirkte.
Dies stellte einen neuen Tiefpunkt dar. Von anderen Reisenden allein gelassen zu werden war eine Sache – aber von Indern gemieden zu werden, das war das letzte. Wieder im Hotel, fing ich vor lauter Verzweiflung mit dem Jungen, der fürs Bodenkehren zuständig war, ein Gespräch an. Er rannte fort.
Das einzige, was mir noch übrigblieb, war, eine Postkarte zu schreiben.

Liebe Mum, lieber Dad!
Ich bin jetzt in Bangalore – der modernen, industrialisierten Hauptstadt von Karnataka. Die Stadt ist relativ angenehm und wirkt wohlhabender als die meisten anderen Städte, die ich bisher besucht habe. Allerdings habe ich bisher noch nicht viel davon zu sehen bekommen, weil ich so ziemlich die ganze letzte Woche total krank war und mein Hotelzimmer nicht verlassen konnte. Ich kann mich gerade wieder einigermaßen auf den Beinen halten und habe heute meinen ersten kleineren Ausflug unternommen. Offenbar habe ich ziemlich viel Gewicht verloren, aber ich bin

sicher, daß ich mit der Zeit wieder zulege. Ich vermisse Euch immer noch und fühle mich schrecklich einsam hier, habe aber inzwischen meine Vorstellungen vom Reisen geändert und beschlossen, mich bis zum Ende meines Aufenthalts allein durchzuschlagen. Beim Reisen sollte es nicht um andere Reisende gehen – sondern um Indien und die Inder. Wenn man sich in diesem Land finden will, muß man sich zuerst verlieren. Das wird mein nächster Schritt sein. Ich lerne wirklich eine ganze Menge hier.
Liebe Grüße,
Dave

Nachdem ich die Postkarte geschrieben hatte, ging mir auf, daß, selbst wenn sich sonst niemand mit mir unterhalten wollte, der Mann an der Rezeption mit mir würde reden müssen. Es war verdammt noch mal sein Job. Ich war schließlich zahlender Gast in seinem Hotel. Wenn ich ihn an seinem Rezeptionstresen stellte, konnte er auch nicht weglaufen, und ich würde auf jeden Fall eine kleine Dosis Gespräch abzocken können.

Nachdem ich abgewartet hatte, bis er seinen Platz hinterm Tresen eingenommen hatte, setzte ich zu einer überraschenden Attacke an.

»Hallo«, sagte ich.

»Hallo, Sir«, erwiderte er.

Mir fiel nichts mehr ein.

»Alles in Ordnung?« fragte er.

»Danke, prima, gut.«

Mir fiel immer noch nichts Neues ein. Dann kam mir ein Gedanke.

»Ganz schön heiß heute.«
»Ja. Sehr heiß. Nicht so heiß wie sonst natürlich. Aber schon ziemlich heiß.«
Ich wollte gerade aufgeben, als ein Inder zur Tür hereinkam. Um Kopf und Nacken hatte er einen Baumwollschal gewickelt, der auch sein Gesicht zur Hälfte bedeckte. Er ging zur Rezeption und fragte mit schwerem Südlondoner Akzent nach einem Zimmer. Sowie ich seine Stimme hörte, erkannte ich ihn wieder.
»Ranj!« schrie ich.
Er wirbelte herum und betrachtete mich argwöhnisch. Nach ein paar Sekunden sah ich, daß es ihm dämmerte. Er riß sich den Schal vom Kopf.
»Dave! Bist du's?«
»Na klar bin ich das.«
»Scheiße, was ist denn mit dir passiert?«
»Ich bin hier hängengeblieben. Bin 'n bißchen krank geworden.«
»Du siehst total scheiße aus. Du siehst echt total scheiße aus.«
»Danke, Kumpel.«
»Ich hätte dich beinahe nicht erkannt. Alter! – Hast du dich mal gewogen oder so?«
»Nö.«
»Warst du mal beim Arzt?«
»Nö, brauch ich jetzt nicht mehr. Bin ja auf dem Weg der Besserung.«
»Ey Scheiße Mann, Alter, das ist gut zu hören. Weil, du siehst echt scheiße aus.«
»Ich sag's dir. Ich bin froh, dich wiederzusehen.«

»Ganz meinerseits, Alter. Ganz meinerseits. Wo hast du denn … wie heißt sie noch mal? Die Schnecke.«
»Wir haben uns getrennt. Unüberbrückbare Differenzen und so, du weißt schon.«
»Sie hat dich also verlassen.«
»Sozusagen. Bei uns ist sowieso irgendwie von Anfang an was schiefgelaufen, ich kann mich gar nicht mehr richtig erinnern, aber am Ende konnten wir uns einfach auf den Tod nicht mehr ausstehen.«
»Das ist übel, Alter. Aber ich sag's dir, das ist es eben, was Indien mit dir anstellt.«
»In England sind wir immer prima miteinander ausgekommen.«
»In England bin ich auch immer mit meiner Familie zurechtgekommen. Jetzt wollen sie mich umbringen.«
»Du bist schon wieder weggerannt?«
»Ja. Ich bin eben erst aus Delhi reingeflogen. Ich wollte runter nach Trivandrum, aber es gab keine Flüge mehr, also bin ich hierher gekommen.«
»Die werden ziemlich angenervt sein. Mit deinem Bruder hab ich ja schon Bekanntschaft gemacht.«
»Und diesmal ist es noch schlimmer, weil …« – er senkte seine Stimme und sah sich im Raum um – »… ich einen ganzen Schwung Kreditkarten und Bargeld mitgenommen habe, bevor ich abgehauen bin.«
»Von wem?«
»Onkels und so. Die sind mir einfach ein bißchen auf die Eier gegangen.«
»Echt wahr?«
»Ja.«

»Du hast deine eigene Familie beklaut?«
»Ja, ich weiß, ich weiß. Im nachhinein tut's mir auch ein bißchen leid. Ich hab beschlossen, alles so schnell wie möglich auszugeben und dann zurückzugehen und mich zu entschuldigen.«
»Das ist echt sehr nobel von dir.«
»Meinst du?«
»Nein, eigentlich nicht. Hör mal – willst du dir mit mir das Zimmer teilen? Es ist eh ein Doppelzimmer, und wenn wir halbe-halbe machen, wird's billiger. Ich bin froh, wenn ich ein bißchen Gesellschaft hab.«
»Scheiß auf billiger. Ich leb hier auf Abruf, bevor sie mich an den Eiern aufhängen. Ich bin in dieses kleine Scheißloch bloß gekommen, weil es das erste im BUCH war. Ich bleib hier eine Nacht, und dann nix wie weg nach Kovalam.«
»Was gibt's denn in Kovalam?«
»Schnecken, Alter. Schnecken auf Pauschalurlaub. Es ist wie in Goa, nur weniger Hippies, und die Saison fängt gerade an. Es ist nämlich ganz im Süden, und da ist der Monsun fast schon vorbei. Ich miet mich in so 'nem schnieken Hotel ein und leg so viele weiße Mädchen flach, wie ich kann, bevor es zu spät ist.«
»Zu spät für was?«
»Ach, das ist es doch, womit die ganze Scheiße angefangen hat. Mein Vater versucht, mich mit dieser verklemmten Jungfernschlampe zu verkuppeln, bloß weil ihrem Vater die Börse in Bombay gehört oder irgend so 'ne Kacke. Er will mich nicht eher nach Hause lassen, als bis ich ja gesagt habe.«

»Meine Fresse! Was willst du jetzt tun?«
»Ich hab schon ja gesagt. Da ist nix zu machen. Ich hab ja gesagt und mich dann verpißt.«
»Mit dem Geld von deinem Onkel.«
»Korrekt. Das ist das mindeste, was ich verdient hab. Hör mal – willst du mitkommen? Ich zahl dir das Zimmer. Dann können wir 'n bißchen die Sau rauslassen. Wenn du dir ein paar Klamotten kaufst, was Vernünftiges ißt und dich rasierst, dann siehst du bestimmt ganz vorzeigbar aus. Wir könnten's ziemlich gut haben, ich und du. Mein Cousin hat mir von diesem Eins-a-Hotel erzählt, wo die ganzen willigen Frauen absteigen. Was meinst du?«
»Was?«
»Willst du mitkommen?«
»Ist das dein Ernst?«
»Klar ist das mein Ernst. Was ist jetzt? Bist du dabei?«
»Äh ... warum eigentlich nicht? Klingt ganz lustig.«
»Cool. Ich schick 'nen Boy los, der uns die Zugfahrkarten besorgt, du gehst dich rasieren, und wir treffen uns später hier wieder.«
»Alles klar. Teilst du dir dann mit mir das Zimmer?«
»Danke nein. Krankenzimmer sind ehrlich gesagt nicht so mein Ding.«

Golf?

Die Fahrt nach Trivandrum dauerte eine halbe Ewigkeit, aber Ranj kaufte ein paar Wassermelonen, einen Sack Mangos, mehrere Stauden Bananen, ein Kilo gemischte Nüsse und einen endlosen Vorrat Bombay Mix, was uns in unserem Bemühen, die Zeit totzuschlagen, ein gutes Stück weiterbrachte. Wir saßen gemeinsam mit einer Familie im Abteil, die sogar noch mehr zu essen dabeihatte als Ranj, und dadurch, daß immer wieder die verschiedensten Fressalien die Runde machten, ähnelte die ganze Sache eher einem Bankett als einer Reise. Von der Familie sprach niemand Englisch, und Ranj konnte sich aus irgendwelchen Gründen, die mit ihrem Dialekt zu tun hatten, auch nicht mit ihnen unterhalten, aber das schien sie nicht davon abzuhalten, uns Unmengen an Essen anzubieten.
Beim Obst mußte ich mich aus naheliegenden Gründen zurückhalten, aber es gab darüber hinaus noch jede Menge anderer Sachen zu essen, die ich zumeist mit dem größten Vergnügen in mich hineinstopfte. Die schiere Erleichterung darüber, wieder in Gesellschaft unterwegs zu sein, hatte für eine plötzliche und vollständige Rückkehr meines Appetits gesorgt.
Zum ersten Mal seit Manali war ich so richtig glücklich.

Von Trivandrum aus fuhren wir mit dem Bus weiter nach Kovalam. Unterwegs begann Ranj laut aus seinem Exemplar des BUCHS vorzulesen.

»Was hältst du davon? ›Die luxuriöseste Bleibe am Ort ist das Kovalam Ashok Beach Resort, welches sich auf der Landzunge direkt oberhalb des Busbahnhofs befindet. Apartments und Ferienhäuser 550 Rupien (Einzel) und 650 Rupien (Doppel). Das Hotel hat sämtliche Annehmlichkeiten, die man bei dieser Preislage erwarten kann, darunter Air-conditioning, Swimmingpool, Bar, ein Laden für Kunsthandwerk sowie ein Bootsverleih. Ein wunderschöner Ort blablabla, Yoga, ayurvedische Massage, Golf, Tennis und so weiter und so fort.‹ Was meinst du?«

»Sechshundertfünfzig Rupien! Bist du bekloppt?«

»Ich nehm kein Zimmer. Wie sollen wir an unsere Nummern rankommen, wenn wir in ein und demselben Doppelzimmer sind? Wir nehmen jeder eins für fünfhundertfünfzig, Alter.«

»Ist das dein Ernst?«

»Logo.«

»Und du zahlst?«

»Jau.«

»Swimmingpool und Air-conditioning?«

»Jau.«

»Golf?«

»Jau.«

»Laß uns mal sehen.«

»Nö.«

Sprach's und warf sein BUCH aus dem Fenster.

»Was … was soll das?«

»Das brauchen wir nicht mehr. Wir sind jetzt auf Urlaub.«
»Aber … aber … Wie sollen wir …?«
»Beruhige dich, Alter. Ist doch nur 'n Buch.«
»Aber …«
Ich stand unter Schock. Das Blut war mir aus dem Gesicht gewichen.
»Entspann dich. Ich hab ja nicht deins rausgeschmissen.«
»Aber …«
»Das heb ich mir auf, um mir damit den Arsch abzuwischen.«
»Mein Gott, jetzt bist du total ausgerastet!«
»Du benimmst dich so, als ob ich jemand umgebracht hätte!«
»Hast du ja auch. Natürlich nicht im Wortsinn. Ich mein, wie willst du … ohne das Buch weißt du doch gar nicht, wo die ganzen anderen Reisenden sind. Wie willst du da andere Leute treffen?«
»Am Strand vielleicht?«
»Aber was ist mit …?«
»Abgesehen davon halten wir ja nicht nach anderen Rucksacktouristen Ausschau. Ich meine, wer will schon mit irgend so einer ausgetrockneten, verbiesterten Mittelklassen-Schlampe ins Bett, die nicht kommt und keinen Schwanz lutscht? Scheiße, ich mein, erweitere mal ein bißchen deinen Horizont, Alter. Wonach wir suchen, das sind ausgehungerte geschiedene Frauen, die zwanzig Jahre Fickerfahrung vom Feinsten in ihren Mösenmuskeln gespeichert und eine fünfjährige Trockenperiode hinter sich haben, die danach schreit, vom größten Fickgewitter in ihrem ganzen verfickten Leben weggepustet zu werden!«

Vor lauter Vorfreude hüpfte er ganz hibbelig auf seinem Sitz auf und ab.
»Da könnte was dran sein. Mit einer älteren Frau hab ich's noch nie gemacht.«
Er starrte mit glasigen Augen ins Leere und murmelte vor sich hin. »Jesus! Das wird geil …«
Südlondon mußte eine ziemlich geile Ecke sein.

Ich bin schließlich aus gutem Hause

Das Hotel zeigte anfänglich Widerstreben, mich reinzulassen, und man wollte mir erst, nachdem ihnen Ranj ein Bündel Scheine unter die Nase gehalten hatte, ein Zimmer geben.
Ein Portier nahm meinen Rucksack und versuchte ihn wie einen Koffer zu tragen. Dies machte ihm das Laufen fast unmöglich – was Ranj und ich wiederum besonders lustig fanden. Er schaffte es aber gerade, uns in einen Lift zu lotsen und uns den Weg nach oben zu zeigen.
Ein Lift! Unglaublich. Und erst mein Zimmer! Ich hatte mich an die Vorstellung gewöhnt, daß ein Hotelzimmer graue Betonwände und Steinfliesen hat und daß das Bett hart wie ein Brett ist. Aber in diesem hier gab es ein anständiges Bett (so wie in England), einen Teppich, einen Balkon mit Aussicht aufs Meer und sogar Möbel! Es war zwar ein Einzelzimmer, aber das Bett war, wie ich feststellte, mehr als breit genug für zwei. Und es gab *en suite* ein Badezimmer mit der ersten Badewanne, die ich seit meiner Ankunft gesehen hatte. Das war ja noch besser als Marmite auf Toast! Sofort ließ ich Wasser ein und zog mich aus.
Sowie ich mich reingesetzt hatte, färbte sich das Wasser

grau. Also ließ ich, ohne aus der Wanne zu steigen, das schmutzige Wasser ab und frisches einlaufen. Nachdem ich den gröbsten Schmutz beseitigt hatte, traf ich mich mit Ranj in der Lobby. Er stieg sofort mit mir in ein Taxi, um mir »was Anständiges zum Anziehen« zu kaufen. Da er bezahlte, konnte ich mich, fand ich, schlecht über seinen Geschmack beschweren. So kam es, daß ich schließlich ein Hawaiihemd, zitronengelbe Shorts und ein Paar blaue Stoffschuhe trug. Auf sein Geheiß kaufte ich außerdem noch etwas für meine Abendgarderobe ein: nämlich drei (ziemlich glänzige) Hemden in den schreiendsten Farben (allesamt aus Polyester und seltsam eng unter den Achseln) sowie ein Paar lächerlich teure nachgemachte Levi's, die mir dermaßen in die Kerbe krochen, daß mir die Tränen kamen.

Als ich komplett ausstaffiert war, klopfte er mir bewundernd auf beide Arme und sagte, daß ich aussähe wie ein richtiger indischer Playboy.

»Und, ist das gut?«

»Natürlich ist das gut.«

»Ist das das, was du auch bist?«

»Nein. Ich bin der Putney-Rammklotz-Ranklotz-Rammler. Aber hier kriegt man keine Putney-Ranklotz-Klamotten, also müssen wir uns mit dem indischen Playboy begnügen.«

»Ich komm mir ein bißchen vor wie 'ne Schwuchtel.«

»Was soll das heißen, du kommst dir wie 'ne Schwuchtel vor? Wie bist du dir denn in diesen Scheißklamotten vorgekommen?« Er deutete auf die Tüte mit meinen alten Sachen, die ich mich geweigert hatte wegzuwerfen.

»Ich hab mich darin wohl gefühlt.«
»Du hast darin jedenfalls ausgesehen wie 'n Bettler. Wo hast du den Scheiß eigentlich gekauft?«
»Ach, überall. Das meiste davon hab ich in Manali und Dharamsala gekauft.«
»Hätt ich mir denken können. Dachtest du, wenn du mit tibetanischen Klamotten rumläufst, siehst du in Südindien wie 'n Einheimischer aus?«
»Nein.«
»Warum denn dann? Warum zieht ihr immer diese scheußlichen Klamotten an?«
»Ich weiß nicht. Ich hab 'ne Jeans und ein T-Shirt unten in meinem Rucksack. Aber als ich hier ankam und sie anzog, kam ich mir total deplaziert vor. Also hab ich mir die gleichen Sachen gekauft, die all die anderen Rucksacktypen auch tragen.«
»Du hast ein paar Jeans in deinem Rucksack?«
»Ja.«
»Was für welche?«
»Levi's, glaub ich.«
»Du hast 'ne Levi's in deinem Rucksack?«
»Ja. Ich hab sie allerdings gar nicht mehr angehabt, seit ich in Indien angekommen bin. Hier trägt ja niemand Jeans.«
»Was erzählst 'nn du da für'n Müll? Jeder hier in Indien trägt Jeans.«
»Nein, das stimmt nicht.«
»Und wie das stimmt. Hey Mann, Alter, warum hast du mich diese nachgemachte Scheiße kaufen lassen, wenn du das Original in der Tasche hast?«

»Weiß nicht. Hab ganz vergessen, daß ich sie besitze.«
»Weißt du, wieviel du hier für 'ne echte Levi's kriegst?«
»Nein.«
»'ne Stange Geld. Das ist wie Goldstaub. Ich fass es nicht! Du trägst 'ne echte Levi's auf dem Rücken und läufst in diesen Bauernhosen für 20 Rupien rum!«
»Das waren nicht zwanzig. Die haben fünfzig gekostet.«
»Du hast *für diese Hosen* fünfzig Rupien bezahlt? Leck mich am Arsch, das wird ja immer schlimmer.«

Als Ranj an meiner Levi's roch, verschlug es ihm beinahe den Atem. Er füllte unverzüglich meinen ganzen Rucksack mit allem, was ich an Kleidungsstücken besaß, und schickte es hinunter in die Hotelwäscherei. Daraufhin warf ich mich in meine Abendgarderobe, und wir gingen los, um uns ein paar Schnecken aufzureißen.
Die Hotelbar war wie aus einem James-Bond-Film, und um dem Mann die Ehre zu erweisen, tranken wir jeder einen trockenen Martini. In der Bar hielten sich überwiegend reiche Inder auf, was ich bisher immer für einen Widerspruch in sich gehalten hatte. Aber es gab eine Ecke, in der die ganzen Weißen abhingen, und dort gingen wir hin.
Es dauerte keine fünf Minuten, da zerrte ich Ranj zurück an die Bar, um ihm die Meinung zu sagen.
»Scheiße, Mann, was tun wir hier eigentlich? Das sind doch alles alte Runzeln!«
»Na und?«
»Jetzt schau sie dir doch mal an. Die sind doch abstoßend!«

»Was hast du gedacht, wie geschiedene reiche Frauen aussehen? Es gibt einfach keine zweiundzwanzigjährigen, heiratsfähigen geschiedenen Frauen. Vielleicht mal die ein oder andere Witwe, wenn du Glück hast, aber geschiedene Frauen sind nun mal älter.«

»Und hinter denen bist du etwa her? Solche wie die?«

»Na ja, zugegeben, sie sind schon ein bißchen häßlich.«

»Das sind alte Schachteln, Mann! Und die sind noch nicht mal geschieden – die sitzen da alle paarweise rum.«

»Okay, okay, okay. Ich bin ja kein Hellseher. Ich wußte ja schließlich nicht, wer hier so alles übernachtet, oder?«

»Die einzige, die mir gefällt, ist die Blonde da drüben.«

»Die Blonde?«

»Ja.«

»In der Ecke?«

»Ja.«

»Die mit dem großen Typen?«

»Ja.«

»Die, die gerade davon geredet hat, wie toll man hier Flitterwochen machen kann?«

»Ja.«

»Träum weiter, Kumpel.«

»Ja mein Gott, wer ist denn sonst noch da?«

»Die da ist doch ganz okay.«

Ranj deutete mit dem Kopf in Richtung eines indischen Mädchens, das in der Nähe der Bar stand.

»Die?«

»Ja.«

»Das ist eine *Inderin!*«

»Na und?«
»Du kannst doch keine Inderin anquatschen.«
»Wieso nicht?«
»Ich mein … die sind doch … sie ist mit ihren Eltern da.«
»Und?«
»Ihre Brüder werden kommen und dich mitten in der Nacht umbringen.«
»Weshalb?«
»Weil … du ihre Ehre beleidigt hast oder irgend so was.«
»Was glaubst du eigentlich, wo wir sind? In Pakistan oder was? Das hier ist ein zivilisiertes Land.«
»Ich weiß.«
»Wie, glaubst du, daß die Leute sich hier fortpflanzen?«
»Ich mein ja nur … ich weiß nicht. Du hast doch selbst gesagt, daß deine Heirat arrangiert worden ist.«
»Und? Dann arrangier ich mir jetzt eben einen One-Night-Stand.«
»Aber … geht das …? Lassen die einen denn …?«
»Was? Wer?«
»Indische Mädels.«
»Nein, für dich würden sie das nicht tun. Aber denk dran – ich bin schließlich aus gutem Hause.«
Sprach's, glättete seine Stirn und stolzierte davon.

In derselben Nacht wurde ich von Geräuschen aus Ranjs Zimmer geweckt, die so klangen, als ob zwei Leute in der letzten Minute der Verlängerung mit einem Schuß von der

Mittellinie gleichzeitig Weltmeister werden. Zu meiner großen Erleichterung fand ich bald heraus, daß man auch in Indien über Satellit Pornos reinbekommt.

Am folgenden Morgen informierte er mich, daß sie für seinen Geschmack ein bißchen jung gewesen sei, aber ansonsten eine ganz gute Nummer abgezogen habe. Dann fragte er höflich nach, ob ich einen schönen Bridge-Abend gehabt hätte.
»Ach, laß mich in Ruhe. Außerdem war's nicht Bridge.«
»Was war's denn dann?«
»Whist.«
»Meinetwegen.«
»Und es war stinklangweilig. Wenn wir immer bloß hier rumhängen, bringt mich das kein Stück weiter.«
»Schon gut. Ich hab einen Plan.«
»Und der wäre?«
»Wir mieten uns vom Hotel ein Boot und fahren damit ein bißchen vorm Strand auf und ab.«
»Weiß nicht ... Hab noch nie gerudert. Ich glaub nicht, daß wir damit wirklich so wahnsinnig cool aussehen würden.«
»Kein Ruderboot, du Arschloch. Ein Schnellboot.«
»Ein Schnellboot? Echt?«
»Ja.«
»Ein Schnellboot? Das ist ja klasse. Ich bin noch nie in einem Schnellboot gefahren.«
»Du bist *weder* in einem Schnellboot *noch* in einem Ruderboot gefahren?«
»Nein.«

»Mit was für Booten bist du *überhaupt* gefahren?«
»Äh … mit der Fähre. Das war's dann auch schon.«
»Du bist echt ein Glamour-Typ, Dave. Weißt du das?«
»Wem sagst du das.«

Ping

Ranj schien genau zu wissen, wie man ein Schnellboot fährt, auch wenn er behauptete, daß er noch nie mit einem gefahren sei. Wir nahmen uns ein paar Cocktails mit, so daß wir noch ein bißchen mehr nach James Bond aussahen, und fuhren einige Male vor dem Strand auf und ab, wobei ich mich seitlich aus dem Boot lehnte und vor Freude schrie. Noch nie in meinem Leben war ich so glücklich gewesen. Vor weniger als einer Woche schien ich noch auf meinem absoluten Tiefstpunkt angelangt zu sein – und heute *war* ich Sean Connery. Nicht, daß Sean dazu neigen würde, vor Freude zu jauchzen – aber ihr wißt schon, was ich meine.

Wir kamen leider nicht nahe genug an das Ufer heran, um abchecken zu können, was so geboten wurde. Deshalb gingen wir am anderen Ende des Strands an Land und nahmen die Cocktails auf unseren Streifzug mit. Ranj schien so etwas wie einen sexuellen Radar zu besitzen, mit dem er Frauen bereits aus großer Entfernung orten konnte. Mit zunehmendem Stärkerwerden der Signale verfiel er beinahe in eine Art von Trance.

»Ich spüre was, und das ist ziemlich gut. Da vorn ist

irgendwas Gutes. Augen links. Augen links.« Ranj rannte nun beinahe, und ich hatte Mühe, ihm im heißen Sand zu folgen.
Dann blieb er plötzlich abrupt stehen, so daß ich fast in ihn reingelaufen wäre.
»Bingo. Sieben Blondinen.«
»Wo?«
»Da?«
»Wo denn?«
»Am Wasser. Da unten.«
»Können wir mal kurz Pause machen? So weit kann ich nicht laufen.«
»Scheiße, schau dir das mal an.«
»Was denn?«
»Die zwei da.«
Er zeigte landeinwärts, und ich sah in mittlerer Entfernung zwei Europäerinnen im Schatten sitzen, die beide einen weißen Sari trugen. Mir fiel auf, daß von all den Frauen, die ich in diesem Land bisher gesehen hatte, keine einen weißen Sari getragen hatte. Und ich hatte überhaupt noch keine Westlerinnen in Saris gesehen, weshalb das Ganze einen etwas seltsamen Anblick bot. Ich konnte ihre Gesichter nicht richtig erkennen, aber sie kamen mir auf irgendeine Weise vertraut vor.
»Das ist wirklich komisch«, sagte Ranj.
»Ich glaube, die kenne ich.«
»Weißt du, was ein weißer Sari bedeutet?«
»Nein.«
»Das ist, wie wenn man in England Schwarz trägt.«
»Wie – du meinst, wenn man trauert?«

»Ja. Witwen müssen Weiß tragen – das ist ein Symbol für Verzicht auf weltliche Freuden und so 'n Scheiß.«
»Meinst du …?«
»Sie raucht 'n Joint. Das darf nicht wahr sein! Hat so was an – und raucht 'n Joint.«
»Ich glaub, ich kenn die wirklich.«
»Das ist voll gespenstisch. Da läuft's mir echt kalt den Buckel runter.«
»Ich schau mal nach.«
»Tu dir keinen Zwang an. Ich geh inzwischen die Schnecken auschecken.«

Als ich näher kam und die Gesichter deutlicher zu erkennen waren, stellte ich fest, daß die beiden Mädchen tatsächlich – Fee und Caz waren. Sie sahen aus wie der Tod und waren noch dünner als vorher. Ihre Haut war blaß und fleckig und die Haare fettig. Als Fee mich näher kommen sah, mußte sie erst zweimal hinschauen.
»Mein Gott«, sagte sie. »Du bist's!«
»Ja.« Sie starrte mich mit einer Mischung aus Entsetzen und Abscheu an.
»Was ist denn mit *dir* passiert?«
Ich wollte gerade erklären, daß ich krank geworden sei, als ich begriff, daß sie sich auf das Hawaiihemd und die zitronengelben Shorts bezog sowie auf das Cocktailglas in meiner Hand und die Schnorchelausrüstung, die ich um den Hals hängen hatte.
»Ach, na ja. Das Übliche halt«, sagte ich.
Sie wußte nicht, was sie darauf erwidern sollte.
»Aber … was machst du hier?«

»Na ja, du weißt schon. Bißchen abhängen. Und du?«
»Eigentlich genau das gleiche.«
Wie mir jetzt erst auffiel, saß ihre Freundin Caz kerzengerade im Sand, starrte in die Ferne und schaukelte dabei vor und zurück wie ein autistisches Kind. Sie hatte mich bisher nicht angesehen, ja schien noch nicht einmal meine Gegenwart bemerkt zu haben.
»Geht's ihr gut?«
»Nein. Zufälligerweise nicht«, erwiderte Fee in einem Ton, der den Eindruck vermittelte, als ob das meine Schuld wäre.
»Das ist ja wirklich ein Mordszufall. Was macht ihr denn hier unten? Ich dachte, ihr wärt mit der Dings im Aschram.«
»Die Dings, wie du sie mit Recht nennst, ist bei uns nicht mehr so gut angeschrieben.«
»Was hat sie denn gemacht?«
»Ist 'ne lange Geschichte.«
»Ich hab Zeit«, sagte ich und ließ mich im Sand nieder. Wie ich registrierte, hatte Ranj sich bereits in die Gruppe der blonden Badenden eingeschleust. Caz schaukelte immer noch hin und her und starrte aufs Meer hinaus.
Ich erkannte, daß Fee total angespannt war und unter Streß stand. Und daß sie, obwohl sie es nicht zugeben wollte, froh war, mich zu sehen. Sie starrte mich eine Weile lang an und zog an ihrem Joint, bevor sie ihn mir hinhielt und zu erzählen begann.
»Letzten Endes ist das alles nur wegen diesem Typen. Er heißt Ping ...«
»Ping?«

»… und ist Lehrer für Intimes Yoga in unserem Aschram. Jedenfalls – wir waren in diesem Jahr schon zweimal vorher da, und jedesmal hat sich Caz mehr reingesteigert in dieses Ding mit Ping. Jedenfalls – dieses Mal hatten wir die Dings dabei, und wir stellen sie Ping auch noch *vor* – und es ist ja nicht so, als ob sie nichts von dieser Sache mit Caz und Ping – und … und … ich kann nicht mehr.«
Sie verstummte und starrte mit geschürzten Lippen ins Leere.
»Was ist passiert?«
»Na gut – um's kurz zu machen: Wir waren gerade in einer Intimyoga-Sitzung, und Ping war gerade damit beschäftigt, Liz … ich meine, Dings dabei zu helfen, ihr Zentrum zu finden, als Liz mit einem Mal anfängt, auf so 'ne für einen Neuling total unmögliche Art zu stöhnen. Ich mein, die hat das ganz eindeutig nur vorgespielt. Wir waren ja erst seit einer Woche da. Jedenfalls – die Dings fängt an zu stöhnen wie so eine billige Nutte, und die beiden stehen auf und gehen Hand in Hand raus. Inzwischen hat Caz ein ziemliches Gespür für Pings Stimmung und weiß natürlich genau, was los ist. Sie wartet also ein paar Minuten und geht dann zum Einzelunterrichts-Raum. Und … und dann … ich kann einfach nicht mehr.«
Es folgte eine lange Pause.
»Und was war dann?« fragte ich schließlich.
»Na ja – stell dir Caz' Überraschung vor, als sie ihren Kopf durch die Tür steckt und entdeckt, daß … daß sie schon voll beim Tantrischen angekommen waren.«
»Wie bitte?«
»Sie waren … schon beim Tantrischen angekommen.«

»Was heißt das?«
»Du weißt nicht, was tantrisch ist?«
»Nein.«
»Tantrisches Meditieren?«
»Nein.«
»Na gut – es gibt sechzehn Hauptarten von meditativen Zuständen, und jede von den fünf vorherrschenden Denkrichtungen unterteilt die sechzehn wiederum in drei große Kategorien. Die tibetischen Schulen ...«
»Bitte, vergiß die anderen fünfzehn. Sag mir einfach, was tantrisch bedeutet.«
»Das ist keine von den sechzehn, du Dummkopf. Das ist eine ganze Schule. Eine von den fünf.«
»Schön. Sagst du mir jetzt, was es ist?«
»Es läßt sich schwer in einem Satz ausdrücken, aber im Prinzip bedeutet es soviel wie das Streben nach dem Nirwana durch die vollkommene Zentrierung des sexuellen Selbst.«
»Was für'n Ding?«
»Also, im Prinzip meditierst du, indem du Sex hast.«
»Was du damit sagen willst, ist also, daß Liz und Ping gefickt haben?«
»So kann man's auch ausdrücken.«
»Das muß man sich mal einbauen! Ihr nehmt sie dorthin mit, und innerhalb von einer Woche fickt sie den Yogalehrer.«
»Mußt du so grob sein? Der Punkt ist nämlich, daß Caz selbst in ihren besten Zeiten ein bißchen übernervös ist. Die ganze Sache hat sie einfach völlig aus der Bahn geworfen.«

»Wie ›aus der Bahn‹?«

»Sie ist zusammengebrochen. Einfach so – furchtbar war das. Als sie das mit dem Tantrischen gesehen hat, hat sie wie wild angefangen zu schreien und alle möglichen Sachen kaputtzuhauen. Dann hat sie sich komplett ausgezogen, ist über das ganze Gelände gelaufen und hat eklige Sachen über den Sinn und Unsinn von Meditation verbreitet. Schließlich mußte einer von den spirituellen Helfern sie in die Zwangsjacke stecken.«

»In die *Zwangsjacke?*«

»Jetzt geht's wieder. Ich meine, es geht ihr nicht *gut*. Schließlich hat sie immer noch kein Wort gesprochen. Aber sie ist nicht gefährlich oder so was.«

»Das ist ja grauenhaft. Wieso haben die da Zwangsjakken?«

»Ach, anscheinend kommt das öfters vor. Manche Leute halten den Druck bei so einem Yoga-Kurs einfach nicht aus. Ich meine, mit Caz ist alles in Ordnung. Sie braucht einfach nur ein bißchen Ruhe. Deshalb sind wir, nachdem sie uns rausgeschmissen haben …«

»Sie haben euch rausgeschmissen?«

»Na klar. Ich meine, man kann keine Leute brauchen, die wie verrückt durch die Gegend laufen, wenn man meditieren will. Das ist nur zum Wohle aller. Na ja, egal – ich hab jedenfalls beschlossen, erst mal mit ihr hier runterzufliegen, damit sie ein bißchen am Strand ausspannen kann, weit weg von der Masse. Und wenn sie dann wieder sprechen kann, bringe ich sie nach Hause. Ich glaube, wenn wir so nach Hause kämen, würde das ihre Eltern ziemlich durcheinanderbringen.«

»Das glaube ich auch. Das ist ja … das ist furchtbar.«
»Ich weiß.«
»Ich meine, sie sieht aus wie ’n Zombie.«
»Ja, und wir fangen beide ungefähr in … in einem Monat zu studieren an.«
»Scheiße.«
»Bißchen mehr als ein Monat. Ich meine, es wird schon für *mich* schwer genug werden, mich wieder an die westliche Kultur zu gewöhnen. Allein wenn ich daran denke, wieder Westklamotten anziehen zu müssen, juckt’s mich schon überall – weißt du, die schränken einen so ein – aber für Caz … also ich weiß nicht.«
»Was wollte sie denn studieren?«
»Französisch und Spanisch in Bristol.«
»Wie will sie das machen, wenn sie nicht mal sprechen kann?«
»Es wird ’ne Weile dauern, aber das wird wieder. Wenn man mit Leprakranken gelebt hat, dann kommt einem so was wie gar nichts vor. Ich meine, man muß die Dinge ins richtige Verhältnis setzen. Sie hat’s immer noch besser als jeder Inder.«
»Das ist doch Blödsinn.«
»Du kennst die Schattenseiten noch nicht. Du begreifst nicht, was für ein großes Privileg es allein schon ist, aus dem Westen zu sein. Finanziell gesehen, meine ich. Spirituell sind wir natürlich total verarmt. Deshalb sind wir ja auch für solche Art Zusammenbrüche anfällig.«
»Aber … sie … wie lange geht das jetzt schon so?«
»Ach na ja, ein paar Wochen.«
»Und alles bloß, weil Liz diesen Ping gebumst hat?«

»Das war nur der Tropfen, der das Faß zum Überlaufen gebracht hat. Aber im Prinzip hast du recht.«
»Meine Fresse!«
»Ich meine, eigentlich ist es idiotisch, weil Ping mit allen geschlafen hat.«
»Was?«
»Das war Teil des Unterrichts, nehm ich mal an. Wenn er das Gefühl hatte, daß du auf dem richtigen Weg bist, hat er dir geholfen, tantrisch weiterzukommen.«
»Was – dir auch?«
»Nein – ich hab ihn mein Zentrum mit Absicht nicht finden lassen, weil ich Caz Gelegenheit geben wollte, zuerst dorthin zu kommen. Sie war schon so lange hinter ihm her, daß ich mehr oder weniger gehofft habe, wenn ich Ping die kalte Schulter zeige, blickt er's und konzentriert sich auf Caz.«
»Und hat er?«
»Nein. Das ist ja die Tragödie. Er hat sich auf Liz konzentriert. Wie die Sache aussieht, hat er Liz' Zentrum schneller gefunden als Caz' Knie.«
»Zentrum? Ist das – so was wie – deine ...?«
»Nein. Sei nicht so geschmacklos. Weißt du nicht, was Intimes Yoga ist?«
»Woher sollte ich?«
»Das ist eine Methode, den zentralen Punkt der Körperenergien zu finden, indem ein ausgebildeter Intimyogi Hand anlegt.«
»Hand anlegt?«
»Genau. Er bringt erst der ganzen Gruppe die Grundposition bei, und dann kommt er, während man meditiert, zu

jedem einzeln und bringt dich in die richtige Position. Wenn du deine perfekte Balance gefunden hast und zur Ruhe gekommen bist, legt er seine Hände auf, und du versuchst gemeinsam mit ihm dein Zentrum zu spüren.«

»Wo war deins?«

»Ich hab's nie genau gefunden, aber es war irgendwo hier.«

Sie schlug die Beine über Kreuz, setzte sich kerzengerade auf und plazierte die Finger ihrer rechten Hand einen Tick oberhalb der Stelle, wo vermutlich ihre Schamhaare begannen.

»Wow! Haben da alle ihr Zentrum?«

»Hängt davon ab. Das ist bei jeder Person anders.«

»Ach was. Fette alte Menschen haben es wahrscheinlich an der Schulter, und junge knackige Frauen eher genau auf ihrer Muschi.«

»Du bist so was von zynisch! Ich weiß gar nicht, wie du's mit dir selbst aushältst.«

»Der Typ ist ein Genie. Wo war Caz' Zentrum?«

»So was fragt man nicht. Das ist eine sehr persönliche Frage. Wenn du weißt, wo jemand sein Zentrum hat, weißt du 'ne ganz schöne Menge über sie.«

»Ach komm. Ich erzähl es auch niemand. Wo war's?«

»Sie hat es nie genau gefunden.«

»Nur ungefähr. Wo hat er denn gesucht?«

»Na ja – sie hat es nur so annäherungsweise lokalisieren können, aber sie haben's geschafft, es irgendwo hier in ihrer Armbeuge dingfest zu machen.«

»Na? Was hab ich gesagt?«

»Worauf willst du hinaus?«

»Nichts. Nur daß er nicht auf sie steht. Machen wir uns nichts vor – wer will schon mit einem Skelett ins Bett?«
»Sie ist übrigens nicht taub. Du bist ziemlich verletzend.«
»Dieser Intimyogi ist echt ein Genie. Das ist echt ... die Leute bezahlen ihn, und alles, was er tun muß, ist, sie ein bißchen zu begrabschen – und sie gehen glücklich nach Hause.«
»Er ist zufällig *wirklich* ein Genie, und er würde wahrscheinlich gar nicht mal wissen, was du mit Grabschen meinst. Sein Geist beschäftigt sich mit höheren Dingen.«
»Ja, klar. Das muß ich mir auch mal beibringen.«
»Das ist ein hochqualifizierter Mann. Man muß mindestens fünf Jahre an der internationalen Schule für Intimes Yoga studieren, bevor man die Lehrerlaubnis bekommt.«
»Internationale Schule?«
»In San Francisco.«
»Ach, das ist nicht nur *ein* Typ, der in irgendeinem Schuppen am Arsch der Welt Frauen begrabscht?«
»Es ist eine internationale Bewegung.«
»Ich pack's nicht! Also werden in genau diesem Moment überall auf der Welt Hunderte von Frauen intimgeyogat?«
»Wird wohl so sein.«
»Wahnsinn, allein die Vorstellung ...«
In diesem Augenblick tauchte Ranj wieder auf und zog mich beiseite, um mir zu erzählen, daß er gerade die ostschwedische Frauen-Handballauswahl kennengelernt habe, die zur Zeit in Südasien auf Tour sei und gerade eine Pause einlege, und daß er mit ihnen ausgemacht habe, sich

um Mitternacht zu einer Pandschabi-Unterrichtsstunde am Strand zu treffen.
»Wie viele Leute hat eine Handballmannschaft?« fragte ich.
»Weiß nicht, aber sie sind zu siebt. Vielleicht sind da die Auswechselspielerinnen schon dabei.«
»Du bist echt unglaublich. Fee – möchtest du auch kommen? Wir treffen uns um Mitternacht zum Pandschabi-Unterricht am Strand. Das ist übrigens mein Freund Ranj. Er ist der Lehrer.«
Fees Gesicht erhellte sich beim Anblick eines Inders. Sie schenkte mir ein beeindrucktes Lächeln, weil es mir gelungen war, mich mit einem Einheimischen anzufreunden.
»Du bist also … Davids … Freund?« fragte Fee mit überdeutlicher Aussprache – und klang dabei wie eine Fernsehansagerin aus den fünfziger Jahren.
»Aber hallo! Ist 'n ziemlicher Schlawiner«, gab Ranj zurück.
»Ah ja«, sagte Fee und wurde rot.

Glaubst du nicht, daß du erst mal genug Spaß gehabt hast?

Das Verrückte an unserer mitternächtlichen Pandschabi-Party war, daß ich den Teil der Stunde, wo es – unter viel Gekreische – um die Identifizierung unterschiedlicher Bereiche der schwedischen Anatomie ging, völlig ignorierte und mich statt dessen die ganze Zeit mit Fee unterhielt.

Gut, ich weiß, daß ich sie vom ersten Augenblick an gehaßt habe, und ich weiß, daß sie ein verlogener Snob ist und was an der Waffel hat, aber ich muß zugeben, daß ich sie unter den gegebenen Umständen attraktiv zu finden begann. Ich glaube, das konnte etwas mit Caz' Zusammenbruch zu tun gehabt haben. Fees überkandideltem Privatschulgetue war nun die Spitze genommen, und sie hatte so was Trauriges, leicht Gedämpftes an sich, das mich ziemlich antörnte. Irgendwas haben diese unglücklichen Frauen, das mich immer total scharf macht.

Fee schien die ganze spirituelle Kacke weitestgehend aufgegeben zu haben, so daß wir einfach nur dasitzen und über völlig alltägliche Sachen reden konnten, wobei wir uns von Caz' Gegenwart nur geringfügig aus dem Konzept bringen ließen. Sie sagte, daß sie den Sari nur anhätte, weil sie ihre

sämtlichen alten Klamotten im Aschram hätten abgeben müssen und sie noch nicht dazu gekommen sei, sich neue zu kaufen.
Nachdem wir uns ungefähr eine Stunde lang unterhalten hatten, während Ranj sich mit einer völlig unglaubwürdigen Anzahl von pandschabischen Ausdrücken für »Brustwarze« aufhielt, begann sich unser Gespräch allmählich immer mehr in einen Flirt zu verwandeln. Das Geräusch der ans Ufer schwappenden Wellen, die Schatten der sich neigenden Palmen, die Musik, die aus der Ferne zu uns herüberwehte, und das Brustwarzen-Gerede verdichteten sich zu einer Atmosphäre, die von einem drängenden Bedürfnis nach geschlechtlicher Vereinigung erfüllt war.
»Wie lange wart ihr zusammen, Liz und du?« fragte Fee, leicht schüchtern.
»'ne Weile.«
»War's … gut?«
»Wie – sexuell?« fragte ich, mit leicht spitzem Mund.
Sie zuckte mit den Schultern.
Ich überschlug blitzschnell die Optionen und kam zu dem Schluß, daß ein »Nein« mich wie einen schlechten Liebhaber aussehen lassen würde, ein »Ja« hingegen wie eine Abfuhr klingen würde. Und die Wahrheit würde mich als der Welt größter Loser dastehen lassen.
»Es war okay, aber es gab auch schon Besseres«, erwiderte ich, selber beeindruckt von meinen diplomatischen Fähigkeiten.
»Was … was war denn nicht in Ordnung?«
»Ach na ja, du kennst ja Liz. Sie kann einen ziemlich drangsalieren. Nicht gerade …«, ich legte meine Hand auf

Fees Bein, »... was man einfühlsam nennt. Und das hat sich eben auch im Bett bemerkbar gemacht.«
»Ich hasse sie«, sagte Fee. »Ich hasse sie mehr als jeden anderen Menschen auf der Welt.«
»Ich bin auch nicht besonders scharf auf sie.«
»Am liebsten würde ich ihr ... würde ich ihr ...«
»... die Fresse polieren?«
»Ja. Die Fresse polieren.« So wie Fee es aussprach, klang das etwas bescheuert, weshalb wir beide lachen mußten.
»Weißt du, was sie wirklich anschießen würde?«
»Nein, sag.«
»Na ja – sie und ich, wir sind ja kein Paar mehr, aber sie ist immer noch ziemlich eifersüchtig, und wenn ich mit jemand anderem abziehen würde, würde ihr das bestimmt nicht am Arsch vorbeigehen. Vor allem, wenn's jemand wär, den sie kennt.«
Fee schaute mich an und zwinkerte zweimal, sah mir aber im Prinzip direkt in die Augen. Ich hielt ihrem Blick stand und grinste leicht dämlich.
»Meinst du das, was ich glaube, daß du meinst?« fragte Fee und beugte sich ein Stück vor.
»Weiß nicht. Was meine ich denn deiner Meinung nach?« fragte ich zurück und beugte mich ebenfalls etwas vor.
»Sag du mir erst, wie du das gemeint hast, und dann sag ich dir, ob ich glaube, daß du das meinst«, erwiderte Fee und beugte sich noch ein Stück weiter vor. Zwischen unseren Lippen war jetzt vielleicht noch ein Zentimeter Abstand.
»Ich denke, erst solltest du mir sagen, was ich deiner

Meinung nach meine, und dann sag ich dir, was ich wirklich gemeint habe«, entgegnete ich und beugte mich einen weiteren halben Zentimeter vor.
»Sieht nach einer Pattsituation aus«, versetzte sie und füllte daraufhin den letzten verbliebenen Raum zwischen uns aus. Wir waren nun Lippe an Lippe.
Unter diesen Umständen war es das einzig Höfliche, sie zu knutschen.
Sie war ohne jeden Zweifel die schlechteste Küsserin, mit der ich je das Pech gehabt hatte mich einzulassen. Ich hatte das Gefühl, daß meine Zunge gleichzeitig gestaubsaugt und geschleudert wurde.
Ranjs Vorschlag, daß wir alle zurück zum Kovalam Ashok Beach Resort gehen und unsere Minibars plündern sollten, bewahrte mich schließlich vor schweren Zungenkrämpfen.
Ein paar von den Schwedinnen sprangen ab, aber Ranj zwängte sich mit dreien von ihnen in eine Rikscha. Ich teilte mir mit Fee und Caz eine weitere, und so fuhren wir zu siebt den Hügel zu unserem Hotel hinauf.
Nachdem wir uns den Inhalt meiner Minibar reingebrettert hatten, nahm Ranj die drei Schwedinnen mit nach nebenan, und ich blieb mit Fee und Caz zurück.
»So – da wären wir also«, bemerkte ich.
»Ja, da wären wir.«
Schweigen.
Da es nicht viel zu diskutieren gab, ging ich zu ihr rüber und küßte sie. Um die Verstümmelung meines Mundwerks so gering wie möglich zu halten, versuchte ich, sie gleichzeitig auszuziehen, was sich als ein eher langwieriges Unterfangen erwies (etwa so, wie wenn man eine Mumie

auspackt) und somit nichts war, was man mal eben mit einer Hand machen konnte, während die andere sich am BH zu schaffen machte. Ich entwickelte schließlich eine Technik, bei der sie stehenblieb und ich immer um sie herumlief und sie jedesmal küßte, wenn ich an ihrem Mund vorbeikam, wobei das Stoffbündel in meiner Hand immer größer wurde. Das war recht unterhaltsam, aber ich hatte nicht gerade das Gefühl, daß es ein besonders tolles Vorspiel war.

Schließlich landeten wir, nur noch mit Höschen bekleidet, auf dem Bett und machten das alte Sich-wälzen-und-dabei-viel-stöhnen-Spiel, das man halt abzieht, wenn man so tut, als ob man scharf wäre. Als Fee dann anfing, so zu stöhnen, wie man es macht, wenn man wirklich scharf ist, wurde es mir ein bißchen peinlich.

»Was ist mit Caz?« fragte ich.

Wir hielten für einen Moment inne, richteten uns auf und beobachteten Caz, die kerzengerade auf einem Stuhl saß, auf die gegenüberliegende Wand starrte und dabei einen Tick schneller hin- und herschaukelte als sonst.

»Der fehlt nichts«, sagte Fee. »Die schaut nicht mal hin.«

»Können wir sie da einfach so sitzen lassen?«

»Was sollen wir sonst machen?«

»Weiß nicht. Kommst du dir dabei nicht ein bißchen komisch vor?«

»Eigentlich nicht. Ich bin's gewöhnt.«

»Weißt du, ich bin noch nie dabei beobachtet worden.«

»Wir könnten sie ja ins Badezimmer tun.«

»Nein – das wäre noch schlimmer.«

»Sie schaut ja nicht wirklich hin. Außerdem, vielleicht macht dich das ja auch ein bißchen an ...«

»Na gut, ich hol mal 'n Kondom.«

»Nein, laß es.«

»Wieso – nimmst du die Pille?«

»Nein. Ich möchte Sex, ohne daß du in mich eindringst.«

»Ohne daß ich in dich eindringe? Was soll denn das bitte sein?«

»Na, Sex, ohne daß du in mich eindringst. Was denn sonst?«

»Wie kann man denn bitte Sex haben, ohne einzudringen?«

»Man macht halt ... andere Sachen.«

»Das ist doch ein Widerspruch in sich selbst. Wie radfahren ohne Fahrrad.«

Sie brachte mich zum Schweigen, indem sie mich noch ein bißchen mehr abknutschte und schließlich anfing, mir einen zu blasen. Das war alles ziemlich unangenehm, denn jedesmal, wenn ich die Augen aufmachte, sah ich Caz. Nach einer Weile fiel mir auf, daß Caz gar nicht mehr auf die Wand starrte – sondern sich herumgedreht hatte und mir mit vor Wut verengten, roten Augen mitten ins Gesicht schaute. Es kann einem recht schnell die Lust vergehen, wenn einem jemand ins Gesicht starrt, während man eine Fellatio zu genießen versucht, aber zum Glück wirkte sich Fees katastrophale Knutschtechnik fantastisch aufs Blasen aus, so daß meine Konzentration nicht allzu sehr beeinträchtigt wurde und ich schließlich in ihrem Mund kam. Sie spuckte es sofort auf den Teppich aus, was ich ein bißchen ungehobelt fand, und fragte, ob ich Kaugummis oder Bonbons hätte. Das einzige, was ich auftreiben konnte, war etwas Hasch. Also zogen wir uns einen Joint rein, damit sie den Geschmack wieder aus ihrem Mund bekam – was eine ziemliche Erleichterung war, weil sich dadurch die ganzen sexuellen Schwingungen auflösten, so daß ich eigentlich nicht das Gefühl hatte, mich revanchieren zu müssen.

»Bist du sicher, daß mit Caz alles okay ist?«

Sie starrte uns immer noch an. Ihre Augen waren nun noch mehr gerötet als zuvor, und es sah verdächtig danach aus, als sei es eine unbändige psychotische Wut, die sie so brennen ließ.

»Sie kann leider nicht im Sitzen schlafen. Kann sie hier bleiben? Sie braucht nicht viel Platz.«

»Meinetwegen. Aber du schläfst in der Mitte. Ich möchte ihr nicht zu nahe kommen. Sie sieht ein bißchen durchgeknallt aus.«

»Keine Sorge. Sie ist wahrscheinlich nur müde.«

Wir rauchten den Joint noch zu Ende, danach mußte ich mich umdrehen, damit Fee Caz ausziehen und in unser Bett lotsen konnte.

Am nächsten Morgen wurde ich vom Lärm eines Streits geweckt, den man durch die Wand mitverfolgen konnte.

»Nein, nein, nein. Auf gar keinen Fall!« hörte ich einen Mann schreien. »So etwas dulde ich nicht. Wir sind doch nicht irgend so ein billiges Bordell. Besitzen Sie denn überhaupt keinen Anstand?«

Woraufhin deutlich Ranjs Stimme durch die Wand zu

hören war. »Das ist mein Zimmer. Ich kann tun und lassen, was ich will.«

»Es ist mein Hotel, und ich kann das schlichtweg nicht dulden. Sich vier Portionen Frühstück auf ein Einzelzimmer kommen zu lassen, das geht einfach nicht. Der arme junge Mann, der das Essen gebracht hat, steht immer noch unter Schock wegen des Anblicks, der sich ihm geboten hat. Ich muß zuerst an mein Personal denken und werde Sie deshalb aus dem Hotel werfen müssen.«

»Gibt es irgendwo eine Hausordnung oder so was? Es stand nirgendwo geschrieben, daß man sein Bett mit niemandem teilen darf.«

»Auf Ihrem Anmeldeformular steht ausdrücklich, daß sich die Direktion das Recht vorbehält, unerwünschte Personen des Hauses zu verweisen, und das tue ich hiermit.«

Dann hörte ich, wie sich die Tür zu Ranjs Zimmer schloß, und nur wenige Sekunden später klopfte es an meine.

»Herein«, rief ich, in der Annahme, es sei Ranj.

Ein Inder in einem schicken Anzug betrat ängstlich den Raum.

»Es tut mir entsetzlich leid, Sir, daß ich Sie stören muß, aber ich fürchte, daß ich aufgrund eines Problems mit Ihrem Landsmann Ihren Aufenthalt hier beenden ...«

Während sich sein Satz im Raum verlor, sah ich, wie die Farbe aus seinen Wangen wich. »O mein Gott! Gütiger Himmel! Der da auch!« Er wandte uns den Rücken zu und begann in Richtung Tür zu zetern. »Das ist nicht zu fassen! Drei in einem Bett! Ich nahm wirklich an, ich hätte schon alles gesehen, aber das schlägt dem Faß den Boden aus.

Zwei englische Herrschaften, die sich in ein und derselben Nacht mit mehreren Mädchen amüsieren. Erst dieser Gruppensex und jetzt auch noch drei in einem Bett. Was zuviel ist, ist zuviel! Sie werden bitte binnen einer halben Stunde beide mein Hotel verlassen. Ihr seid doch wie die Tiere! Ihr besitzt nicht einen Funken Anstand!«
»Sie verstehen das falsch. Wir haben gar nicht … Ich meine, sie ist bloß … Das ist nur ihre Freundin. Wir konnten sie doch nicht im Stuhl sitzen lassen.«
»Ihre Praktiken interessieren mich nicht. Verlassen Sie bitte unverzüglich mein Hotel, und lassen Sie sich hier nie wieder blicken.«
Mit diesen Worten marschierte er türenknallend aus dem Raum.
Daraufhin erschien mit breitem Grinsen Ranj in meinem Zimmer, im Schlepptau drei Schwedinnen, die nur mit BH und Höschen bekleidet waren.
»Das ist doch echt ein Witz«, sagte er. »Ich bin noch nie aus'm Hotel geschmissen worden.«
»Aber wir haben gar nicht …«
»Und euch hat er auch noch erwischt. Wir haben's durch die Wand mitgekriegt und uns beinahe bepißt. *Erst dieser Gruppensex und jetzt auch noch drei in einem Bett.* Unbezahlbar.«
»Haben wir aber gar nicht. Es war nur einfach kein Platz, wo Caz hätte schlafen können.«
»Ist ja auch egal. Dieses Hotel ist eh scheißlangweilig. Wie wär's, wenn wir zu diesen reizenden jungen Damen ins Moon Cottage Hotel ziehen? Es liegt direkt unten am Strand.«

»Schmeißt du mir mal meine Boxershorts rüber?«
Er warf mir was zum Anziehen zu, und ich zog mich unter der Bettdecke an. Mir fiel auf, daß Caz während des ganzen Vorfalls seelenruhig geschlafen hatte. Fee dagegen stand offenbar unter Schock – sie starrte an die Wand und benahm sich überhaupt ein bißchen so wie Caz.
Ich stand auf und tätschelte sanft ihren Arm.
»Fee? Ich glaube, du solltest jetzt aufstehen.«
»Nein«, sagte sie.
»Wie bitte?«
In diesem Moment öffnete sich ihr Mund ganz weit, und sie fing aus vollem Halse an zu schreien: *»NEIIIIIIIN! KANN ICH NICHT! ICH KANN NICHT AUFSTEHEN! DAS IST DAS BEQUEMSTE BETT IN DER GANZEN WELT! ICH KANN NICHT! ICH KANN NICHT! ICH KANN NICHT! NEI-HEI-HEI-HEIIIIN!«*
Der Hoteldirektor kam ins Zimmer zurückgestürzt.
»WAS IST DAS FÜR EIN RADAU HIER? SIE ...« Dann fiel sein Blick auf die halbnackten Schwedinnen. Er drehte sich auf dem Absatz um und schaute gegen die Wand. »O mein Gott! Das ist zuviel! Ich stehe das nicht durch.« Jetzt war *er* kurz davor, zu weinen. »Bitte. Ziehen Sie diesen Frauen etwas über. Ich dulde das einfach nicht. Und dieser Lärm ist einfach unerträglich ...«
»NEIIIIIIN! ICH KANN NICHT GEHEN! ICH KANN NICHT GEHEN!«
»Ich muß auch an die anderen Gäste denken. Sie sind dabei, den Ruf dieses Hauses zu ruinieren.«
»ES IST EIN BETT! EIN RICHTIGES BETT! ICH MUSS IN EINEM RICHTIGEN BETT SCHLAFEN! NIE WIE-

DER SCHLAF ICH AUF DIESEN HOLZBRETTERN! NIE WIEDER! NIENIENIE WIEDER! UND EINEN TEPPICH GIBT ES AUCH! ICH BRAUCHE DEN TEPPICH!«

»Schaffen Sie diese heulende Hyäne sofort aus meinem Hotel!«

Caz wählte genau diesen Moment, um aufzuwachen. Als sie Fee wimmern sah, fiel ihr Gesicht augenblicklich in sich zusammen, und sie setzte sich kerzengerade auf, wobei sie ihre Brüste zur allgemeinen Besichtigung freigab. Sie begann schneller denn je zu schaukeln, wickelte ihre Haare um einen Finger und jammerte in verstörend schriller Tonlage vor sich hin.

»Das ist ja die reinste Irrenanstalt!« kreischte der Hoteldirektor.

»Machen Sie sich keine Sorgen«, sagte eine der Schwedinnen. »Die Mädels sind ein bißchen durcheinander. Wir heitern sie schon wieder auf, und dann können wir alle gehen. Machen Sie sich keine Sorgen.« Sie legte ihren Arm um die Schulter des Hoteldirektors, was ein Aufjaulen seinerseits zur Folge hatte.

Der Direktor wand sich mit blaßrotem Gesicht – von der Anstrengung, nicht auf die wunderbaren Titten direkt vor seiner Nase zu schauen – aus ihrer Umarmung. »Ich gebe Ihnen zwanzig Minuten, danach rufe ich die Polizei!«

Er stapfte davon, stolperte auf seinem Weg nach draußen noch geschmeidig über ein Stuhlbein und knallte die Tür hinter sich zu.

Dasselbe schwedische Mädchen trat nun ans Bett und legte

ihren Arm um Fee, die jetzt mit Caz um die Wette wimmerte. »Du bist nicht glücklich, ja?«

»ICH KANN NICHT GEHEN! ICH KANN NICHT! ES IST EIN RICHTIGES BETT!«

Die Schwedin sah mich an.

»Sie haben in letzter Zeit viel durchgemacht«, sagte ich.

»Willst du nach Hause?« fragte sie.

»KANN ICH NICHT! KANN ICH NICHT! ICH HAB NOCH ZWEI WOCHEN. ICH KANN JETZT NICHT AUFGEBEN. ICH HAB'S FAST HINTER MIR. ICH KANN JETZT NICHT AUFGEBEN!«

»Glaubst du nicht, daß du erst mal genug Spaß gehabt hast? Zu Hause bist du bestimmt glücklicher.«

»ABER ICH HAB'S FAST HINTER MIR. ICH KANN JETZT NICHT GEHEN!«

»Es gibt aber jetzt keine Betten mehr. Das ist dein letztes, bis du nach Hause kommst.«

Daraufhin ging das Theater wieder von vorn los.

»NEIIIIN! ICH KANN NICHT AUFSTEHEN! ES IST EIN RICHTIGES BETT! NEIIIIN!«

»NEIIIIIIIIIN!« heulte auch Caz, ihr erstes Wort seit über einem Monat.

»Na gut«, sagte die Schwedin. »Wie wäre es, wenn wir euch jetzt in die Stadt bringen? Wir rufen eure Eltern an und erklären ihnen, daß ihr nicht glücklich seid, dann gehen wir zu einem Reisebüro und kaufen ein Ticket nach Hause für euch. Das kann dein Vater mit einer Kreditkarte bezahlen, ja? So bist du ganz schnell in einem richtigen Bett und brauchst nie wieder auf einem harten zu schlafen.«

»Meinst du wirklich?«
»Vielleicht noch eine Nacht. Dann kannst du direkt in ein richtiges Bett gehen.«
»Ehrlich?«
»Natürlich. Ihr zwei …« – sie drehte sich zu Ranj und mir um, die wir in der Ecke kauerten, und schnipste mit den Fingern –, »… ihr geht raus, und ich ziehe sie an. Wie heißt sie?«
»Fee.«
»Und ihre Freundin?«
»Caz.«
»Okay. Also, jetzt geht ihr raus.«
Wir stolperten nach nebenan, während die knackigen halbnackigen Schwedinnen zurückblieben, um die verrückten Engländerinnen anzukleiden.
Schweigend sah ich zu, wie Ranj sich anzog und seine Sachen packte. Nach ein paar Minuten führten die halbnackten Schwedinnen Fee und Caz herein, die nunmehr vollständig bekleidet waren, und ich ging, immer noch in meinen Boxershorts, wieder nach nebenan. Auf dem Flur entdeckte ich ungefähr zwanzig Zimmermädchen, die sich um den Notausgang drängten und mich mit Stielaugen anstarrten. Ich erwiderte ihre Blicke achselzuckend und stahl mich davon in mein Zimmer.

Ranj, der die Woche damit verbracht hatte, die Unterschrift seines Onkels zu üben, bezahlte die Rechnung mit einer elegant verschnörkelten American Express Gold Card. Die Schwedin mit dem Sinn fürs Praktische rief in England bei Fees und Caz' Eltern an, die, so wie es sich anhörte, nun ihrerseits Nervenzusammenbrüche erlitten. Fees Mutter kümmerte sich um alles, buchte von einem Air-India-Reisebüro in London aus die Rückflüge und sorgte dafür, daß wir die Tickets am Flughafen in Trivandrum abholen konnten.

Die frühesten Flüge, die sie kriegen konnte, gingen erst in ein paar Tagen, weshalb wir uns abwechselnd als Leibwächter betätigten. Während bei Fee seit der Dreier-Episode ein großer Rückschritt zu verzeichnen war, schienen sich die Dinge bei Caz zum Besseren gewendet zu haben. Hatte sie vorher die ganze Zeit geschwiegen, so brabbelte sie nunmehr beinahe andauernd vor sich hin.

Und so waren wir dann eine ganze Bande, die Fee und Caz mit dem Bus zum Flughafen von Trivandrum brachte, ihre Tickets abholte und sie schließlich in den Warteraum der Abflughalle entließ. Die beiden stolperten in bedenklich unterschiedlichen Richtungen davon. Die Chancen, daß sie in Trivandrum ins richtige Flugzeug einstiegen, schienen mehr als dürftig, ganz zu schweigen davon, daß sie in Bombay erfolgreich umstiegen, doch mehr konnten wir für sie nicht tun. Vermutlich setzt einen, wenn man lange genug auf einem internationalen Flughafen herumirrt, früher oder später jemand in einen Flieger, der halbwegs in die richtige Richtung geht.

Zu diesem Zeitpunkt hatte ich Ranj bereits alles über die Hintergründe von Fees und Caz' Zusammenbrüchen erzählt – eine Geschichte, die Anfälle von großer Ausgelassenheit bei ihm auslöste. Er bestand darauf, daß ich den Schwedinnen nur eine gekürzte Version davon erzählte

und genügend ausließ, um es Ranj möglich zu machen, sich als Meister des Intimyoga in Szene zu setzen.
Er hielt sich so lange zurück, bis Fee und Caz abgeflogen waren, aber noch am selben Tag ließ er beiläufig ein paar Worte betreffs seiner yogischen Meisterschaft fallen, und bald schon wurden die nachmittäglichen Sitzungen am Strand zu einem festen Bestandteil unseres Tagesablaufs.
Wie sich herausstellte, hatten die Schwedinnen, mit Ausnahme der Torfrau, ihr Zentrum allesamt an verschiedenen Stellen der oberen Schenkelinnenseite oder deutlich unterhalb ihres Bauchs.

Peace

Liebe Mum und lieber Dad,
tut mir leid wegen der letzten Postkarte, aber ich war zu der Zeit ein bißchen schlecht drauf. Jetzt geht es mir ganz wunderbar. Ich habe einen richtig netten Inder kennengelernt und auf seine Kosten mit ihm in einem teuren Hotel übernachtet. Wir haben jede Menge Spaß zusammen und sind gerade in ein kleineres Hotel am Strand umgezogen, damit wir näher an der Action dran sind. Bis bald.
Liebe Grüße,
Dave

PS: Anscheinend hat Liz in Rajasthan mit irgendeinem Yoga-Guru geschlafen. Wenn Ihr zufällig ihre Eltern trefft, sagt es ihnen weiter.

Lieber Grandpa!
Hier ist es so richtig prima. Indien ist total faszinierend, und was ich hier erlebt habe, hat mich ganz schön verändert. Manche Züge fahren hier immer noch mit Dampflokomotiven! Ich hoffe, Dir geht's gut.
Liebe Grüße,
Dave

Als die Schwedinnen schließlich abreisten, verfiel Ranj in Depressionen. Zu diesem Zeitpunkt hatte ich nur noch eine Woche Indien, und so einigten wir uns darauf, daß Ranj nach Hause fahren, sich entschuldigen und in die Verlobung einwilligen würde, während ich mit dem Zug nach Delhi fahren wollte. Die Reise umfaßte von der Strecke her das ganze Land und dauerte dem BUCH zufolge 48 Stunden, was bedeutete – wenn ich für Notfälle einen Tag in Reserve hielt, sowie drei weitere in Delhi für die Bestätigung meines Rückflugs –, daß ich mich auf die Socken machen mußte.
Ranj und ich brachten eine deprimierende Fahrt nach Trivandrum hinter uns. Während er zum Flughafen fuhr, um zu sehen, welche Flüge in das Pandschab er bekommen konnte, ging ich derweil zum Bahnhof. Zurück am Strand, schauten wir auf unsere Zettelchen, als ob es sich um Todesurteile handelte. Na ja – er jedenfalls. Ich war eigentlich ganz froh, wieder nach Hause zu fliegen, auch wenn ich es zeitweilig ziemlich schade fand, Kovalam zu verlassen. Aber wenn ich ehrlich bin, war ich wegen meiner Rückkehr nach England so aufgeregt, daß ich die ganze Nacht kaum schlafen konnte.
An dem Morgen, als mein Zug ging, stand Ranj früh auf und winkte mir zum Abschied von der Hoteltür aus nach. Wir tauschten Adressen und Telefonnummern aus, aber das Ganze hatte was Heuchlerisches, und es war eigentlich klar, daß wir uns nie wiedersehen würden. Wenn wir uns in London wieder trafen, würde das wahrscheinlich alles kaputtmachen. Ich wollte den Ranj aus Putney gar nicht kennenlernen. Wahrscheinlich würde er nur irgendein ge-

wöhnlicher Orientale sein und mir meine Erinnerungen an den indischen Ranj versauen, diesen unbezahlbaren Spinner.
Im Zug nach Delhi glaubte ich, bereits auf dem Nachhauseweg zu sein, und hatte das eigenartige Gefühl, daß das genau das war, was ich tun wollte. Ich wollte nicht zu Hause *sein*, ich wollte nach Hause *unterwegs* sein. Sämtliche Schwierigkeiten hatte ich hinter mir gelassen, und die lange Zugfahrt zurück in die Hauptstadt war nun nur noch so etwas wie eine Ehrenrunde. Während ich mich dem Ausgangspunkt meiner Reise näherte und dabei aus dem Fenster starrte, begann ich koloniale Gefühle zu entwickeln – so, als ob ich ein Territorium überblickte, das ich erobert hatte. Je länger die Reise dauerte, desto mehr war ich von mir selbst beeindruckt. So eine Riesenstrecke, und alles meins – das alles hatte *ich* gepackt. Ich konnte es gar nicht glauben, daß ich ganz allein dermaßen gewaltige Entfernungen hinter mich gebracht hatte – und das, ohne umgebracht, ausgeraubt oder aufgegessen zu werden.
Während der gesamten achtundvierzigstündigen Zugfahrt schaute ich in einem Zustand heiterer Gelassenheit zum Fenster hinaus oder schlief den traumlosen Schlaf eines frisch gekrönten Olympiasiegers.

Wieder in Delhi, suchte ich erneut Mrs. Colaços Pension auf und schaffte es sogar, dasselbe Bett im Schlafsaal zu bekommen wie beim letzten Mal. Ich saß eine Weile mit überkreuzten Beinen auf der harten Matratze und sann darüber nach, wie cool ich doch war. Ich hatte es tatsächlich getan. Ich war wieder dort, wo ich angefangen hatte, und

war immer noch am Leben. Ich fühlte mich um Jahre älter und unendlich viel weiser als damals. Ich hatte die vollen drei Monate durchgehalten, ohne aufzugeben. Die Reise war ein Erfolg.
Ich wußte zwar immer noch nicht genau, was Rucksackreisende eigentlich den ganzen Tag machten, aber das schien nicht so wichtig zu sein. Ich *war* einer von ihnen. Ich war an Orten gewesen, an die sich die Mehrzahl der Leute gar nicht erst hintraut, und hatte Dinge unternommen, vor denen die meisten Menschen Angst haben. Ich hatte gelitten und mich meinen dunklen Seiten gestellt. Ich hatte etwas von der Welt erlebt.

Nach einer Weile kamen zwei nervöse Typen in sauber aussehenden Jeans zur Tür herein und nahmen zwei Betten in Beschlag. Schweigend saßen sie da und sahen aus, als ob in ihren Köpfen gerade eine Bombe explodiert sei. An ihren Rucksäcken waren noch die Gepäckaufkleber zu sehen.
»Hi«, erwiderte der eine.
»Peace – äh, ich meine hi«, erwiderte ich. »Seid ihr gerade angekommen?«
»Ja.«
»Und, fühlt ihr euch ein bißchen neben der Kappe?«
»Jeeeesus«, stöhnte der andere. »Es ist so abartig *heiß* hier. Ich glaub's einfach nicht. Wie soll man hier irgendwas machen?«
»Soll man ja auch eigentlich gar nicht. Macht einfach nichts. Egal wie.«
»Ah ja.« Er sah mich an, als ob ich völligen Schwachsinn reden würde.

»Wie lange bist du schon hier?« fragte sein Freund.
»Ach, lange genug. Ein paar Tage noch, und ich fliege wieder zurück.«
»Fängst du mit der Uni an?«
»Äh ... ja, ich denk schon.«
»Was machst du da?«
»Ach, ich les gerade was von John Grisham. Hab den Titel vergessen.«
»Nein, ich meine, an der Uni. Welche Fächer?«
»Ach so. Äh ... Englisch.«
»Echt? Wo denn?«
»York. Seid ihr auf Weltreise?« fragte ich und versuchte das Thema zu wechseln. Ich war noch nicht dazu bereit, mich mit zu Hause zu beschäftigen.
»Ja.«
»Gerade losgefahren?«
»Ja. Wir wollen ein paar Monate hierbleiben, dann, wenn's geht, einen Monat nach Pakistan, und danach nach Thailand, Indonesien und Australien.«
»Cool.«
»Bißchen einschüchternd, ehrlich gesagt.«
»Ach was, wird schon gutgehen«, erwiderte ich und war sicher, daß sie zu irgendeinem Zeitpunkt ihrer Reise todkrank werden würden – ganz zu schweigen von Depressionen, Verzweiflung, Raub, Heimweh und der Tatsache, daß sie einander am Ende wahrscheinlich wie die Pest hassen würden. »Ihr werdet bestimmt jede Menge Spaß haben.«
Der Anblick dieser milchgesichtigen Angsthasen, die ganz am Anfang ihrer Tour durch Indien standen, rief mir in Erinnerung, wie froh ich war, die Sache hinter mir zu

haben. Letzten Endes war ich froh, daß ich es gemacht hatte, aber ich mußte zugeben, daß es *getan zu haben* mehr Spaß machte, als es zu *tun*. Sich in die Hosen zu scheißen ist zum Beispiel ein ziemlich gräßliches und unerquickliches Erlebnis, aber in die Hose *geschissen zu haben* – also, das ist schon ein ziemlich guter Gesprächsstoff für Parties. Mit meiner Hundeburger-Story würde ich es sicher noch weit bringen. Wenn man's genau nimmt, war es wahrscheinlich das einzige, woran ich mich in zehn Jahren noch erinnern würde, ganz unabhängig davon, daß in dem Burger höchstwahrscheinlich gar kein Hundefleisch gewesen war. Ich ahnte bereits jetzt, daß die Geschichte mit dem Hundeburger in meiner Sammlung von Anekdoten aus Indien einen Ehrenplatz einnehmen würde. Nach dem, was ich so von anderen Reisenden gehört hatte, besaß die Geschichte genau die richtige Mischung aus »Ich-Depp-das-hätte-ich-nicht-tun-sollen« und »Ich-bin-so-ein-harter-Typ-ich-bin-trotzdem-damit-klargekommen«.

Es war klar, daß mich niemand je fragen würde, wie es in den Bergen aussah oder wie sich das Klima innerhalb des Landes veränderte – sie würden einfach nur wissen wollen, ob ich jemanden flachgelegt hatte und wie krank ich geworden war. Zum Glück traf auf mich (mehr oder weniger) beides zu, so daß ich immer etwas vorzuweisen haben würde. Und egal, was für ein Langweiler aus mir werden würde, ich konnte immer sagen, daß ich ganz allein drei Monate lang durch Indien gereist war. Ich meine, ich war nicht die *ganzen* drei Monate allein gewesen, aber scheiß drauf – ich konnte ja sagen, was ich wollte.

Ein ganz anderer Mensch

Mein Flieger ging morgens um halb sieben, und auf meinem Ticket stand, daß ich drei Stunden vorher zum Einchecken dasein sollte. Also war es einigermaßen witzlos, überhaupt ins Bett zu gehen. Es gelang mir, das Hotel dazu zu bewegen, mir für zwei Uhr morgens eine Rikscha zu bestellen, und ich verbrachte den Rest des Abends mit Lesen, bevor ich zum vereinbarten Treffpunkt kam.
Der Rikschafahrer schlief tief und fest in seiner Kabine und wurde auch, nachdem ich ihn mehrmals angetippt hatte, nicht wacher. Erst als ich ihn zwickte, wachte er richtig auf. Sein Kopf fuhr von seinen verschränkten Armen hoch, und er sah mich mit weit aufgerissenen, erschrockenen Augen an, bis er sich erinnerte, wer ich war. Er grunzte und taumelte zu einem Wasserhahn an einer nahe gelegenen Mauer. Nachdem er sein Gesicht naß gemacht hatte, stolperte er zurück zu seiner Rikscha, ließ sie an, und wir fuhren los.
Überall, wo wir vorbeifuhren, schliefen die Rikschafahrer in ihren kleinen Kabinen. Es war mir nicht klar gewesen, daß sie abends nicht nach Hause gingen. Plötzlich fühlte ich mich schuldig, als mir aufging, daß ich möglicherweise

ein bißchen gemeiner gewesen war als unbedingt notwendig – indem ich bei jeder Fahrt um jede einzelne Rupie gefeilscht hatte. Dieses Gefühl wurde jedoch augenblicklich von einer Woge der Erleichterung weggespült, als ich begriff, daß ich in nur ein paar Stunden für immer befreit sein würde von all diesen kleinen Augenblicken der Schuld, welche die letzten drei Monate über an mir genagt hatten. Es war von hinten schwer zu erkennen, aber der hängende Kopf des Fahrers und seine unsichere Fahrweise weckten in mir den starken Verdacht, daß er über weite Strecken hinweg schlief.

Obwohl wir ein paarmal haarscharf an einer Katastrophe vorbeischrammten, war ich noch am Leben, als wir am Flughafen ankamen – weshalb ich ihm ein großzügiges Trinkgeld gab. Ein Zyniker würde jetzt sagen, daß ich nur bei der erstbesten Person meinen Haufen nutzloser Währung loswerden wollte, aber ich hatte ganz aufrichtig das Bedürfnis, ihm ein Trinkgeld zu geben. Wenn ich gewußt hätte, wie wenig Rikschafahrer verdienen, hätte ich ihnen allen etwas gegeben.

Auf den ersten Blick wirkte der Flughafen vollkommen verlassen, aber nach einem kurzen Erkundungsgang konnte ich in einer entfernten Ecke der großen Abfertigungshalle eine kleine Gruppe von Menschen ausmachen. Wie sich herausstellte, bestand diese Gruppe aus fünf anderen Rucksackreisenden, die denselben Flieger nahmen wie ich. Als da waren: Brian, ein Telekommunikations-Ingenieur, der gerade die Reise seines Lebens hinter sich gebracht hatte und nun Angst hatte, seinen Job nicht wiederzubekommen. Seine namenlose schmollende Freundin, die in eine Jilly-Cooper-Schmonzette vertieft war. Lionel, ein Pediküre-Lehrling aus Lancashire, Uwe ein deutscher Maschinenbau-Student, und sein Freund Litty, der über Bodenfrost promovierte.

Wir saßen rum und quatschten eine Weile, bis Uwe erwähnte, daß er ein Frisbee dabei hatte. Zu viert spielten wir dann Hallenfrisbee, wobei wir fast das halbe Gebäude in Beschlag nahmen.

Während wir so spielten, bemerkte ich, daß eine seltsam albinoartige Frau in einem weißen Sari durch die Eingangstür trat. Als ich den Rucksack auf ihrem Gepäckwagen sah, wurde mir klar, daß sie kein Albino war, sondern wahrscheinlich eine Frau aus dem Westen mit schamlosem Kleidergeschmack. Und dann, als sie ihren Kopf in unsere Richtung wandte, erstarrte ich – und bekam das Frisbee in die Fresse.

Mein Gott! Es war Liz. Mochte sie auch indische Kleider tragen, es konnte keinen Zweifel geben, daß sie es war. Sie hatte immer noch diesen bemüht heiteren Gang.

Ich warf Uwe das Frisbee zu, zog mich aus dem Spiel zurück und beobachtete, wie sie in der hintersten Ecke der Abflughalle Platz nahm. Ich war nicht ganz sicher, ob sie mich gesehen hatte. Mein Herz pochte heftig, als ich nach kurzem Zögern auf sie zuzugehen begann. Ich versuchte langsam zu atmen, um meine Angst besser verbergen zu können, was aber lediglich zur Folge hatte, daß ich außer Atem geriet und dadurch nur um so ängstlicher wirkte.

Als ich nahe genug herangekommen war, sah ich, daß sie nicht nur einen weißen Sari trug, sondern auch noch einen

von diesen roten Klecksen auf der Stirn hatte. So eine blöde Fotze!
»Hi.«
»Hi.«
Sie schnitt eine höhnische Grimasse und sah daraufhin weg. Für einen kurzen Moment hatte ich so etwas wie Mitgefühl empfunden, als ich sie so ganz allein am Flughafen auftauchen sah, doch als ich diesen verächtlichen Blick registrierte, wurde ich sofort wieder daran erinnert, wie sehr ich sie haßte.
Ich beschloß trotzdem, freundlich zu sein, weil ich wußte, daß das die beste Methode war, sie zu ärgern.
»Ist das nicht ein Hammer?«
»Was?«
»Wir zwei. Beide hier.«
»Also, besonders überraschend finde ich das nicht gerade. Wir haben schließlich denselben Flug gebucht.«
»Ach ja, richtig. Hatte ich ganz vergessen.«
Sie starrte mich wütend an. Schweigen breitete sich aus.
»Als du reingekommen bist, dachte ich zuerst, du wärst 'n Albino.«
»Sehr witzig.«
»Dann hab ich gesehen, daß du's bist, und konnte es gar nicht glauben. In diesem Aufzug!«
»Ich hab mich ganz einfach an das indische Klima und die Kultur angepaßt. Das ist schließlich der eigentliche Grund hierherzukommen, falls dir das entgangen ist.«
»Sieht trotzdem 'n bißchen durchgeknallt aus. Da wirst du in der Piccadilly Line richtig rausstechen.«
»Ich werde von meinen Eltern abgeholt.«

»Du wirst also das Zeug nicht mehr tragen, wenn du zu Hause bist?«
»Was meinst du mit zu Hause?«
»Zu Hause. Da, wo Mami und Papi wohnen.«
»Das ist für mich nicht mehr mein Zuhause. Ich bin schon etwas weiter.«
»Wo bist du dann zu Hause?«
»Da, wo ich gerade will.«
»Also bleibt's beim Sari?«
Sie sah mich voller Verachtung an.
»Ich werde mich vermutlich an die englische Lebensart anpassen, wenn ich zurückkomme, aber vorläufig kann ich mich gar nicht erinnern, wie's da ist.«
»Kalt und naß.«
»Immer noch der gleiche Jammerlappen.«
»Ich jammere überhaupt nicht. Ich bin einfach nur froh, wieder zurückzufliegen. Ich hatte meinen Spaß, aber – weißt du – das Leben geht für mich weiter.«
Als diese Worte aus meinem Mund kamen, fühlte ich, wie mir schwindlig wurde. Plötzlich traf mich die Erkenntnis, daß ich nun wirklich nach Hause fliegen würde, zum ersten Mal in ihrer ganzen Wucht. Ich stand im Begriff, in eine Kiste aus Metall zu steigen, die mich zurück nach England und zurück ins richtige Leben befördern würde! In etwas mehr als vierzehn Tagen fing die Uni an, und ich würde arbeiten müssen – richtige Bücher lesen, Sachen schreiben.
»Das Leben geht für dich weiter? Das ist typisch. Du bist ein typisch westlicher Karrierehengst.«
»Warum – was hast du denn vor? Diese Hippie-Kacke

kannst du dir in England auch nicht lange erlauben. Jetzt heißt's wieder ab in die Wirklichkeit.«

»Ich kann's echt nicht glauben, daß du immer noch die gleiche Haltung hast. Du hast drei Monate hier verbracht, und die ganze Erfahrung hat bei dir nicht mal die leiseste Delle hinterlassen.«

»Delle? Keine Delle hinterlassen? Das war hier ein einziger Totalschaden für mich – das kannst du mir aber glauben. Ich bin ein ganz anderer Mensch geworden.«

»Ach ja, natürlich.«

»Das stimmt!«

»Und wie äußert sich das?«

»Ich bin ... weißt du, ich bin einfach viel erwachsener geworden. Ich *war* ein Kind – jetzt bin ich ein richtiger, selbstbewußter Erwachsener.«

»Du warst von Haus aus schon ein Großmaul, Dave. Ich glaube nicht, daß dich größeres Selbstbewußtsein unbedingt zu einem besseren Menschen macht.«

»Ein großes Maul zu haben ist was anderes, als selbstbewußt zu sein. Darum geht's doch genau. Kinder haben 'ne große Klappe, Erwachsene ein gelassenes Selbstbewußtsein.«

»Und du bist jetzt gerade gelassen selbstbewußt, oder was?«

»Wenn du so willst, ja.«

Sie krümmte sich vor Lachen.

»Ach leck mich doch. Das muß echt nicht sein.«

»Du bist wirklich zum Schießen.«

»Hör auf, mich so von oben herab zu behandeln, du eingebildete Schlampe.«

»Ooh! Ist das dein gelassenes Selbstbewußsein?«
Sie fing erneut zu lachen an.
»Hör mal – reiß dich am Riemen. Wenn du so weitermachst, dann … dann könnte es passieren, daß ich James von dir und deinem Intimyogi erzähle.«
Das Lachen endete abrupt.
»Wo hast du das her?«
»Ein kleines Vöglein hat's mir zugetragen. Und wir haben uns zufällig ganz gut verstanden.«
»*Wen* hast du getroffen …?«
»Mehr sag ich nicht. Aber sie haben mir genau erzählt, was passiert ist.«
»Dann vergiß mal nicht, daß du den größten Teil des Jahres mit dem Versuch zugebracht hast, die Freundin deines besten Kumpels rumzukriegen. Das ist keine besonders gute Ausgangsposition für eine Erpressung.«
»Wer hat denn was von Erpressung gesagt? Ich habe nur angeregt, daß wir uns Mühe geben, einigermaßen zivilisiert miteinander umzugehen. Wir wollen ja beide nicht, daß in England Gerüchte rumgehen, oder?«
Sie warf mir einen dieser bösen Blicke zu, bei denen es einem kalt über den Rücken läuft.
»Mit etwas Glück sehen wir uns nie wieder«, sagte sie, nahm ein Buch aus ihrem Schoß und begann zu lesen.
Ich sah ihr ein paar Sekunden lang dabei zu, bis klar war, daß Liz, wie üblich, das letzte Wort gehabt hatte.
»Wollen wir's hoffen«, murmelte ich halbherzig und trollte mich.

ienced Are you experienced Are you experi
you experienced Are you experienced Ar
ienced Are you experienced Are you experi
you experienced Are you experienced Ar
ienced Are you experienced Are you experi
you experienced Are you experienced Ar
ienced Are you experienced Are you experi
you experienced Are you experienced Ar
ienced Are you experienced Are you experi
you experienced Are you experienced Ar
ienced Are you experienced Are you experi
you experienced Are you experienced Ar
ienced Are you experienced Are you experi
you experienced Are you experienced Ar
ienced Are you experienced Are you experi
you experienced Are you experienced Ar
ienced Are you experienced Are you experi
you experienced Are you experienced Ar
ienced Are you experienced Are you experi
you experienced Are you experienced Ar
ienced Are you experienced Are you experi
you experienced Are you experienced Ar
ienced Are you experienced Are you experi
you experienced Are you experienced Ar
ienced Are you experienced Are you experi
you experienced Are you experienced Ar
ienced Are you experienced Are you experi
you experienced Are you experienced Ar
ienced Are you experienced Are you experi
you experienced Are you experienced Ar

TEIL DREI

DAVE, DER WEITGEREISTE

Was Unrealistisches

Auf dem Nachhauseweg vom Flughafen Heathrow hatte ich beinahe das Gefühl, daß ich London zum ersten Mal sah. Ich war verblüfft, wie sauber alles war, verblüfft über die gepflasterten Straßen mit Bürgersteigen, die es überall gab, über die riesigen Schaufenster der Geschäfte, darüber, daß die einzigen Tiere, die man sah, unbeholfene, angeleinte kleine Hunde waren und daß sich die Autos bewegten, als ob sie in einem Werbespot für Verkehrssicherheit mitspielten. Es schien niemanden zu geben, der einfach nur rumhing – die Leute marschierten zielstrebig durch die Gegend und wußten alle, wo sie hinwollten. Jeder in seiner eigenen kleinen Blase, versteckt hinter Glas, einem Regenmantel oder einfach nur einer schnellen Gangart.

Und aus irgendeinem Grund sahen die englischen Nummernschilder alle ziemlich albern aus. Der ganze Ort wirkte eher wie eine Spielzeugstadt als wie eine Metropole. Das alles hatte was Unrealistisches an sich – als ob es eine Parodie auf das alberne kleine England wäre.

Meine erste Tat, als ich zur Tür hereinkam, war, ein Glas Wasser runterzustürzen – direkt aus der Leitung. Was für ein Luxus! Auf Mums Frage, was sie mir denn kochen solle, entschied ich mich für ein Steak mit grünen Bohnen und jungen Kartoffeln. Augenblicklich holte sie die Sachen aus dem Kühlschrank und fing an zu kochen. Sie sagte, daß sie genau gewußt hätte, was ich wollte, und schon alles im voraus gekauft hätte.

Während ich aß, stellte sie mir so viele Fragen zu meiner Reise, daß ich irgendwie nicht in der Lage war, ihr überhaupt irgendwas zu erzählen. Sobald ich zu einer Geschichte ansetzte, unterbrach sie mich nach ein paar Sätzen, um zu fragen, was ich gegessen hätte, wo ich geschlafen hätte, wie ich meine Klamotten gewaschen hätte, und lauter so 'n Scheiß – wodurch ich nie dazu kam, ihr zu erklären, wie sich diese Reise wirklich angefühlt hatte. Je mehr ich redete, desto weniger schien ich mich verständlich machen zu können. Sie verstand einfach nicht, wovon ich redete. Es gab einfach keinen Berührungspunkt zwischen ihrer Welt und meiner. Das war so, als ob man einer Qualle die Basketballregeln erklären wollte.

Es dauerte nicht lange, bis meine Mutter das Interesse verlor und begann, mir davon zu berichten, was sich seit meiner Abfahrt alles zugetragen hatte. Aber nichts davon schien irgendwie von Belang zu sein. Soweit ich es beurteilen konnte, war alles noch genau wie vorher, und trotzdem brauchte sie für ihre Version der letzten drei Monate beinahe genau so lang wie ich für meine. Als ich sie so vor sich hin plappern sah, war ich erstaunt, daß sie so lange

reden konnte, ohne daß ihr aufging, wie sehr sie mich langweilte.
Von dem umwerfend leckeren Steak bekam ich Magenkrämpfe. Ich hatte schon seit Monaten nicht mehr versucht, derart feste Nahrung zu verdauen – mein Hundeburger war vermutlich die einzige Mahlzeit in Indien gewesen, die Kauen erforderte.
Ich steckte meinen Daumen in den Mund, um schnell zu überprüfen, ob meine Zähne noch alle richtig saßen, und begab mich dann auf einen kleinen Spaziergang, um meine Magenschmerzen loszuwerden. Das Wetter war einfach großartig – ein grauer Himmel mit dahinjagenden Wolken, die die Sonne verdunkelten, und ein herrlich kalter Wind, der mir eine Gänsehaut auf den Armen verursachte. Es war so schön, endlich wieder zu frieren – die frische Luft in meinem Hals und meiner Brust zu spüren, und wie der Wind in meine Wangen stach und meine Nase rot wurde. Ich blieb stehen und nahm die erste richtige Prise englischer Luft in meine Lungen auf. Aahhh!
Als ich durch das nasse Gras des Parks in unserer Nähe stapfte, fiel mir auf, wie unglaublich grün alles war. Ich hatte mich an farbenfrohes Essen und braune Landschaften gewöhnt, aber plötzlich war alles genau andersherum. Auch hier wirkte das alles nicht ganz überzeugend. Nichts fühlte sich so richtig wirklich an. Ich begann, Dinge zu berühren und an mich zu drücken, um mich ihrer Existenz zu vergewissern – ich riß Grasbüschel heraus, strich über eine feuchte Bank und zupfte Blätter von den Ästen.
Auf dem Nachhauseweg vom Park schaute ich auf einen Sprung im Laden an der Ecke vorbei, um mir einen Rie-

gel richtiger englischer Milchschokolade zu kaufen. (Man kriegt so was Ähnliches auch in Indien, sogar mit derselben Verpackung, aber es hat ungefähr die Beschaffenheit von Gebäck.) Ich führte das übliche »Na-Junge-wie-geht's-mit-Arsenal-sieht's-ja-gar-nicht-gut-aus«-Gespräch mit dem Typen hinter der Ladentheke, ehe ich mich dabei ertappte, daß ich ihn fragte, wo er her sei.

Er sah mich komisch an.

»Ich war gerade in Indien«, erklärte ich. »Deshalb hab ich mich auch 'ne Weile hier nicht blicken lassen.«

»Ach so«, sagte er, und ein breites Lächeln überzog sein Gesicht. In den fünfzehn Jahren, die ich seinen Laden jetzt schon besuchte, hatte ich ihn, wie mir nun auffiel, noch kein einziges Mal lächeln sehen. »Gujarat«, sagte er. »Meine Familie stammt ursprünglich aus Gujarat.«

»Cool. Durch Gujarat bin ich nur durchgefahren. Wie ist es da?«

»Ah – sehr schön. Das ist der schönste Ort der Welt. Aber mich dürfen Sie da nicht fragen, ich bin voreingenommen.«

»Wann sind Sie denn hierhergekommen?«

»Ich war vierzehn.«

»Vierzehn!«

»Ja. Ich fahre einmal im Jahr dorthin, um meine Familie zu sehen.«

»Ah ja.«

»Wo waren Sie denn überall?«

»Ach, ich bin nach Delhi geflogen, dann rauf nach Himachal Pradesh ...«

»Aah – Himachal Pradesh ist einfach schön.«

»Ja, echt Wahnsinn, die Ecke. Dann bin ich rüber nach Rajasthan und runter nach Goa …«
»Geflogen?«
»Mit dem Zug und Bus hauptsächlich.«
»Sie sind von Rajasthan nach Goa, ohne zu fliegen? Sie müssen ja verrückt sein!«
»Ich wußte ehrlich gesagt nicht, daß es so weit war. Ich hab's tatsächlich auch ein bißchen bereut. Danach bin ich noch nach Bangalore und weiter nach Kerala.«
»Im Süden war ich noch nie. Eines Tages vielleicht mal – aber mit der Arbeit und den Kindern …«
»Ist schon hart.«
»Mmm.«
»Sollten Sie aber echt mal hinfahren. Ist total schön.«
»Hab ich gehört, ja.«
»Es ist echt toll da.«
»Wollen Sie noch mal hin?« fragte er.
»Ich?«
»Ja.«
»Gott – da hab ich noch gar nicht richtig drüber nachgedacht. Wissen Sie – das Unterwegssein dort ist schon ziemlich anstrengend. Es ist nicht gerade die reine Erholung. Aber … wer weiß, vielleicht in ein paar Jahren … wenn ich noch mal die Gelegenheit dazu habe. Ja, ich glaub, ich hätte nichts dagegen, noch mal hinzufahren.«

Unser Gespräch versandete, und ich verließ den Laden merkwürdig verstört darüber, daß ich schon soweit war zu sagen, daß ich noch mal nach Indien fahren wollte. Nach nur wenigen Stunden in England begannen bereits sämtliche unangenehmen Einzelheiten meiner Reise aus meinem Gedächtnis zu verschwinden. Rein vom Verstand her konnte ich die Dinge noch gegeneinander abwägen und mich daran erinnern, daß ich mich die meiste Zeit über ziemlich elend gefühlt hatte. Aber ich war so froh, daß ich's gemacht hatte, und überlebt hatte, daß meine positiven Gefühle bereits alle anderen Empfindungen zu überschwemmen begannen. Vor meinem geistigen Auge verwandelte sich die Reise in eine gesichtslose *gute Sache*. Ich war allmählich nicht mehr in der Lage, das gute Gefühl, es getan zu haben, mit dem elenden, es zu tun, in Einklang zu bringen. Und das Gefühl der Freude war so unmittelbar und so stark, daß es alle anderen Emotionen wegfegte. Ich konnte mich eigentlich nicht mehr richtig daran erinnern, wie sich die qualvollen Busreisen angefühlt hatten, ich konnte die Empfindung, wie mir dieser brutal harte Sitz meinen wunden Arsch versohlt und mich zu Boden geworfen hatte, nicht mehr aufrufen – aber ich konnte mich daran erinnern, was ich vom Fenster aus gesehen hatte und wie mir beim ersten Anblick der Berge das Herz im Leibe gehüpft war.

Meine sämtlichen widersprüchlichen Gefühle passierten eine Art Filter, der alles Unangenehme oder Schmerzhafte aussonderte. Ich ahnte bereits jetzt, daß am Schluß nur noch klare, unkomplizierte und positive Erinnerungen übrigbleiben würden. Meine Reise durch Indien war bereits im Begriff, sich auf das übliche »Wahnsinnserlebnis« zu reduzieren.

Es hilft nichts

Ich war bereits seit ein paar Tagen zu Hause, als ich einen Anruf von James erhielt. Es gab so viel zu sagen und, vor allem, so viel zu verschweigen, daß ich unser Gespräch kurz hielt und mit ihm ausmachte, daß wir uns später im Pub treffen würden. Ich erwähnte Liz mit keiner Silbe und hoffte, daß sie nicht auch kommen würde, doch mir fiel auf, daß er das Wort »wir« gebrauchte, wo er »ich« hätte sagen sollen, was ich als ein schlechtes Zeichen ansah.

Als sie am Abend gemeinsam Arm in Arm im Pub auftauchten, rutschte mir das Herz in die Hose. Ich hatte keine Ahnung, was sie ihm über unsere Reise erzählt hatte und wieviel ich würde sagen können, ohne ihr zu widersprechen.

James war um einiges dünner, als ich ihn in Erinnerung hatte, und seine ordentliche Frisur hatte sich in widerspenstige Fransen aufgelöst, die zu beiden Seiten seines nun von Bartflaum umstandenen Gesichts in blonden Wellen herabfielen. Er trug Sandalen, Jeans und ein ausgeleiertes, unförmiges T-Shirt. Früher hatte er ausgesehen wie Ri-

chard Clayderman als Schulpräfekt, doch jetzt sah er aus wie ein verkaterter Jesus als Studivertreter.
Liz hatte einen kurzen Rock an, dazu ein körperbetontes Oberteil, das meine Eier zum Gurgeln brachte. Der Sari und der rote Fleck waren verschwunden.
Sowie mich James sah, schrie er meinen Namen durchs ganze Pub, sprang auf mich zu und umarmte mich. Das schüchterte mich ziemlich ein, weil es bedeutete, daß er entweder immer noch nichts wußte oder aber daß er alles wußte und den rechten Augenblick abwartete, um mir ein Messer in den Rücken zu jagen. Liz lächelte und gab mir einen flüchtigen Kuß auf die Wange. In ihrer Körpersprache war von Indien keine Spur mehr zu erkennen.
Als James sich an der Bar anstellte, um uns was zu trinken zu holen, wurde die Luft augenblicklich dicker. Liz starrte mich ausdruckslos an und ließ sich nicht in die Karten schauen, während ich *sie* anstarrte und zu ergründen versuchte, was in aller Welt sie wohl denken mochte.
»Den Sari hast du also abserviert?« fragte ich schließlich.
»Was kümmert dich das?«
Ich zuckte mit den Achseln.
»Hast du's ihm gesagt?«
»Ihm *was* gesagt?«
»Das mit uns.«
»Da gibt's nichts zu erzählen.«
»Ach so. Ich Depp.«
»Ich hab ihm nur erzählt, daß wir hingefahren sind, Spaß hatten und wieder zurückgekommen sind.«
»Du hast ihm nicht mal erzählt, daß wir uns unterwegs getrennt haben?«

»Nein.«
»Wieso nicht?«
»Weil ich ihn nicht anlügen müssen will. Deshalb hab ich ihm von der Reise erzählt, ohne dich groß zu erwähnen.«
»Du hast ihn angelogen, damit du ihn nicht anlügen mußt?«
»Mein Gott, geht das wieder los! Dave und seine öden Spielchen.«
»Fang bloß nicht damit an, Liz. Ich will bloß wissen, was ich sagen kann und was nicht.«
»Sowenig wie möglich, wenn das dieses eine Mal drin ist.«
»Ach, jetzt bin ich die Labertasche, oder was? Das ist echt stark.«
»Klappe. Er kommt zurück.«
Wir lächelten uns mühsam an, weil James mit den Getränken an unseren Tisch zurückkam. Liz legte ihren Arm um ihn und gab ihm, mir zuliebe, einen sexy Kuß auf den Nacken.
»Du Glückspilz«, sagte ich, mit einem Anflug von Sarkasmus, der nur für Liz' Ohren bestimmt war.
»Das bin ich wirklich«, erwiderte James matt lächelnd und strich ihr über den Arm.
»Ja erzähl mal, wie war denn eure Weltreise?« fragte ich.
»Voll der Wahnsinn. Echt das Beste, was ich je gemacht hab. Und eure?«
»Doch – ziemlich gut. Es gab ein paar Schwierigkeiten, aber im Prinzip war's echt 'ne tolle Erfahrung.«

»Und Liz hat's irgendwie geschafft, dich zu überreden, unser gemütliches, kleines England zu verlassen?«
»Irgendwie.«
»Wie hat sie das denn gemacht? Du hast doch immer gesagt, weiter als bis Watford gehst du nicht.«
»Na ja, du weißt ja – sie hat 'ne ziemlich überzeugende Persönlichkeit.«
»Wem erzählst du das.«
»Es war ein gemeinsamer Beschluß«, sagte Liz. »Eine Vernunftheirat.«
»Und, habt ihr euch vertragen?«
Es gab eine längere Pause, in der wir es vermieden, uns anzusehen.
»Granatenmäßig«, sagte ich schließlich, in einem Tonfall, der es wie ein schiefes Bild für soziale Harmonie klingen lassen sollte.
Schweigen senkte sich über den Tisch, und James sah uns mißtrauisch an.
»Ist irgendwas passiert?« fragte er.
»Was soll passiert sein?« fragte ich zurück.
»Na ja, zwischen euch beiden.«
Liz und ich betrachteten angestrengt unsere Gläser.
»Ich werde das komische Gefühl nicht los«, fuhr James fort, »daß ihr zwei ...«
»Was?« fragte Liz. Ihre Lippen waren vor Anspannung ganz weiß.
»... euch nicht vertragen habt.«
Ich spürte einen unmerklichen Seufzer der Erleichterung bei Liz und mir. James war doch nicht im Begriff, die Wahrheit herauszufinden.

Doch dann fragte ich mich plötzlich, warum ich mich eigentlich erleichtert fühlen sollte. Ich hatte es nicht nötig, für Liz zu lügen. Ich war ihr gegenüber zu nichts verpflichtet. Sie hatte mich wie ein Arschloch behandelt und mitten in Indien im Stich gelassen. Es gab keinen Grund, weshalb ich ihr zuliebe lügen sollte, um ihr dabei zu helfen, ihre zum Scheitern verurteilte, unehrliche Beziehung aufrechtzuerhalten. Ich hätte beinahe die entscheidende Tatsache vergessen, daß ich sie auf den Tod nicht ausstehen konnte. Das einzige, was wirklich zählte, war meine Freundschaft zu James. Aber wenn er weiter mit Liz zusammenblieb, war das eh alles Essig.

In einem plötzlichen Moment der Leichtfertigkeit wurde mir klar, daß ich nichts zu verlieren hatte. Ich konnte mir also ruhig ein wenig Vergnügen gönnen.

»Weißt du was?« sagte ich grinsend. »Ich dachte schon, du würdest jetzt fragen, ob wir miteinander geschlafen haben.«

James brach in schallendes Gelächter aus. Ich brach ebenfalls in Gelächter aus. Verwirrung zeichnete sich auf Liz' Gesichtszügen ab, aber sie nötigte sich auch ein Glucksen ab und fing an, auf ihren Fingernägeln herumzukauen.

Als das Gelächter verebbt war, lächelte ich sie an und fragte sie:

»Hast du auch gedacht, daß er das sagt?«

Anstelle einer Antwort warf sie mir einen bösen Blick zu.

»Ihr seid nicht miteinander klargekommen, oder?« fragte James.

»Ach, am Anfang haben wir uns ganz gut vertragen«,

erwiderte ich. »Wir waren doch recht eng zusammen, oder?«
Die Sache begann mir Spaß zu machen. Liz litt, wie ich sie noch nie hatte leiden sehen. Zum ersten Mal, seit wir uns angefreundet hatten, bestimmte ich, wo's langging.
»James«, sagte Liz unvermittelt heftig. »Wir gehen.«
»Wieso denn?«
»Weil ich nicht länger mit diesem Ätztypen an einem Tisch sitzen will.«
»Ist das dein Ernst?« fragte er.
»Ich möchte mich nicht zwischen dich und deine Freunde drängen, aber wenn er so weitermacht, werde ich dir einfach erzählen müssen, wie's wirklich gewesen ist.«
Die ernste Miene, die sie bei diesen Worten aufsetzte, machte James hellhörig, und er sah langsam beunruhigt aus. »Was ist passiert?« fragte er.
»Ich wollte es dir nicht erzählen müssen, weil ich wußte, daß es dich aufregen wird. Im Prinzip sind Dave und ich als Freunde nach Indien gefahren, aber von dem Moment an, wo wir gelandet sind, ist er zudringlich geworden und wollte andauernd Sex.«
»WAS?« schrie ich.
»Er hat mir damit gedroht, daß er mich sitzenläßt, nur um mich dadurch zu sexuellen Gefälligkeiten zu verleiten. Ich habe, so gut es ging, versucht, ihn abzuwimmeln, aber er war so hartnäckig, daß ich schließlich nur noch weglaufen konnte.«
James' Gesicht schwoll zornesrot an.
»Verfickt noch mal, James! Das glaubst du doch wohl nicht?«

Er starrte mich wütend an.
»Die ist doch eine pathologische Lügnerin. Das weißt du so gut wie ich.«
Vor lauter Wut und Verwirrung wand sich James nun in seinem Stuhl.
»Dave«, sagte er schließlich. »Du weißt, daß ich Pazifist bin, aber es hilft nichts.«
»Was?«
Er stand auf und schlug mir mit der Faust ins Gesicht.
Ich wurde von meinem Hocker geschleudert und landete krachend auf dem Fußboden. Ich hörte, wie es im Pub still wurde. Ein paar Sekunden lang lag ich auf dem bierversifften Teppich hingestreckt, zu geschockt, um irgendeinen Schmerz zu empfinden. Dann begann es in meiner Backe zu pochen, und ich fühlte etwas Nasses in meinem Mund und hatte Ohrensausen.
Ich richtete mich schwankend auf und hielt mir an der Seite das Gesicht. Im ganzen Pub blieb es mucksmäuschenstill.
»Du weißt genau, daß sie eine verdammte Lügnerin ist, James. Das war sie schon immer. Und sie lügt nicht mal besonders gut. Das Ganze ist ein totaler Scheiß.«
»Warum sollte ich ihr nicht glauben?« sagte James und massierte diskret einen seiner Knöchel.
»Willst du wissen, wie es wirklich war? Nachdem du abgehauen bist, sind wir erst gute Freunde geworden. Dann sind wir ein Paar geworden. Dann sind wir nach Indien gefahren. Dann haben wir uns verkracht und uns getrennt. So einfach ist das.«
»*DU HAST DOCH DEN ARSCH OFFEN!* Wir sind *nie*

ein Paar gewesen. Er wollte mich immer, James – von dem Augenblick an, an dem du das Land verlassen hast –, aber ich hab ihn nie rangelassen. Ein widerlicher Schwanz ist das. Ich hasse ihn!«

Alle Augen im Pub waren nun auf James gerichtet, um zu sehen, was er als nächstes tun würde. Schweigen hing in der Luft, die Zeit war stehengeblieben. Die Stille wurde schließlich von einer Frauenstimme vom anderen Ende der Bar unterbrochen, die mit schwerem irischen Akzent sprach.

»Glaub ihr kein Wort, Kleiner. Der Drecksgöre steht doch das Wort ›Lügnerin‹ übers ganze Gesicht geschrieben.«

Alle drehten sich zu ihr um. Sie nickte einmal und nahm verlegen einen Schluck von ihrem Gin & Tonic.

»Nimm sie beim Wort, mein Sohn«, sagte der Barmann. »Eine Bessere findest du auf die Schnelle nicht.«

»Verpiß dich!« kam eine Stimme von den Flipperautomaten. »Freundschaft geht vor Weiber. Wenn du *das* nicht fertigbringst, bist du echt das Allerletzte.«

»Vielleicht ist das der Grund, warum *du* schon seit drei Jahren keine mehr abbekommen hast«, erklang eine Frauenstimme von einem Tisch am Eingang.

»Aber hallo!« sagte eine andere Frau. »Junge, der hat deine Freundin flachgelegt. Das seh ich von hier aus.«

»Hau ihm noch eine rein«, sagte der Barmann. »Meine Erlaubnis hast du.«

»Wenn du ihm auch nur ein Haar krümmst, tret ich dir den Schädel ein«, sagte der Typ am Flipperautomaten.

»Die Frau is ’ne Schlampe«, sagte ein Besoffener und

warf sein Glas auf den Boden. »Eine treulose Nutte wie alle anderen auch.«
»Wer ist hier 'ne Nutte?« erscholl es im Chor vom Eingang her.
Inmitten des tumultartig anschwellenden Stimmengewirrs fühlte ich, wie meine Knie weich wurden, da die Schmerzen in meiner Backe einen neuen Höhepunkt erreichten. Ich stellte meinen Hocker wieder auf und sank darauf nieder. James und Liz standen immer noch, und ich sah, wie James seinen Arm um ihre Schultern legte. Hinter ihm schien nun eine große Wirtshausschlägerei in Gang zu kommen.
Sie bahnten sich einen Weg durch die fliegenden Fäuste und gingen zur Tür.

Dave, der Weitgereiste

Ich hatte noch zwei Wochen, bevor die Uni anfing, und beschloß, meine Energien auf die Lektüreliste zu konzentrieren, die ich für meinen Kurs bekommen hatte. Ich bekam die Liste gerade so durch und begann sogar, eins von den Büchern zu lesen.

Was das Sozialleben anging, so beschloß ich, daß es Zeit für einen Neuanfang war. Ich war dabei, von vorn anzufangen, an einem neuen Ort und mit einem Schwung neuer Leute, also war es eigentlich nicht so schlimm, daß ich mir meine beiden engsten Freunde zu Feinden gemacht hatte. Im Grunde genommen war das sogar ganz gut so. Während meiner großen Reise war ich so sehr gereift, daß ich beinahe eine ganz andere Person geworden war. Es war ohnehin an der Zeit, die alten Bindungen zu kappen, denn die Leute aus meiner Vergangenheit hätten mich nur wieder an mein altes Selbst gefesselt. Nun war genau der richtige Zeitpunkt, als ein anderer den Weg für neue Freunde freizumachen. Das war schließlich der ganze Witz an der Uni. Ich würde in der Lage sein, von vorn anzufangen, mit einem neuen Ich – nicht als Dave, der mittelmäßige Schüler aus Nordlondon, nicht als Dave, die sexuelle Niete, sondern als Dave, der Weitgereiste.

»Das ideale Buchgeschenk für Kerle, die nicht wissen, wie sie über Gefühle sprechen sollen.« *Welt am Sonntag*

Philipp Jessen

Einarmig unter Blinden

Roman

Nick hat alles, was man sich wünschen kann: das richtige Outfit, die beste Uhr und durchaus auch so etwas wie Charakter. Was ihm aber fehlt, ist *SIE!* – denn *SIE!* hat sich gerade von ihm getrennt. Dies wäre natürlich der perfekte Beginn für eine tränenreiche (Liebes)Geschichte. Nur – so läuft das nicht im wahren Leben …

»Klingt nach Popliteratur à la Stuckrad-Barre. Ist es auch, aber nicht nur.« *Gala*

»Hanseatischer Pubertätspurismus eines großen Herzens und eines weiten Verstandes.« *Dr. Ulf Poschardt*

Birand Bingül

Ping.Pong.

Roman

»Gutes Buch!« *Allegra*

Hakim ist der Held dieser Geschichte – das heißt: So viel Held, wie man als Fünftliga-Tischtennisspieler und glückloser Radiomoderator sein kann. So viel Held, wie man bleibt, wenn der beste Freund einem die Freundin ausspannt. So viel Held, wie man wäre, wenn die hübsche Haushaltshilfe einen ernst nehmen und nicht laufend mit türkischen Sinnsprüchen bombardieren würde. So viel Held, wie man eben ist, wenn das Leben mit einem Pingpong spielt.

»Leidenschaftlich und überzeugend!« *TAZ*

»Birand Bingül hat das Buch für den Urlaub geschrieben, amüsant und sensibel – und nicht nur für Pingpong-Fans!«
Stern